Chien méchant

Une enquête du détective Francis

Akif Pirinçci

Chien méchant

Une enquête du détective Francis

FRANCE LOISIRS

Titre original : CAVE CANEM
Publié par Goldmann Verlag, München.

Traduit de l'allemand par Daniel Argelès

Édition du Club France Loisirs,
avec l'autorisation des éditions Belfond

Éditions France Loisirs,
123, boulevard de Grenelle, Paris
www.franceloisirs.com

À Cujo et Lolita
in memoriam

« Après cela, il [Samson] alla prendre trois cents renards qu'il lia l'un à l'autre par la queue, et y attacha des flambeaux ; / Et les ayant allumés, il chassa les renards, afin qu'ils courussent [...] au travers des blés des Philistins... »

Juges, XV, 4-5

1

En amour comme à la guerre, tous les coups sont permis, dit-on. Mais, s'il en va ainsi, l'amour aussi est permis en temps de guerre, et j'allais en faire l'expérience dans les jours suivants. Comme si souvent dans la vie, pourtant, cet amour ne se révélerait tel qu'une fois l'objet aimé envolé. Venez, suivez-moi; je vais vous raconter une histoire de guerre et d'adversaires aimables, une histoire où l'on verra que les ennemis nous sont aussi indispensables que l'air que l'on respire.

À l'instar d'un lointain roulement de tonnerre, le péril s'annonça tout d'abord de façon indirecte, des visiteurs indésirables m'ayant appris en passant que sept combattants déjà avaient mordu la poussière. Trois des nôtres et quatre des leurs. Dans une guerre qui n'avait pas été déclarée et qui, au stade où en étaient les choses, n'avait pas véritablement pris forme dans l'esprit des belligérants, mais qui paraissait déjà aussi virulente qu'une épidémie de grippe en plein essor. Mon rôle dans cette affaire, bien involontaire, avait débuté au mois de mai dernier, dans l'immense lit de Gustav. En son état de désordre monumental, l'endroit donnait l'impression d'avoir accueilli la veille l'inoubliable show d'une douzaine de ces fameux catcheurs de télé aux musculatures inflationnistes. Il fleurait en outre la sueur fossile, à laquelle s'ajoutaient quelques relents d'odeurs de pieds et les fascinantes exhalaisons corporelles d'une boule de viande de cinquante-cinq ans et de cent trente kilos matérialisée en homme. Était-ce justement la « malodorance » familière de mon compagnon de toujours, ou les effets narcotiques d'un gaz échappé du matelas, qui en ces lieux procurait au sommeil des vertus orgiaques ? Peu importe : nulle part il n'était plus agréable de s'abandonner aux plaisirs de la petite mort, car une intimité aigre-douce y régnait, telle une maman charnue offrant l'hospitalité de ses dix mamelles à ses petits.

Je soulevai les paupières d'un millimètre et parcourus la chambre d'un regard assoupi, cherchant à déterminer ce qui avait bien pu me réveiller. Un soleil de printemps langoureux pénétrait à flots par la porte vitrée du jardin, plongeant la pièce dans une lumière d'un cru grotesque. C'était un véritable bouge : l'armoire, la commode et le lit de bois, d'un design tellement curieux qu'on eût dit que le vieux Geppetto en personne avait mis la main à la pâte ; par là-dessus une carpette ovale de facture indéterminée, à coup sûr une véritable usine à mites, et partout des montagnes d'ouvrages archéologiques rongés par les vers et jaunis au soleil. Enfin, touche finale à cette image du bien-être intellectuel, une authentique lampe à interrogatoire de police, dotée d'un abat-jour en alu couleur charbon, trônait à la tête du lit.

Le terme « intellectuel » m'aurait-il échappé ? C'est que Gustav ne gagne pas précisément sa vie à faire le décathlonien sur les stades. Son domaine serait plutôt l'archéologie, tendance divinités égyptiennes, spécialité qui lui a même permis de se hisser au rang de directeur d'un institut prestigieux. Le qualifier de penseur à monocle distingué serait toutefois à peu près aussi judicieux que d'attribuer à un âne une quelconque expertise en astrologie sous prétexte qu'il brait à la lune. Il me ferait plutôt songer à un blessé à la tête chez qui quelques (négligeables) régions du cerveau auraient été miraculeusement épargnées. La preuve ? Disons que, si j'avais le malheur de ne voir se refléter qu'une infime partie de mon anatomie dans le plus grand des miroirs en pied, je ne me flatterais pas de posséder une collection de livres de cuisine riche de deux cents exemplaires, et de donner jour et nuit, tel un maniaque sexuel, une espèce de corps bouffi aux vérités qu'ils contiennent. Si j'exerçais sur les femmes un empire aussi magnétique qu'une flaque de purin, je ne ferais pas aussi grand cas des serments amoureux d'équivoques accointances de bar, pour m'étonner ensuite, après leur avoir accordé l'hospitalité d'une nuit, que l'objet désiré ait pu se volatiliser en même temps qu'une authentique tablette hiéroglyphique de valeur inestimable. Et je ne tomberais pas dans d'interminables extases chaque fois que me parviendrait un imprimé au titre effectivement alléchant de « Félicitations, vous avez gagné un million de marks ! » – sans avoir lu l'avertissement en petits caractères : « ... ou c'est tout comme, si vous commandez notre sablier de cuisine et participez à notre grand tirage au sort ». Comprenez-moi, il n'est pas interdit d'être un imbécile, mais il serait préférable d'éviter d'en faire étalage au point de provoquer des éruptions cutanées chez son prochain.

Qu'on me demande pourquoi je vis malgré tout avec ce mastodonte à cervelle d'oiseau, et je vous répondrai : Passez à la question suivante ! Je naquis malgré moi dans ce monde effrayant et beau, et, au lieu de me retrouver face au chef-d'œuvre de la création, j'aperçus l'image floue de doigts boudinés me posant sous le nez un petit bol de lait. Je vis des chaussettes bigarrées comme en portent les clowns au cirque, des pantoufles de feutre éventrées à l'odeur douceâtre de moisi, et des jambes de pantalon presque aussi larges que des cheminées d'usine. Un visage aussi rond qu'une citrouille se penchait sur moi avec bonté, et comme j'étais orphelin et seul au monde, et que mes petits yeux venaient tout juste de s'ouvrir, je crus dans mon innocence infinie que la compagnie d'une tête de citrouille à l'âme charitable représentait le comble des félicités terrestres. C'était une empreinte d'ordre archaïque ; je n'étais pas en mesure d'y résister !

Évidemment, il serait injuste d'affirmer après coup que mon ambivalente relation à Gustav relevait de la simple imprégnation. Non, nous sommes également liés par une conquête de l'esprit aussi informe qu'obscure, capable de rapprocher des gens n'ayant rien d'intelligent à faire de leur sainte journée : j'ai nommé la culture ! Ah ! écouter la divine Callas à la lumière des bougies, ou passer des heures entières à lire un bon

14

bouquin, lui installé dans son fauteuil à oreilles défoncé, moi perché sur son épaule! Eh bien, oui! Gustav et moi nous accordons à penser qu'il est des sphères divines auxquelles l'Éternel nous permet d'accéder par l'entremise de quelques élus.

Me dira-t-on (Freud, aie pitié de nous!) que j'avance de pseudo-raisons « inconscientes » pour ne pas être contraint d'avouer qu'en vérité j'aime Gustav? Mais comment peut-on aimer quelqu'un qui, couché, ressemble à une baleine échouée et qui, marchant, ressemble à une baleine échouée s'essayant à la marche? Oui, comment? Eh bien, tout simplement en apprenant à en voir les bons côtés : le petit bout de pain d'épice qu'il se plaît à me glisser sous la table pendant les repas, les caresses dont mon poil ne saurait se passer, cet asile qu'il m'accorde dans le sens le plus biblique du terme, j'en passe et des meilleures. Toute chose a ses avantages et ses inconvénients, comme disent les philosophes à la petite semaine. Ou, pour reprendre les propos d'un professionnel du genre, ce bon vieux Schopenhauer : « Par un glacial jour d'hiver, une société de porcs-épics se serraient les uns contre les autres afin de se protéger mutuellement des périls du froid. Cependant, ils ressentirent bientôt leurs piquants respectifs; ce qui eut pour effet de les séparer de nouveau. »

Nous habitions dans un magnifique quartier à l'architecture ancienne, à la seule restriction que l'architecture en question semblait avoir pris son épithète un peu trop à la lettre. Des années auparavant, Gustav et son singulier ami Archie, qui logeait un étage au-dessus de nous, avaient soumis à rénovation le bâtiment de style fin de siècle. Mais les vulgaires attaques du temps et des problèmes d'argent chroniques avaient transformé la splendide façade de stuc, avec ses ravissants encorbellements et ses fenêtres à consoles néoclassiques, en un visage de diva grimaçant et figé dont la sensualité originelle ne se devinait plus qu'à grand-peine. Il n'en allait guère autrement à l'intérieur. Que notre logis n'ait pas été considéré comme le coup du siècle par les photographes de la revue *Atrium* ne saurait surprendre. En revanche, si ces derniers avaient ouvert un concours sur le thème « Personnes méritant la mort pour crime contre le goût », Gustav aurait raflé le premier prix haut la main. Car, enfin, le couvercle de ses toilettes s'ornait d'une housse en tissu-éponge vert tilleul – suis-je assez clair ? Et le reste n'avait pas meilleure allure.

L'escalier de bois commençait pour sa part à ressembler au décor d'une parodie de film d'épouvante. Sombre, usé, constellé de toiles d'araignée, vermoulu sous toutes ses coutures, il grinçait et gémissait à chaque pas, fût-ce sous une patte aussi légère que la mienne. Archie, ce grand benêt, qui s'essoufflait à la poursuite des dernières modes comme si toutes les agences de publicité du monde lui avaient fait subir un lavage de cerveau, était en revanche, en matière d'arts décoratifs, une relative lumière. Mais, comme tous ceux dont on aimerait savoir comment ils gagnent leur vie – et qui aimeraient probablement le savoir eux-mêmes –, il en était réduit à cultiver son goût raffiné en se plongeant dans la contemplation onaniste de magazines branchés, et à endurer avec patience le lent délabrement ambiant.

Il s'adonnait de surcroît à un hobby fort onéreux – pour autant que des personnes ne travaillant pas peuvent avoir un hobby. Après être tombé plusieurs fois à monoski dans des crevasses de glacier et avoir conduit à la faillite divers services de secours en montagne par le simple coût des opérations de sauvetage, après s'être cassé les deux bras et les deux jambes à rollers sans toutefois avoir eu la décence de se rompre le cou, puis s'être infligé, à la suite d'excessifs piercings, des dommages irréparables aux muscles sphinctériens, il découvrit enfin la pratique du surf sur Internet – la chose la plus superflue jamais inventée par l'homme, selon moi, bien qu'elle soit considérée comme l'absolu de la communication, sinon le *nec plus ultra* de la connaissance tout court. Données et messages aussi essentiels que vœux d'anniversaire y transitent tant et tant autour du globe, courant d'e-mail en e-mail, qu'à la fin, devant sa console, le cybernigaud a complètement oublié le motif initial de ses recherches. À l'instant encore il voulait s'enquérir d'un minerai rare, et voici que, cinq heures plus tard, il constate soudain qu'au fil des renvois il vient d'étudier le sexe des marsouins ou d'échanger de profondes pensées avec un danseur de samba unijambiste de São Paulo. Pure perte de temps !

Heureusement, il y a quand même de bonnes nouvelles à annoncer, dans notre pauvre résidence Pittoresque & Co. Ainsi, durant l'hiver, le professeur Amoebius Mars, une relation de Gustav, a emménagé à

17

l'étage supérieur. Rappelons, par souci de précision, que c'est ce distingué savant qui lui avait dégoté son poste de directeur d'institut. Ce brave homme, en effet, est coordinateur national de différentes activités culturelles, et à ce titre responsable de la recherche en archéologie. Lui-même pratique l'ethnologie, discipline dont il tire de profondes conclusions, comme par exemple le fait que les peuplades indigènes de la forêt vierge brésilienne préfèrent, à l'instar de leurs congénères new-yorkais, consommer elles-mêmes les fruits les plus mûrs plutôt que de les partager avec leurs voisins. Ce vieux monsieur au crâne couronné de cheveux blancs et au nez chaussé de lunettes d'or est la bonté personnifiée, un modèle incarné de vie ascétique. Jamais je n'ai rencontré homme portant le costume avec cette majesté de pape en habit d'apparat, et jamais je n'ai vu appartement plus spartiate que le sien. On dirait que l'endroit consiste exclusivement en étagères de livres, en pièces de musée étrangement solitaires – telle cette baignoire Art nouveau posée sur des pattes de lion dorées ou cette figure de proue de l'époque du capitaine Cook –, et en une absence totale de quelque outil de communication que ce soit. Oui, on en arriverait à croire qu'il se nourrit des seuls journaux de souscription empilés chez lui. Car la cuisine elle-même n'est que symétrie outrancière, composée qu'elle est de plans de granit plus noirs que le jais et d'équipements chromés que, dans leur minimalisme fonctionnel, on s'attendrait davantage à trouver dans un laboratoire de haute sécurité qu'en un lieu dédié à la nourriture. En revanche, c'est un endroit où, à la différence de ces

18

cagibis imposés par les staliniens du design, on peut respirer librement, et où il fait bon, par temps ensoleillé, se rouler de plaisir sur des planchers plus dorés que le miel.

Chose qui, hélas! n'est pas permise, car M. Mars, trois fois hélas! est affligé de cette maladie qui se déclare au contact de mes semblables [1] *. C'est pourquoi, en ce qui me concerne, il n'y a pratiquement pas d'échanges entre le rez-de-chaussée et l'étage du haut, étant donné qu'ils pourraient, dans l'hypothèse extrême, lui être fatals. Nonobstant, le brave homme ne nourrit pas la moindre rancune envers mon espèce, se désolant au contraire de n'avoir point d'animal de compagnie.

Combien de fois ai-je aperçu cet homme au grand cœur, armé d'une éternelle sarclette de fer, occupé à mettre au pas notre jardin lilliputien derrière la maison, alors même que ses vertes ornementations se prêtent davantage à la manie de mon espèce de marquer un territoire qu'aux plaisirs botaniques de l'*Homo sapiens*? Le petit lot de terre planté d'un chêne géant n'est pas visible depuis notre balcon, parce que au-dessous s'étend une terrasse de béton maintenant fissurée qui vient coiffer l'avancée de la cave. Ce n'est que deux mètres et demi plus bas que la végétation jusque-là dérobée aux regards fait son apparition.

Je me trouvais moi-même, depuis quelque temps, en parfaite harmonie avec la nature. La cause en était une certaine Roxy, une Turque Van issue du clan des

* Les appels de note renvoient aux notes de l'auteur placées en fin d'ouvrage. *(N.d.T.)*

19

Angoras, cette race aux formes élégantes et au soyeux pelage neigeux qui, la première, fit connaître en Europe notre espèce au poil long. Tandis que les angoras tiennent leur nom de la ville turque d'Angora, aujourd'hui Ankara, la désignation « Van » provient du lac du même nom, sur les rives duquel les congénères de Roxy se développèrent en tant que race. Au soleil, ma bien-aimée luisait de feux argentés, et elle avait autour des oreilles et sur la queue des taches de couleur châtain. Un tel dessin est fort rare, et c'est pourquoi il porte le nom de dessin de Van. Les Vans sont célèbres non seulement pour leur beauté à couper le souffle, mais aussi pour leur habitude de la nage en eaux peu profondes.

À mon âge – et j'embrasserais un rat plutôt que de devoir donner un chiffre –, la probabilité de tomber éperdument amoureux d'une dame est à peu près aussi grande que celle de périr assommé par la chute d'une noix de coco dans l'Arctique. Oui, mais voilà, il y avait ces yeux ! L'un bleu azur, l'autre couleur de cuivre. L'un promettant de sombrer dans un océan d'harmonie, l'autre de séjourner à jamais dans un enfer de volupté. Comment un pauvre vieux diable comme moi aurait-il pu résister aux fouettements impérieux de cette queue touffue et flamboyante, lorsque la belle daignait se placer sur un mur au soleil afin d'y mesurer son impact sur le testostéromètre local ? Et comment aurais-je pu trouver le sommeil, quand ses chants d'amour au clair de lune provoquaient dans le périmètre des jardins un écho aussi homérique ? Assurément, je ne le pouvais pas.

Car j'étais peut-être vieux, mais j'étais loin d'être moribond !

Aussi avais-je écarté les légions de mes rivaux bavants et salivants en recourant à de peu glorieuses mais néanmoins inévitables poses de coq, puis je l'avais peu à peu entreprise. Le premier rendez-vous devait avoir lieu à midi, et promettait de dégénérer en noces à répétition, tant mon infaillible flair me disait, depuis quelque temps déjà, qu'elle allait entrer en chaleur ce jour même. Ô qu'il était facile pour de vieux gaillards de jouer les juvéniles conquérants quand le terrain à conquérir était en pleine sève ! Ma douce Roxy, après tout, valait bien une petite ignominie. Sinon mille.

Qui donc osait interrompre prématurément ma sieste cosmétique, cet état de conscience à demi comateux sans lequel une personne de mon âge affiche malheureusement celui-ci ? Je réglai la profondeur de champ de mes pupilles...

Barbe-Bleue ! Évidemment ! J'aurais dû m'en douter. Le fossoyeur de la bonne humeur, le bourreau des journées ensoleillées. À peine parvenait-on à se convaincre que les contrariétés gastriques de la veille n'étaient pas l'indice d'un début de cancer du côlon, à peine commençait-on à se dire que la vie, après tout, pouvait bien avoir un sens, que Barbe-Bleue déboulait au beau milieu de ces considérations édifiantes pour proclamer la fin du monde. Difficile de dire si ce trait de caractère provenait du fait que, enfant, cet antique et hirsute Maine-Coon avait été victime d'abjectes expériences de laboratoire ayant

21

conféré à son existence tout entière une espèce de karma négatif. Semblable d'aspect à un sac-poubelle explosant sous toutes ses coutures, arborant toute la gamme des couleurs de robe propres à notre espèce, avec toutefois une dominante noire prononcée, borgne depuis qu'un œil avait cédé la place à une cicatrice toute ratatinée, sévèrement estropié de la patte droite, complètement privé de queue par la faute d'un hachoir fébrile – ainsi Barbe-Bleue s'offrait-il à mon regard, la mine à peu près aussi effondrée que si j'avais professé quelque inclination pour le végétarisme. Le léger courant d'air qui me caressait les oreilles m'indiquait qu'il était entré dans l'appartement par la fenêtre des toilettes, que Gustav laissait en général ouverte un moment après sa selle matinale. Trop brièvement, hélas !

« Il sera décidément toujours fascinant de voir d'aucuns se prélasser benoîtement dans leur délire pendant qu'au-dehors la boucherie fait rage. Merde, alors ! »

Que pouvait-on répondre à cela ? Que, chaque nuit, je priais pour la paix universelle ?

Barbe-Bleue baissa la tête, laquelle ressemblait de près à un coussin dégorgeant de plumes bigarrées, et, de son gros blaze ridé d'ancien combattant, il se mit à flairer avec dégoût les moisissures du matelas.

« La boucherie ? » Arrondissant la collection de mes vieux os en un parfait demi-cercle, j'entrepris de me gratter l'oreille de ma patte arrière gauche. « Avec l'appétit qui est le tien, Barbe-Bleue, tu devrais être un farouche partisan des boucheries. À vrai dire, tu

22

devrais même y avoir élu domicile. Ou bien parlais-tu dans un sens métaphysique ?

– Autrefois, on t'appelait monsieur Je-sais-tout, ami roupilleur », dit-il en se détournant d'une moue dédaigneuse. Vu de dos, il offrait l'image d'un énorme paquebot échoué sur une cale.

« À l'époque, c'était un compliment. Mais aujourd'hui, Francis le Démerdard ne mérite plus ni son préfixe ni son suffixe – seule la racine fait mouche !

– À l'époque, les producteurs de pâtée m'offraient de tourner dans leurs spots publicitaires. Aujourd'hui, seuls quelques cuistots d'Extrême-Orient me démarchent encore !

– Réserve ta bonne humeur à ceux qui savent apprécier l'élasticité de ta morale. Autrefois, mon bon ami, tu avais encore du cœur et tu te servais de ta sagacité pour défendre la paix dans nos rangs. Aujourd'hui, tu ne défends plus que ton petit lit bien chaud et ta petite écuelle bien pleine. Merde, alors ! »

Il me regardait par-dessus l'épaule, son œil indemne fixé sur moi avec un tel mépris qu'on eût dit que je lui avais moi-même crevé l'autre.

« Merde pour toi aussi. La paix véritable ne s'instaurera jamais que si chacun reste sagement chez soi à s'occuper de son petit lit bien chaud et de sa petite écuelle bien pleine. Et à cet égard, je fais fonction d'exemple. »

Il m'apparaissait peu à peu que je commençais à être à court de plaisanteries. Plus exactement, mes propos me donnaient de plus en plus la nausée. Je conservai néanmoins mes dehors nonchalants et me mis tranquillement à mon lustrage de poils matinal. Je m'attaquai tout d'abord à mes flancs.

« Tu te contrefous donc des meurtres commis sur tes semblables ? »

Bien que Barbe-Bleue souffrît manifestement ce jour-là d'une overdose de morale, il semblait n'avoir perdu ni de vue ni d'odorat sa vocation première en ce bas monde. Il s'était mis à humer l'air autour de lui, et, au prix de discrètes contorsions, à jeter par la porte des regards fébriles en direction des autres pièces. Sa frustration devait l'avoir conduit au bord du suicide lorsque, entrant par la fenêtre, il avait trouvé ma coupable « petite écuelle bien pleine » irrémédiablement vide. Car, après tout, un éternel combattant du Bien se devait d'avoir éternellement le ventre plein. Mais était-ce ma faute si j'étais assailli de fringales à l'aube, au retour de mes expéditions nocturnes ?

« Quels meurtres ? l'interrompis-je dans sa quête clandestine de comestibles. Et pourquoi seulement nos semblables ? Le bruit ne court-il pas que la partie prétendument adverse déplore aussi l'assassinat de quelques-uns de ses paroissiens ?

— Balivernes ! Tu sais bien comment ils sont. Ils se sautent mutuellement à la gorge, et ensuite ils nous le mettent sur le dos. De fieffés menteurs, tous autant qu'ils sont ! Merde, alors !

— Chose qui, bien sûr, n'est nullement dans notre nature ?

— Je ne te le fais pas dire ! »

24

Arrêtant net ses discrets reniflements, il me fixa d'un regard où scintillait une lueur d'espoir.

« La chose semble donc t'intéresser quand même un peu ?

– Bof, répliquai-je, faussement indifférent, entamant cette fois ma séance de gymnastique par un vigoureux gros dos. Je doute juste qu'il s'agisse de meurtres, tant de notre côté que du leur.

– Alors là, que les couilles m'en tombent illico presto, comme ce rebouteux de mes deux s'en serait chargé si je n'avais eu le temps de lui planter mes crocs dans les parties susnommées ! Qu'en est-il par exemple de Leonardo le noiraud, qui, lorsqu'on l'a trouvé, avait un tel trou dans la gorge qu'on eût dit qu'un lanceur de couteaux l'avait pris pour cible d'entraînement ?

– Autant que je sache, Leonardo a été découvert au pied d'une clôture de jardin. Ce frimeur avait la réputation d'épater la galerie en faisant des numéros d'équilibriste sur les palissades. Il aura fait un faux pas en s'exerçant à un tour particulièrement difficile et se sera empalé la gorge sur l'un des pieux avant de dégringoler à terre.

– Aha. Et Michi, alors ? Lorsqu'on a retrouvé le pauvre bougre au pied d'une benne à ordures, il faisait l'effet d'un patient d'acupuncteur soigné à coups de clous.

– Allons, Barbe-Bleue ! Michi était un caractériel, tu le sais aussi bien que moi. Il travaillait du chapeau et cherchait sans cesse des noises à tout le monde. Rien de surprenant à ce que, un jour, un quidam victime de ses agressions se soit rebiffé et que, mû par l'énergie du désespoir, il l'ait expédié dans l'au-delà. Oui, il a sans nul doute été tué. Mais ce n'était sûrement pas un meurtre, plutôt une espèce d'accident provoqué.

– Admettons. Mais alors, qu'en est-il de...? »

Nous perçûmes soudain un son familier. Ou disons plutôt que Barbe-Bleue le perçut en premier, puisque les deux feuilles de chou rongées par les chenilles qui lui servaient d'oreilles se montraient d'une sensibilité sans égale à ce bruit très particulier.

On aurait juré, à l'entendre s'affairer, que Gustav voulait une fois de plus faire la preuve de l'utilité de son existence. S'enchaînèrent : un paisible glissement de pieds sur le plancher, en direction de la cuisine ; un farfouillement prolongé dans l'armoire ; un crissement émoussé de métal qu'on découpe ; et enfin la chute sourde de quelque chose d'indéfinissable au fond d'un récipient. Aucun doute, mon fidèle ouvre-boîtes venait de préparer pour moi la conserve de potron-minet !

Pour moi ? Barbe-Bleue, ce même Barbe-Bleue qui, un millième de seconde auparavant, s'inquiétait encore d'un génocide perpétré à l'encontre de la race féline, déclopina aussi fougueusement que si on avait marché sur son absence de queue. Avec quelle facilité la fin du monde pouvait tomber dans l'oubli à l'appel des joies terrestres ! Je lui emboîtai le pas, certes sans la même avidité vulgaire, mais avec une célérité notable, si bien que nous enfouîmes nos deux minois côte à côte dans le « petit pâté aux tendres morceaux de volaille ». Durant un bon quart d'heure, nous nous consacrâmes avec dévotion à ces agapes de boustifaille en boîte, besogne effectivement sacrée. Tout du long, Gustav nous regarda en clignant des yeux, son sourire bêta de papa poule aux lèvres, tout en se préparant un petit déjeuner qui, vu son ampleur et sa teneur calorifique, aurait pu rassasier sans la moindre difficulté un corps d'armée au complet.

Barbe-Bleue conclut sa collation matinale d'un rot retentissant, tandis que de mon côté... eh bien, de mon côté je dus en finir également, car mon écuelle, par la grâce de mon zélé convive, était maintenant désespérément vide.

« Tu sais ce que je crois, Francis ? » grommela Barbe-Bleue d'un air important en se pourléchant les babines et le museau, parsemés encore des vestiges du festin, avant de boitiller jusqu'à la salle de bains et de sauter avec une agilité surprenante sur le rebord de la fenêtre. De nouveau je le suivis, tel un pécheur repentant en quête de pénitence. Ce qui, pour dire les choses franchement, était bien ce que j'éprouvais. Planté au pied des W-C, je levai vers lui un regard contrit. « Je crois que tes poses désintéressés, eh bien, je n'y crois pas.

— Et moi, je crois qu'à l'occasion nous devrions travailler ta syntaxe, répliquai-je, rétif.

— Continue, avec tes plaisanteries débiles. Mais sache que, pour quelqu'un qui prétend vouloir tout ignorer de l'enfer au-delà de son petit paradis, tu sembles t'être sacrement creusé la tête sur les variations de température à l'extérieur. Merde, quoi ! Je n'arrive pas à piger pourquoi tu te refuses si obstinément à élucider cette série de meurtres. »

Assurément, il était plus facile de débagouler l'hymne national d'un trait que de dissimuler quoi que ce soit à un esprit aussi clairvoyant que le sien.

« Je me demande juste pourquoi, reprit-il, quasi philosophique.

– Je ne peux pas voir le sang, avouai-je enfin.

– Pardon ?

– Je ne peux pas voir le sang. Je n'en ai plus la force.

– Mais autrefois...

– Autrefois, Barbe-Bleue, le sang était une espèce de dopant pour mon travail de détective. Substance odieuse, certes, distillat de mort et de souffrance. Mais plus cette substance coulait en abondance, plus mon cerveau fonctionnait vite, et bien. Plus l'affaire s'enfonçait dans la cruauté, plus les cadavres s'amoncelaient, plus la solution de l'énigme se refusait à moi, et plus mes cellules grises travaillaient efficacement, s'échauffant jusqu'à l'incandescence.

– Je comprends, dit-il en guise de réconfort.

– Non, tu ne comprends rien du tout, mon cher et bon ami ! Ce qui me poussait alors à résoudre les énigmes, c'était un mélange maladif de curiosité et de vanité sans bornes, et ensuite seulement une compassion véritable pour les victimes ou un noble sentiment de justice.

– En es-tu si sûr, mon garçon ?

– Je ne sais pas, Barbe-Bleue. Mais aujourd'hui j'ai peur du sang. De ceux qui le perdent et de ceux qui le répandent. Je fais des cauchemars, toutes les nuits. Je les vois, avec leurs plaies béantes, leurs regards écarquillés et fixes, leurs membres raides et disloqués. Et je vois Francis le Démerdard, qui, futé en diable et opiniâtre, pourchasse le Mal et à la fin triomphe. Et qu'en dit le Mal ? Oui, j'ai fait le mal et tu m'as confondu, mais le sang versé l'est à jamais – au temps pour toi ! Tout cela est vain, terriblement vain. Désolé, vieux compagnon, je ne peux plus voir le sang.

– Mais tu devras bientôt en voir davantage que tu ne le souhaites, si tu ne t'occupes pas de ces crimes, gros malin ». dit-il en se détournant pour regarder dehors, perdu dans ses pensées.

À mon tour, je bondis sur le rebord de la fenêtre, me postai à son côté et suivis son regard. Miroitant de reflets dorés sous le soleil, notre territoire, enchevêtrement labyrinthique de jardins d'agrément et de murs de brique à hauteur d'homme, s'étendait devant nous comme une immense casse d'imprimerie à l'horizontale. La végétation y fêtait d'opulentes orgies de chlorophylle ; tout au bonheur de leur résurrection, arbres, buissons et fleurs semblaient s'y donner de grandes accolades et, entre les arabesques de leurs branches et de leurs feuilles, on distinguait le dos de bâtiments anciens coquettement rénovés, chatoyant de couleurs pastel et regorgeant de balcons et de jardins d'hiver. Au cœur de cette verdure se trouvaient nos voies de communication, les corniches des murs, dont le dessin entrelacé rappelait les dédales de la rubrique jeux dans les journaux.

« En fait, j'étais venu ici pour t'apporter une autre mauvaise nouvelle – n'eussé-je dû mourir de rire à écouter tes niaises plaisanteries, dit-il en scrutant soucieusement le paysage, peu suspect pourtant d'inviter à la mélancolie.

« Ce matin, une nouvelle victime a été découverte. Il s'agit d'une des nôtres. Et il ne semble pas qu'elle ait glissé sur une peau de banane. Les morsures qu'elle porte un peu partout sur le corps sont d'un calibre tel que seules des canines de clébard peuvent les avoir infligées. Francis, quand comprendras-tu que c'est une guerre qui se prépare ! Cela fait une éternité que nous cohabitons avec ces sacs à puces ambulants, sans que jamais quiconque ait récolté autre chose qu'une ou deux égratignures sans gravité. Nous ne nous aimons certes pas au point de nous jeter au cou les uns les autres, mais il y a toujours eu du respect entre nous. Vivre et laisser vivre, telle était la devise – même s'il reste difficilement compréhensible que l'on puisse tenir sa propre merde pour une œuvre d'art telle qu'elle vous dispense de l'enterrer. Merde, quoi ! En tout cas, de mémoire d'animal, nous nous sommes toujours tulérés...

– ... tolérés.

– Soit. Mais maintenant, c'est une autre affaire. Les morts poussent les vivants à la guerre. Chaque bord suspecte l'autre, et à chaque nouveau cadavre dans les parages la haine contre les *autres* gagne un peu plus.

– Et moi, dans tout ça, que dois-je faire ? Retrouver la piste des vilains et fournir ainsi l'excuse tant attendue pour pouvoir exterminer l'autre bord en toute bonne conscience ? »

Je commençais peu à peu à comprendre où Barbe-Bleue voulait en venir avec sa visite.

« Ma foi, je ne sais pas trop non plus. Peut-être même que le monstre en question se cache dans nos rangs. En tous les cas, le Conseil te demande d'éclaircir l'affaire et de découvrir qui se tient derrière ces saloperies. Et comme tes talents sont parvenus jusqu'aux oreilles des clébards, il semble qu'ils soient eux aussi d'accord avec cette solution. Je suis ici pour t'inviter à une réunion des deux parties. Le Conseil, à vrai dire, l'exige de toi. »

« Le Conseil » – qu'est-ce qu'il ne fallait pas entendre ! Un ramassis de pisseux infatués, exaltés par la tâche de représenter un tas d'imbéciles ne le leur ayant pas demandé. Des petits chefs autoproclamés, tout disposés à exonérer une masse crédule du soin de penser. Prêchi-prêchant à tout va leur nature d'êtres élus, se gargarisant de « nous » grandiloquents là où il fallait évidemment lire « moi » entre les lignes, éveillant enfin un sentiment d'appartenance communautaire par d'incessantes accusations destinées à imputer à d'autres tous les malheurs de l'existence. Ce n'est pas la religion mais la politique qui a toujours été l'opium du peuple, selon la formule : « Les politiciens vont bien nous arranger ça ; moi, en attendant, je m'en bats l'œil. »

Le chef suprême de ces notabilités radotant à l'infini sur nos « vénérables traditions » s'appelait Moïse. Aucun doute, son maître ou sa maîtresse avaient dû pressentir dès son âge le plus tendre que ce birman au poil brun était promis à de plus hautes destinées. Au fil du temps, il avait rassemblé autour de lui une clique de courtisans non moins assoiffés de pouvoir, qui, sous le couvert de prêcher le panfélidéisme, cherchaient avant tout à démontrer leur caractère irremplaçable. Et voilà comment un beau jour nous nous étions retrouvés avec des représentants politiques luttant pour « notre cause ». Ce que « notre cause » pouvait bien signifier resta longtemps nébuleux, jusqu'à ce que les mystérieux assassinats des derniers jours viennent fournir à Moïse et consorts un prétexte idéal à la gesticulation. Le Conseil était enfin justifié à défendre les intérêts de sa clientèle. Mais il y avait pis encore : les clébards étaient eux aussi affligés d'un de ces Moïses, sans compter les divers Moïses de secours. Conseil contre Conseil – la situation n'allait manquer ni de cons ni de sel !

« Écoute, Barbe-Bleue », dis-je assez sèchement, me surprenant à éviter le regard réprobateur de son œil indemne, dont la couleur cuivrée de vieille fine s'irisait sous les rayons du soleil. Il me faisait maintenant pitié. Tout ce que le vieux bougre voulait éviter, c'était un autre bain de sang. Et, au lieu de cela, il lui fallait endurer mes brillantes saillies. Oui, tout bien considéré, lui seul était à même de nous représenter. Conscience du quartier, il était seul capable, avec son tempérament bourru mais bienveillant, de déterminer ce qui était bon pour nous autres moustachus.

« Afin de mettre un terme à cette conversation, sache que je t'accompagnerai à ce con-ciliabule, qui aboutira, au mieux, à convenir que les intérêts des deux parties sont incon-ciliables. Mais qu'importe. Peut-être ferons-nous des miracles en expliquant que ces prétendus meurtres, à y bien regarder, sont de très ordinaires accidents. Ou le résultat de frictions aux conclusions involontairement fatales. En tout cas, pas une agression systématique et planifiée d'une espèce par l'autre. Mais même si la Troisième Guerre mondiale éclate, il faudra que je sois rentré à midi, car à cette heure-là une dame m'attend, dame qui, pour le coup, vaudrait bien une guerre. Je nourris le projet d'émigrer avec elle en Australie et d'y faire concurrence aux lapins dans le domaine de la reproduction...

— Voudrais-tu voir le corps avant d'aller au rendez-vous ? demanda-t-il astucieusement, sachant bien qu'une insatiable curiosité était mon point faible.

— Non !

— Vraiment pas ?

— Non !

— Peut-être aimerais-tu alors...

— Ça va, ça va, capitulai-je, agacé, espérant que mes véritables intentions lui échapperaient. Je viens voir le cadavre, mais juste pour prouver à tout le monde que le premier imbécile tombé d'un toit n'est pas nécessairement victime d'un crime. »

Comme sur un signal, nous bondîmes ensemble de la fenêtre sur le balcon, et de là sur la terrasse. Les fissures sinueuses du béton s'ornaient avec une pétulance printanière d'efflorescences de mauvaises herbes et de diverses mousses. Nous prîmes par la droite et grimpâmes sur la corniche du mur, qui nous mènerait au dédale familier des jardins. En passant, nous jetâmes un œil sur le nôtre, côté gauche – lui aussi avait revêtu une parure de fête. Moins, à vrai dire, à l'appel annuel à la résurrection lancé par dame

Nature que sous la houlette rigoureuse d'Amoebius Mars. Celui-ci, d'ailleurs, se tenait au milieu de ses plates-bandes de fleurs et grattait d'une main son crâne chauve. De l'autre, il tenait son inévitable sarclette à deux pointes, qui depuis longtemps déjà avait donné le coup de grâce à toutes les mauvaises herbes des environs immédiats. Pour l'heure, le jardinier modèle semblait quelque peu perplexe. Rien d'étonnant à cela : il ne restait plus la moindre parcelle qui, fertilisée, binée, taillée, désherbée, tondue, soumise enfin à toutes les mesures de domestication botaniques, n'eût été conformée à l'idéal des justes proportions bourgeoises. Bref, le brave homme n'avait plus rien à faire, ce petit coin de terre ressemblant déjà à son propre archétype. En dépit de ces frustrantes conclusions, il nous salua en levant brusquement la main au-dessus de la tête à notre vue, la rapidité du geste et la rigidité du sourire trahissant toutefois comme un sentiment d'être pris sur le fait. Probablement devinait-il que j'avais percé à jour l'embarras de sa situation.

Et c'est ainsi que je me retrouvai trottinant de nouveau à la suite de mon bon et généreux Barbe-Bleue sur les corniches zigzagantes des murs. Suivant de l'œil la bonhomme claudication de mon vieil ami, et quoique tout retourné intérieurement à l'idée de contempler un cadavre, j'étais plongé dans de profondes réflexions. Devant Barbe-Bleue, j'avais joué au sage impartial et dénué de préjugés, prétendant être aussi attaché aux clébards qu'aux nôtres, oui, j'avais même indirectement défendu la cause de l'égalité entre les espèces. Or j'avais menti. En vérité, je haïssais les clébards! J'exécrais tout en eux.

La raison exacte m'en était tout aussi mystérieuse qu'un rocher dans le brouillard. Étaient-ce leurs abominables aboiements, qui, de frayeur, suspendaient quelques instants les battements de votre cœur, était-ce leur odeur répugnante ou leur indigne et rampante servilité à l'égard des hommes, un peu comme s'ils avaient été des esclaves manifestant pour le maintien de l'esclavage? Ou bien la cause véritable de cette antipathie résidait-elle dans d'archaïques rivalités, parce qu'en des temps immémoriaux ils avaient passé alliance comme nous avec l'*Homo sapiens*, pour le meilleur et pour le pire, et que depuis nous briguions ses faveurs par tous les moyens?

La gent canine, de la famille des canidés, se lia d'amitié voici environ quatorze mille ans avec le chef-d'œuvre de la création, appréciée qu'elle était en tant que système d'alarme et auxiliaire de chasse. Comble d'humiliation, un seul et même ancêtre nous relie à eux. De même, étrangement, que les ursidés, mieux connus sous le nom d'ours. Nous tous sommes les descendants d'un drôle de petit être arboricole appelé *miacis*, qui vécut voici environ soixante millions d'années et se range ainsi, dans l'histoire de l'évolution, peu après les tout premiers mammifères d'aujourd'hui, mais bien avant l'apparition des grands singes. Ce bon vieux *miacis* avait la taille d'un vison, les jambes courtes, la queue longue, le corps oblong, le cou modérément allongé et les oreilles droites [2]. Par la suite, cependant, nos chemins bifurquèrent. La branche

35

phylogénétique aboutissant aux clébards se prolongea jusqu'à un animal appelé *cynodictis*. Vint ensuite le *cynodesmus*, famille d'animaux plus grands dont sont probablement issus les hyènes et les chiens de chasse actuels d'Afrique et du Cap. La seconde lignée, enfin, fut nommée *tomarctus*, ancêtre commun à tous les canidés, y compris les loups, les chacals, les renards, les dingos et les chiens sauvages.

Que les clébards descendent en ligne directe du loup fait aujourd'hui partie des choses communément admises, mais n'est aucunement démontrable à cent pour cent, comme certains voudraient le faire accroire. Pour la plupart des gens, le loup semble posséder un certain pouvoir et de nobles vertus. Oui, il semble même s'être transformé dans la conscience populaire en quelque chose de comparable à l'Indien magnanime décimé par l'homme blanc, qui ne s'attaque aux autres créatures que si son estomac ou celui de ses chers petits le lui dictent. Il se peut que cela soit vrai – ou pas. En tout cas, il suffit de regarder une fois un loup dans les yeux pour comprendre qu'un clébard n'est pas un loup, même apprivoisé. Le clébard a les pupilles rondes, alors que celles de plusieurs espèces de loups sont ovales, et obliques.

Se pourrait-il donc que les clébards descendent en réalité d'un confrère ayant la réputation de courir les rues, de dévorer ordures et déchets de toutes sortes, de suivre les vrais prédateurs pour s'emparer des vestiges de leurs repas, voire de hanter les cimetières, où il n'hésite pas à déterrer les cadavres et à se repaître de la viande accrochée aux ossements ? De nombreux scientifiques de renom pensent en effet tenir la preuve que les clébards sont en grande partie issus du chacal. Mais qui serait prêt à croire que son petit quadrupède chéri, avec lequel il partage son toit et peut-être sa couche, est de par ses gènes un charognard violeur de sépultures et un poltron nauséabond ? Psychologiquement, il est bien plus facile d'associer le clébard au loup, chevaleresque créature. Sans compter que toutes les espèces clébardes peuvent être croisées, y compris les renards avec les loups, de sorte que le clébard commun pourrait bien être qualifié d'« œuvre d'art intégrale » de la génétique.

Personnellement, ce que j'exècre le plus en eux est leur agressivité furibonde, capable de basculer en un clin d'œil dans le fanatisme guerrier. Les mercenaires humains qualifiés aujourd'hui de fous de guerre eurent pour précurseurs des clébards de combat spécialement dressés pour assaillir les premières lignes des armées ennemies. Je citerai ici Shakespeare : « À la mêlée ! Réveillez les chiens de guerre ! » Les Gaulois envoyaient au combat des clébards à colliers noirs auxquels étaient fixées des lames coupantes comme des rasoirs. Ces effroyables monstres fondaient sur la cavalerie romaine et déchiquetaient les pattes des chevaux, mettant l'ennemi hors de combat. Hélas ! il n'est rien que le clébard ne fasse quand son maître l'ordonne !

C'est donc malgré moi que je me rendais ainsi à ce congrès des babines retroussées pour y jouer le rôle du diplomate détective. Et je commençais à subodorer qu'il s'agissait d'un coup de maître de la part de ses organisateurs. L'élucidation des crimes, de quelque côté qu'ils aient été commis, créerait enfin très officiellement les conditions de la guerre. En surface, il n'était question que de mettre hors d'état de nuire quelques brebis galeuses aux sabots tachés de sang. Mais, dès qu'il serait clair que l'agneau devenu boucher provenait d'un bord ou de l'autre, on ne ferait plus de distinction entre l'auteur individuel du crime et son espèce, et l'on condamnerait aussitôt cette dernière dans sa totalité.

Cependant, j'avais moi aussi un atout dans ma manche : un refus pur et simple ! Non seulement je ne me laisserais pas embarquer dans cette enquête, non seulement je n'identifierais pas le nouveau cadavre comme la victime d'un meurtre, mais de plus je ne me laisserais pas non plus marionnettiser par ces politicards magouilleurs. Non, je resterais gentiment à l'écart de tout cela, comme tout bon citoyen devrait le faire lorsque des arrivistes cherchent à fourvoyer le peuple. Et je m'en tiendrais aux bons côtés de la vie, à la douceur du soleil, à la crème chipée sur les gâteaux aux fruits de Gustav, au soyeux pelage blanc de Roxy, à son envoûtant regard bicolore et à son parfum si sensuel dans l'air frémissant de midi. Plus que quelques heures encore, et on y serait...

L'ivresse printanière de la flore des jardins nous avait entre-temps quelque peu grisés, Barbe-Bleue et moi. Et aussi passablement irrités. Si les murs nous avaient offert un chemin surélevé, une palanquée de plantes déchaînées nous entravaient de toutes parts. Gavées de terreau et d'engrais artificiel par d'oisives épouses des classes moyennes, des armées de sureaux et de roses nous bloquaient le passage à chaque instant. Irrigateurs à impulsions, à quadrillage ou à circumduction, brise-jet, arrosoirs, tuyaux sur dévidoirs déversaient de telles masses d'eau sur les flambées de lis, les fuchsias ventripotents et les gazons rasés de près qu'on eût dit qu'il s'agissait de rendre à nouveau fertile le désert de Gobi. Et tout cela pénétré jusque dans ses moindres fibres par les rayons d'un soleil pétulant et sous un ciel bleu Technicolor prohibant à l'avance toute idée de sang et de souffrance. Cependant, je finis par apercevoir le cadavre.

De loin déjà il sautait aux yeux, flottant sur les eaux troubles d'une mare abandonnée, telle une illusion d'optique au milieu de ce paysage de perfection.

Je connaissais bien ce petit jardin mal entretenu. Il se rattachait à un bâtiment ancien maintenant inoccupé, dont le propriétaire avait été contraint voici six mois, à la suite d'une faillite commerciale, de s'exiler avec femme et enfants jusque dans l'enfer des habitations à loyer modéré. Depuis, d'équivoques agents immobiliers hantaient à l'occasion les appartements déserts en compagnie de leurs capricieux clients, mais sans que rien, manifestement, se soit conclu jusque-là. Et ce jardin qui, durant l'hiver, avait pu encore masquer sa déchéance sous une couche de neige d'un blanc virginal faisait maintenant songer à l'équivalent en vert de la tignasse d'Einstein. Laissée à l'abandon, envahie de taupinières, la pelouse rappelait dans sa luxuriance irrégulière une mer houleuse, tandis qu'arbres et buissons se livraient bataille à coups de branchages foisonnants, si bien qu'au total on avait l'impression d'assister à un délire d'emberlificotement mégalomaniaque. Emportées par le vent, des feuilles s'étaient répandues en vagues bigarrées sur toute cette splendeur, tombant en tourbillons jusque dans la mare, où elles enserraient la dépouille comme au cours d'un rite funéraire indien.

Barbe-Bleue et moi bondîmes au pied du mur et nous approchâmes prudemment du plan d'eau. Le cadavre à sa surface évoquait un bateau fantôme allant pensivement à la dérive, abandonné de mystérieuse façon par son équipage. Mais même de là où nous étions, à quelque distance, je pouvais voir que l'hypothèse de Barbe-Bleue, selon laquelle le dessin des morsures ne pouvait correspondre qu'aux canines d'un clébard, n'était pas tout à fait justifiée. Et lorsque nous arrivâmes au bord de la mare, simple amoncellement circulaire de pierres polies, je n'eus plus aucun doute. Le pelage détrempé, les yeux écarquillés sur un regard fixe, la gueule grande ouverte comme sur un cri muet, la dépouille inanimée flottait dans notre direction, telle une vision d'horreur, et je pus examiner de près les stigmates de la mort. Ces derniers provenaient de – hum, n'en disons pas plus...

L'assassin avait surpris sa victime sur le mur, le matin même peut-être, tandis qu'allongée sur l'étroit chemin elle s'apprêtait à se faire dorloter par les rayons d'un soleil virginal. Des gouttes de sang isolées, que j'avais déjà remarquées sur les briques avant de sauter, semblaient confirmer ce soupçon. Mais les choses sérieuses n'avaient commencé vraiment que sur la pelouse. Des traînées de sang sillonnaient l'herbe comme un tracé sinueux de circuit automobile, révélant que la victime avait essayé d'échapper à son poursuivant de toutes les forces dont elle disposait encore. Selon toute vraisemblance, le tueur s'était arrangé pour la faire tomber du mur et l'avait assaillie à coups de dents sur toute la longueur du jardin. À l'exception des derniers mètres. Ici, les traces spectaculaires de sang s'arrêtaient, cédant la place à un pitoyable égouttement. Il peut évidemment paraître bizarre qu'un représentant de mon espèce, même à demi mort, même à demi lucide, ait cherché à échapper au trépas en se jetant à l'eau, chacun sachant bien qu'il ne s'agit pas vraiment de notre élément. Mais, là aussi, je pensais être à même de discerner une certaine logique dans l'esprit de la victime.

L'œil de Barbe-Bleue, à son âge avancé, semblait ne plus remplir son office qu'à grand-peine ; ou peut-être n'interprétait-il la réalité qu'en fonction de ses préjugés. Lesquels exigeaient que seuls les *autres* soient responsables des meurtres. Et pourtant, je ne parvenais pas à blâmer tout de go ses facultés de jugement, étant moi-même dans la plus grande incertitude quant à la chose observée. Le cadavre – certes en plus petit – flottait devant mes yeux comme une baleine harponnée ne pouvant témoigner des exactions barbares commises à son encontre qu'en exposant sans ménagements ses flancs meurtris. Je pus, malgré l'épaisseur du pelage, faire quelques constatations intéressantes : tant par le diamètre des perforations que par la distance les séparant (l'écart entre les canines, donc), les nombreuses morsures, accumulées surtout dans la région de la

41

nuque, donnaient en effet à penser que seules des créatures dotées d'une morphologie plus puissante que celle de mes semblables pouvaient entrer en ligne de compte. Mais 1. ces incisions n'étaient pas d'une taille si exceptionnelle qu'elles dussent obligatoirement désigner un clébard comme coupable; et 2. grâce à une habile sélection et à une diète irréprochable, quelques-uns de mes congénères avaient acquis une carrure imposante et arboraient maintenant des dentures dignes de respect. En outre – mais peut-être était-ce pure imagination de ma part? –, les plaies avaient quelque chose, comment dirai-je? d'impeccable, oui, quelque chose de propre. Un peu comme si elles avaient été l'œuvre d'un artiste, qui, en dépit du stress et des impondérables liés à tout meurtre, aurait mis un point d'honneur à infliger à sa victime des blessures aux contours aussi nets que dans une bande dessinée. Car lorsque les prédateurs que nous et les clébards étions encore malgré notre domestication se lançaient dans la morsure, le résultat ressemblait rarement au monogramme laissé par un vampire au cou d'une belle jeune fille. Autour des incisions apparaissaient d'affreuses déchirures, et les victimes ne s'en tiraient jamais sans quelques égratignures ou quelques déchirements de peau.

Je contemplais pensivement la mare sanglante, où semblait se répandre un filet de peinture rouge issu de je ne sais quelle source invisible. Ce faisant, je constatai en silence que mes déductions ô combien futées m'emplissaient comme à l'accoutumée d'un sentiment d'autosatisfaction professionnelle. Et c'est avec d'autant plus de stupeur que je m'aperçus soudain que des gouttes tombaient dans cette eau souillée, déclenchant à la surface de drôles de petites ondes circulaires, et que ces gouttes n'étaient rien d'autre que mes chaudes larmes. Aussi, je relevai la tête et fixai la dépouille.

C'était Roxy.

2

La signification du mot « disparition » est évidente. Cependant, lorsque l'on perd ce que l'on aimait par-dessus tout dans la vie, la perte dépasse le simple cadre de la « disparition ». Elle devient comme un trou noir intérieur, oui, comme une perpétuelle agonie en compagnie du défunt. Et il en fut ainsi pour moi après la découverte du corps de Roxy. Quelque chose de sinistre s'abattit sur moi, qui malgré le soleil précipita mon cœur dans les ténèbres les plus profondes. Pourtant, je suivis Barbe-Bleue en direction du rendez-vous avec le même enthousiasme que si cette découverte m'avait rechargé les accus de mille volts. La raison ? Il me fallait des coupables pour cette monstrueuse barbarie. Et, en dépit de mes subtiles réserves, je m'étais secrètement rangé à l'avis de Barbe-Bleue, et je savais qui étaient les assassins : les *autres* !

L'arène où devait avoir lieu la conférence avait été choisie fort à propos. Il s'agissait des ruines d'une bâtisse colossale, située sur une hauteur, et qui avait succombé voici des lunes à un incendie meurtrier. Quelques poutres et poteaux carbonisés, un grand escalier de pierre en colimaçon et de squelettiques vestiges de la charpente se dressaient seuls vers le ciel, tels des monuments à la destruction. Bientôt, ce tas de gravats devait céder la place à un immeuble neuf.

À notre descente du mur, et alors que nous nous apprêtions à gravir la colline, Barbe-Bleue et moi remarquâmes de loin déjà l'incroyable transformation qui affectait le décor. La ruine donnait l'impression d'avoir été retapissée de fourrures de toutes natures et de toutes couleurs par quelque décorateur cinglé. Tels les spectateurs d'un stade, des centaines de mes congénères et de clébards occupaient les lieux du sinistre. L'escalier noir de suie, une spirale enfoncée dans la terre qui s'effritait et penchait dangereusement, était littéralement assiégé par les nôtres, venus de tout le voisinage. Des yeux remplis de haine, au milieu de visages furibards, fixaient une espèce de scène en contrebas. Il s'agissait d'un ovale vacant au milieu du terrain, où les restes de la charpente jetaient une arabesque d'ombres. Les truffes-en-pointe s'étaient attroupées en face de l'escalier. Un petit miracle en soi : avaient-ils bien tous déposé auprès de leurs maîtres et maîtresses une demande en six exemplaires les autorisant à sortir à une heure si tardive? En tout cas, siamois et angoras lançaient des regards empoisonnés aux dobermans et aux terriers, et les caniches nains et les colleys aux persans et aux birmans. Effrayante concentration d'hostilité et de bêtise, un peu comme s'ils avaient tous baigné dans un bassin de kérosène, une allumette enflammée flottant capricieusement au-dessus de cette vision d'horreur.

Pareil à un pasteur animé d'une inébranlable confiance en Dieu, Barbe-Bleue, la tête haute, s'avança le premier dans cette cathédrale suintant de haine, qui se mit à vibrer sous les hurlements conjoints des deux espèces. Des aboiements tonitruants, issus de mille gueules, et des miaulements à vous donner la chair de poule, issus de gosiers non moins nombreux, faillirent faire exploser mes oreilles habituées aux airs d'opéra. L'effet se renforça encore lorsque Barbe-Bleue m'achemina au centre de l'arène, au point exact où les vociférations des deux parties s'entrechoquaient comme deux armées. Sur ma gauche, les clébards couraient fébrilement le long des murs calcinés, et, s'ameutant par petits groupes, menaçaient continûment d'enfoncer le cordon de sécurité formé de quelques sacs à puces particulièrement balèzes. De l'autre côté se tenaient les nôtres. Trépignant d'excitation sur l'escalier, ils poussaient des feulements en direction de leurs ennemis jurés, leur lançaient des cris assourdissants d'ardeur belliqueuse et, toutes griffes dehors, exécutaient des figures de *shadow boxing*.

« Je demande le silence ! tonna Moïse à notre approche, exhortant la horde en folie d'une voix de basse insupportablement mielleuse. Silence, je vous prie ! Silence ! »

C'était un véritable birman, par opposition à ces imitations bon marché dont l'archétype résulte, par croisement avec le patrimoine siamois, d'une grossière falsification. Le poil brun foncé, la sous-robe parcourue de reflets clairs, les yeux couleur or, le corps ramassé, il était doté avec cela d'une intelligence qui lui aurait permis de refiler au diable en personne un crédit à quatre-vingts pour cent d'intérêts. Ce qui ne m'impressionnait pas le moins du monde. Car une intelligence sans sentiments est comme l'eau au-dessous de zéro : froide, figée, morte.

Notre grandiose leader était flanqué de Petit Max et de Titus. L'un et l'autre de froids opportunistes, qui par intérêt auraient instantanément abjuré la foi catholique pour se convertir au chamanisme. Deux bâtards des rues, auxquels un pelage aventureusement tacheté et un visage étrangement pointu donnaient à la fois un air de rapaces et la mine de mandarins sournois. Tous trois se tenaient en première ligne et faisaient des efforts surfélins pour paraître au moins aussi imposants que la garde prétorienne de César [3].

« Ma foi, maintenant que notre ingénieux ami nous fait enfin l'honneur de sa présence, j'ai bon espoir que les auteurs de ces atrocités se feront pincer en un clin d'œil », dit hypocritement Moïse pour calmer l'auditoire. Ce qu'un esprit non embrumé eût pu traduire par : « Vous allez voir, bande d'abrutis : même ce gros démerdard n'arrivera pas à éclaircir l'affaire, et en fin de compte nous pourrons nous sauter mutuellement à la gorge ! » Sa formule compassée, « enfin l'honneur de sa présence », était une flèche à mon intention. Car j'étais bien le seul, dans le quartier, à avoir refusé jusqu'ici d'apporter de l'eau au moulin infernal des suspicions et des accusations réciproques, et d'entonner la chanson du chauvinisme génétique. Moïse était un vieux malin rompu à toutes les ficelles, un enjôleur démoniaque sachant jouer en virtuose de l'âme de ses fidèles. Mais ce qui me fichait peu à peu une douzaine d'ulcères d'estomac, c'était le fait que, depuis la découverte du corps déchiqueté de Roxy, j'adhérais à son orientation. Où allions-nous !

Barbe-Bleue et moi nous arrêtâmes à la frontière exacte entre félidés et canidés.

« Le moment des explications est venu, chers amis..., grommela Moïse en s'efforçant d'imiter la gestuelle baroque d'un prédicateur,... et chers voisins de l'autre bord, qui soupçonnez certains d'entre nous de meurtre. Quoique je ne sois pas assez mufle pour penser de même ! » ajouta-t-il sagement.

L'autre bord... Au fond, il ne s'agissait guère que d'une version en miroir de la nôtre. Sinon de la même. Derrière, le peloton des abrutis à petit pois en guise de cervelle, dont la vie insipide ne retrouvait un semblant de pep qu'à la perspective d'un peu d'action, et qui ne comprenaient les conséquences de leur ardeur sanguinaire qu'à la vue de leurs propres tripes ou de celles de leurs enfants étalées dans la boue. Il n'était pas dur de les rallier à la guerre, même la mémé de Guignol y serait parvenue. Le premier rang, en revanche, était plus intéressant. Une clique de représentants du peuple élus par la grâce d'eux-mêmes, prétendant parler au nom de tous les clébards de la galaxie mais inlassablement occupés en vérité à consolider toujours plus leurs positions de pouvoir et à mettre la main sur le bifteck du voisin. D'où, d'ailleurs, les races représentées : de belliqueux dobermans, d'adipeux bouledogues anglais, de patibulaires mâtins et de dangereux bull-terriers.

Et au milieu d'eux leur roi, un Moïse clébardesque. Sauf qu'il s'agissait, en l'occurrence, d'une reine. Sissi était de race carline, ce qui ne la plaçait pas exactement, vu sa petite taille, tout en haut de la hiérarchie des clébards. Mais on avait maintenant compris jusque dans ces milieux qu'en dépit des clichés les molosses colossaux étaient plutôt des épaves mal en point que d'héroïques forces de la nature au tempérament blindé. Cependant, même un invétéré clebsophobe comme moi doit avouer à cet égard que l'homme a commis sur cette espèce au large spectre évolutif un crime animalier inexpiable en termes de taille et d'aspect. On peut le dire aujourd'hui : toutes ces pitreries destinées à flatter le regard humain – accumulation inflationniste de rides sur les visages, corpulence hors normes, « arrières profilés » tombant à la verticale –, tout cela eut invariablement pour résultat une souffrance nonstop chez ces objets de désir. Je remercie le Tout-Puissant de nous avoir donné un bagage génétique ne permettant que de minimes tripatouillages zootechniques, lesquels concernent tout au plus, en général, la robe ou la forme de la tête. Sinon, je me baladerais vraisemblablement en ce monde avec une bosse dans le dos ou avec la tronche du fameux Ernest dans le *Muppet Show*.

Depuis, les clébards avaient eux aussi pris ces faits en considération, et préféraient confier leur destin collectif à la rouerie d'un carlin plutôt qu'à un mastodonte dont l'attention tout entière eût été accaparée par ses mille infirmités. D'un âge relativement avancé, mais n'ayant rien perdu de sa perfidie, Sissi portait le

50

noir aux oreilles et, autour de son museau aplati, ce que les experts appellent un masque. Ces ombres formaient le seul contraste de couleur avec son pelage beige. Ses yeux également étaient noirs comme jais, pupilles et iris compris, et de ce fait il n'était guère possible de lire la moindre émotion sur sa physionomie. Elle avait en outre quelque chose d'une maman poule omnisciente, invitant ses ouailles à l'utiliser comme décharge émotionnelle pour tous les problèmes relatifs à la vie de clébard et sachant en tirer parti à merveille.

Sissi était en permanence secondée dans ses intrigues par Hinz et Kunz, deux frères lévriers taciturnes mais particulièrement méchants ; du fait de leur incontrôlable instinct de chasseur, tout détective amateur les aurait soupçonnés en premier des meurtres en série. Les lévriers passent pour être la formule 1 des clébards : ils peuvent atteindre une vitesse de soixante kilomètres-heure. Ces bestiaux sont faits pour ainsi dire uniquement d'une surpuissante cage thoracique, laquelle leur confère une endurance étonnante lors de la chasse. Leur tête étroite, comme étirée jusqu'à l'absurde par quelque effet spécial de dessin animé, fend l'atmosphère à la façon d'une flèche. Pour Hinz et Kunz, dans la situation présente, c'était à la fois Noël, Pâques et l'hallali, aurait-on pu penser, puisque pour leur race les curées sanglantes représentaient la règle, et non pas l'exception.

Robe grise miroitant de reflets mats sous le soleil, œil d'un jaune métallique fixement posé devant eux, semblables à deux sphinx cruels renfermant des mystères plus cruels encore, Hinz et Kunz se tenaient donc aux côtés de Sissi, perçant non seulement moi-même, mais aussi toute l'hystérie autour d'eux, du regard impassible de deux portraits à l'huile.

« Vous connaissez tous notre ami Francis, un génie en matière de criminalistique, chers compagnons et chers hôtes », dit Moïse pour enrober son propos, tout en sachant très bien que personne n'inclinait à la moindre élucidation de l'affaire. Mais on est diplomate ou on ne l'est pas.

C'est alors seulement que je remarquai un tas de détritus gisant à côté de Kunz. Un tas de détritus conséquent – et manifestement doté d'un reste de vie, car j'apercevais à sa surface le frémissement léger d'un souffle. Marron sale, jaune sale, le poil tacheté de nuages sombres, hirsute, puant selon toute vraisemblance de façon atroce, émettant par ailleurs de discrets ronflements, la *chose*, recroquevillée en demi-cercle, semblait se trouver dans un état entre le sommeil, la transe et la mort. En tout cas, elle ne paraissait pas porter l'intérêt requis aux événements explosifs qui se déroulaient ici. Mais qu'en avais-je à faire ? Après tout, les détritus déposés illégalement sur la chaussée étaient l'affaire des autorités, non la mienne.

« Pas du tout ! » rétorqua Sissi en interrompant mes scabreuses observations. Elle se lécha d'une langue baveuse l'explosion de rides qui lui tenait lieu de gueule, recouvrant tout jusqu'à son nez épaté d'un luisant voile muqueux. Signe qu'elle entendait s'animer un peu.

« Nous ne connaissons votre ami que par ouï-dire, continua-t-elle. Et nous ne savons pas non plus exactement sur quoi repose sa réputation de détective de génie. Pas sur sa seule capacité à flairer les crottes de souris, j'espère. »

Un ouragan de rires parcourut l'assemblée des clébards, comme s'il s'était agi de la blague du siècle. Ce qui déclencha aussitôt chez la partie adverse, humiliée, une bordée d'exclamations et de huées furieuses. Quelques moustachus plongèrent même de l'escalier dans l'arène et, griffant les airs, commencèrent à infliger une dose préventive de blessures imaginaires à leurs ennemis. Cette réaction de mes congénères me parut absurde, considérant que j'étais tout sauf populaire chez la plupart d'entre eux. Mais il s'avérait, une fois de plus, que dans ce genre de pétaudières de la haine il manquait invariablement ce petit rien qui distingue les vivants des morts, à savoir l'activité cérébrale. Et les petits malins comme Moïse et Sissi savaient veiller à ce qu'il en soit ainsi.

Les seuls à ne pas joindre leur voix à ce raffut furent Petit Max et Titus d'un côté, Hinz et Kunz de l'autre. La mine figée, ils enregistraient les défoulements d'hostilité à la manière de sismographes mesurant l'amplitude des tremblements de terre. Leurs tronches en pointe et leurs yeux glacés tranchaient sur les postures rengorgées de leurs chefs.

« Nous étions partis du principe selon lequel cette conférence permettrait de trouver une solution aux tensions qui règnent dans le quartier, renâcla Moïse en se mettant à arpenter hargneusement son territoire.

Mais si vous croyez, bande d'aboyeurs à la lune, que nous sommes venus ici pour nous faire insulter, alors nous résoudrons le problème par la force. »

Un mugissement approbateur retentit de tous côtés, jusques et y compris chez ceux visés par ces menaces.

« T'emballe pas, espèce de braconneur d'insectes ! » glapit Sissi en guise de réponse avant de s'avancer à son tour lentement au milieu de l'arène. Ce faisant, elle ressemblait à un petit ballon roulant sur quatre autres ballons un peu plus petits. « Primo, j'ai uniquement mis en doute les talents de votre super-renifleur, et deuzio, je ne vois toujours pas de raison de renoncer à l'idée que vous faites de la provocation ciblée.

— Mais il avait été décidé d'œuvrer ici à la paix, non de laisser la situation dégénérer. De plus, vous étiez d'accord pour une explication franche et pour faire appel à un expert afin de clarifier rapidement les choses. Alors voilà, notre ami Francis est là. Et il a plus de malfaiteurs à son tableau de chasse que tous les montreurs de crocs parmi vous.

— Même si le malfaiteur en question est un tueur issu de vos rangs et si sa mission consiste à saper les relations de bon voisinage par des meurtres au hasard en vue d'aplanir le chemin vers la guerre ? »

À ces mots, la façade d'habile démagogue de Moïse commença à se fissurer, et, sous l'emprise d'une légitime colère, l'or de ses yeux vira au rouge vif.

« Qu'est-ce que c'est que ces âneries ? Tu ne vas quand même pas prétendre que nous avons abattu de sang-froid quatre des nôtres pour détourner les soupçons !

— Pourquoi pas ? Tu insinues bien la même chose, répondit Sissi avec un mauvais sourire, sollicitant du coin de l'œil l'approbation de son auditoire.

— Et pour cause. Le dessin des morsures infligées aux nôtres, y compris à la dernière victime, vous désigne vous, les clébards, comme coupables ; oui, sans conteste il vous désigne vous, hypocrites clébards !

— C'est une affirmation un peu osée », pensai-je à haute voix en m'interposant entre les deux fiers-à-bras. Bien que Barbe-Bleue se fût efforcé jusque-là d'apparaître comme un Bouddha en plein recueillement, je remarquai en passant que non seulement son œil indemne mais également les rides de son orbite vide, et jusqu'au moignon à la racine de sa queue, étaient pris de tressaillements d'angoisse. Mais, plus grave encore, un soubresaut d'indignation traversait la communauté à laquelle j'appartiens de naissance, tandis que la communauté contre laquelle j'étais censé, selon le folklore, nourrir des dispositions hostiles laissait échapper un « Ouaiiis ! » de soulagement orgasmique. Moïse, petite chose tout éberluée sous le soleil éclatant de l'après-midi, me regardait avec l'air de se demander si les magasins pour animaux offraient aussi des camisoles de force.

« Merveilleux ! s'écria Sissi, comme si je lui avais fourni l'argument souhaité. Même votre gros démerdard admet que nous ne pouvons pas être rendus responsables du meurtre de ces quatre tortionnaires de souris.

55

– Tout aussi faux », répliquai-je, parlant de nouveau davantage à moi-même qu'à la meute idiote de ces simples d'esprit, lesquels semblaient pris de vertige face à cette turbine débitant une information nouvelle à la seconde. Tout comme Sissi et Moïse, d'ailleurs.

« Qu'est-ce que ça signifie ? s'enquit la première, déconcertée. Tu viens de dire que les traces de morsures ne sont pas de nous, et maintenant, tout d'un coup, le contraire devrait être vrai ? De quel côté es-tu, à la fin ?

– Du côté des bons, bien entendu ! » gémis-je, découragé, et je m'assis sur mes pattes arrière sous des centaines de regards méprisants. Mais soit ! Lorsque j'avais accepté de m'embarquer dans cette folie, nul ne m'avait promis une partie de plaisir sur le chemin menant à la vérité.

« D'abord, je n'ai en rien exclu la possibilité qu'une mâchoire canine soit l'instrument du crime, j'ai seulement émis quelques doutes quant à la supposition de Moïse. Tel que je vois les choses, les deux parties entrent en ligne de compte, car les crocs ayant infligé les lésions mortelles peuvent tout autant appartenir à un clébard de taille moyenne qu'à un plantureux – comment disais-tu ? – tortionnaire de souris. Ensuite, je n'ai pas vu les sept autres cadavres, ni entendu quoi que ce soit de vraiment fiable sur la nature et l'étendue de leurs plaies. Si nous partons du principe que tous ont été victimes d'un seul et même tueur, alors nous avons affaire à quelqu'un qui fait usage de ses mâchoires avec une habileté toute diabolique. Cela

56

rend d'ailleurs le mobile plus flou encore. Mais puisque le salaud, manifestement, évite à la perfection de laisser d'autres indices que l'empreinte de ses canines, nous rendant ainsi extrêmement difficile toute identification de son espèce, le mobile pourrait être le suivant : il cherche à attiser l'antipathie qui couve entre nous depuis des siècles, jusqu'au point où nous nous exterminerons mutuellement. Il resterait cependant à déterminer son but ultime. À moins que la chose ne soit toute simple et qu'il s'agisse d'un cinglé, d'un psychopathe enragé tuant au hasard, et qui se contrefout de nos subtiles considérations. Ou, plus simple encore, qu'il ne fasse partie ni des vôtres ni des nôtres et soit tout bonnement un autre animal n'ayant pas la moindre idée de ce qu'il déclenche avec ses carnages.

– Un autre animal ? s'enquit Sissi, louchant de nouveau d'un air railleur vers le public acquis à sa cause. Que veux-tu dire par " un autre animal " ? Alien ? Ou peut-être Godzilla ? »

Les clébards au complet s'esclaffèrent, produisant très vite un seul et unique beuglement de demeurés. C'était une tentative assourdissante, quoique compréhensible, pour étouffer dans l'œuf toute réponse publique à mes élucubrations, bien que ces dernières n'aient pas manqué d'en impressionner quelques-uns, tout particulièrement Sissi.

« Il y a quand même une alternative à tes très subtiles considérations, monsieur le Gros Malin, dit Sissi en faisant taire les siens. C'est *vous* qui êtes les vrais assassins !

– On peut en dire autant de vous ! » grinça Moïse en se tournant vers l'escalier bondé dans l'attente d'une bruyante approbation. Laquelle ne se fit pas attendre. Un tonnerre de bravos fanfarons, d'imprécations furieuses et d'appels à en venir aux griffes sur-le-champ s'éleva du côté de mes congénères supposément introvertis, et roula à travers la ruine pour aller éclater dans le camp des clébards. Une vague déchirante d'aboiements déferla en sens inverse.

« Nous voilà revenus à la case départ », murmurai-je, résigné.

Une catastrophe ethnique d'intensité nucléaire était sur le point de devenir réalité, lorsque Barbe-Bleue s'interposa.

« Ça suffit ! » incendia-t-il les factions adverses de poils hérissés et de gueules bavantes de haine. La mine furibonde, il se joignit à moi. « Ça suffit, bande d'abrutis ! »

Chose étonnante, même dans ce tohu-bohu, son autorité naturelle fit effet des deux côtés. Le niveau sonore commença à baisser, jusqu'à ce que seuls les jappements et miaulements de quelques incorrigibles résonnent encore, et se taisent enfin à leur tour.

« C'était un show de merde, là, ou bien j'ai atterri dans le cauchemar merdique d'une Brigitte Bardot ? Merde, alors ! Car enfin, soit vous organisez ce cirque juste pour pouvoir dire que vous avez fait une tentative à l'amiable, soit vous cherchez vraiment l'assassin. Dans le premier des cas, je propose de laisser tomber ces papotages de saintes-nitouches et de passer tout de suite aux choses sérieuses. Mais si vous tenez vraiment à élucider ces meurtres, tonton Barbe-Bleue n'a qu'un conseil à vous donner : faites une croix dessus ! Celui qui liquide huit âmes innocentes à coups de dents sans laisser le moindre indice, je me fiche qu'il s'agisse d'un hamster ou d'un phacochère : celui-là a encore une belle carrière devant lui. Merde, alors ! À moins, bien sûr, que vous ayez recours à votre dernière planche de salut. Mais cette planche, c'est Francis, que cela vous plaise ou non ! »

Il se tourna vers le clan de Sissi.

« Je ne vous aime pas. Et Francis non plus, si sa cervelle ne lui a pas dégouliné par les oreilles pendant la nuit. Qui, d'ailleurs, vous aime bien ? Les vieux fossiles tremblotant sur leurs bas à varices et les petits despotes travaillés par le complexe du Führer. Pourtant, vous ne trouverez pas ici défenseur de la vérité plus impartial que Francis. Même moi, à l'occasion, si cela pouvait enfin vous faire disparaître de mon champ de vision, je me mettrais à courir derrière un mensonge. »

Il s'adressa également aux nôtres.

« Et en ce qui vous concerne, je commencerais d'abord par me contrôler un peu. Nous sommes des gangsters de la nuit, pas des soldats mécaniques avec une clef dans le dos qu'un meneur quelconque n'aurait qu'à actionner pour nous précipiter sur un champ de mines. Merde, quoi ! Cela vaut pour vous aussi : écoutez ce que Francis a à dire !

– Nous sommes tout ouïe ! », dit courtoisement Moïse, mais avec le sourire condescendant de celui qui dans son infinie sollicitude tolère le radotage d'un vieux débile. Sissi l'imita, feignant fielleusement une expression de grand respect pour l'âge.

« Tu vas rire, mais nous avions déjà pensé à tout cela avant l'arrivée de cet Illuminé. A-t-il des idées neuves dans le carafon ?

– Étant donné la longue tradition dont jouit le respect mutuel dans notre quartier, je répugne à croire qu'aucun d'entre nous puisse mettre en jeu la paix de façon aussi brutale, dis-je, prenant la balle au rebond. Que l'assassin soit issu de nos rangs ou des vôtres, il paraîtrait aberrant qu'il soit du coin. D'une façon ou d'une autre, tout le monde ici contrôle tout le monde, et un autochtone aurait bien du mal à souffler huit bougies sans se faire remarquer par le voisin. Il me semble que nous avons affaire à une intrusion étrangère. »

Voilà qui leur plut ! La simple allusion à une *présence étrangère sur notre territoire* suffisait toujours à créer un élan de solidarité, même lorsque les membres de cette communauté solidaire ne pouvaient pas, en fait, être plus étrangers les uns aux autres. Elle nous transformait en une coalition de conjurés se devant de défendre le prétendu cocon de leur chez-soi contre le péril extérieur. Je le voyais à leurs visages. La fureur n'y était plus destinée au vis-à-vis immédiat, elle y prenait une forme plus indéfinie, dirigée contre des représentations de l'ennemi plus épouvantables encore, auxquelles seule l'imagination était capable de conférer des proportions aussi inquiétantes. Cela m'arrangeait. Si j'avais lancé cette théorie de la présence étrangère, c'était par pur manque d'inspiration.

Je n'en étais, après tout, qu'au début de l'enquête. Je voulais gagner du temps.

« Des étrangers ? » fit Sissi, songeuse – et l'on pouvait l'entendre soupeser les mérites respectifs d'un « nous contre eux » et d'un « nous contre l'étranger ». « Ma foi, c'est une possibilité ! Je n'ai pas directement affirmé que vous étiez derrière ces crimes. C'était juste une idée. Une idée inspirée par la menace immédiate, comme tout un chacun l'aura bien compris. »

Ah bon ! C'était donc ça ! Nous étions maintenant tous suspendus à ses lèvres, impatients d'entendre la suite.

« Et de quelle sorte d'étrangers pourrait-il bien s'agir, à ton avis ? Je veux dire, d'où viennent-ils ? Nous ne vivons quand même pas dans un bidonville où chacun peut aller et venir à sa guise sans se faire remarquer par les résidants. »

Oui, c'était en effet une bonne question. Et il n'y avait, pour un bluffeur, qu'une réponse possible. J'en avais honte avant même de la formuler.

« Si je ne m'abuse, les effectifs du foyer ont considérablement augmenté ces derniers mois. Bien sûr, je suis loin de vouloir faire peser sur nos frères et nos sœurs, enfermés quasiment par procuration, des soupçons aussi indi...

– Quel foyer ? » m'interrompirent Moïse et Sissi d'une même voix. Leur étonnement semblait sincère, et de gros points d'interrogation se profilaient aussi sur les visages de l'assistance.

« Eh bien, le foyer à la pointe est du quartier, là où nous autres atterrissons quand nous n'avons plus de propriétaire », glissa à voix basse le tas de détritus depuis son état de semi-léthargie.

Le tas de détritus ? Oui, le tas de détritus à moitié vivant qui gisait à côté de Kunz, celui-là même qui, au cours de nos querelles, aurait déjà dû rendre l'âme plusieurs fois, prit contre toute attente la parole. Il leva lentement la tête, et je pus l'observer dans toute l'étendue de sa misère. C'était un descendant fortement défraîchi de cette race que l'on associe dans le monde entier, au même titre que Volkswagen et Mercedes, à l'Allemagne et aux vertus allemandes. Fabrication soignée et succès à l'exportation garantis. La garde des moutons passe pour avoir été de tout temps sa vocation naturelle, mais les initiés savent bien qu'il s'agit là d'une race fort jeune. Il a en effet autant en commun avec ses ancêtres gardeurs de moutons que le Germain qui terrorisa César peut en avoir avec Karl Lagerfeld. Le clébard berger d'origine était encore de forme presque parallélépipédique, avec une échine au tracé droit comme nous la connaissons aujourd'hui encore chez le loup. Le clébard berger moderne, en revanche, a reçu des designers canins une échine fortement inclinée vers l'arrière, et ses membres postérieurs forment un angle marqué. Toutes choses qui donnent à ce bestiau sa démarche étrangement furtive.

Ce que j'avais sous les yeux semblait n'être apte ni à la garde des troupeaux ni même à la surveillance d'un sac de billes. Bien que la coloration noir-brun-jaune qui caractérise cette race demeurât reconnaissable, son pelage ébouriffé était couvert d'un désolant voile gris. Ses grandes oreilles, qui eussent dû pointer vers le haut, toutes droites de concentration, pendaient mollement, comme à la suite d'une paralysie musculaire. Au-dessus de ses yeux sans éclat, des touffes de poils blancs proliféraient comme chez un universitaire paumé, et sa denture aux crocs cassés virant du jaunâtre au brunâtre ressemblait à une carrière de pierres éventrée. Il paraissait infiniment las, éreinté par d'innombrables batailles, et cependant il se cachait derrière cette façade délabrée quelque chose d'incisif, comme tapi dans l'attente de l'ultime combat, lequel seul révélerait ce qu'il avait encore dans le ventre.

Cet être-là, donc, se redressa presque au ralenti, s'accroupit tranquillement sur ses pattes de derrière et essuya les matières poisseuses qui s'écoulaient de ses yeux ensommeillés. Son imposante stature inspirait le respect. Il était énorme, quasi aussi grand qu'un ours, impression que l'état de déchéance où il se trouvait ne parvenait pas même à atténuer.

« Ce que dit Francis est vrai, reprit-il. Il y a certes toujours eu une affluence incroyable dans cet asile, mais jamais autant que ces derniers mois. Le début des vacances, période où des hommes de peu de bien succombent à la tentation de se débarrasser de leurs soutiens spirituels à poil, fait nettement sentir ses effets.

– C'est qui, ça ? demandai-je après avoir écouté le commentaire de ce nouveau petit malin avec autant de consternation que si l'on m'avait annoncé la mise sous séquestre de mes écuelles bien-aimées. Le délégué gouvernemental à la protection des animaux ?

– " Ça ", divulgua Sissi avec un mélange d'amusement et de triomphe, c'est ton partenaire. Il résoudra

l'affaire en collaboration avec toi. Je vous présente :
Hektor ! Jadis au service de la police, brigade des stu-
péfiants, aujourd'hui fonctionnaire à la retraite. Mais
là où d'autres ont déjà la morve qui leur pend au nez,
Hektor fait encore parler de lui et de ses talents crimi-
nalistiques. Il est en quelque sorte ton équivalent
parmi nous. »

Les tronches des clébards s'éclairèrent de sourires
satisfaits et vachards. Oui, une lueur de gaieté passa
même sur les traits glacés de Hinz et de Kunz, les
coins de leurs babines allant jusqu'à esquisser un furtif
mouvement d'ascension céleste. Le seul clébard d'évidence peu enclin à rire était Hektor. Il me fixait simplement de son œil morose, haletait avec une intensité
inquiétante en exhibant une langue dont la longueur
eût fait honneur aux lances des sapeurs-pompiers, et
semblait vouloir incarner le manque d'humour. Les
miens, eux aussi, paraissaient passablement abasourdis
– en particulier Moïse, que ce retournement de situation inattendu avait désarçonné comme si une poêle à
frire lui était soudain tombée sur le crâne. Quant à
moi, je me faisais l'impression d'être dans un mauvais
polar de série B, ce qui se voyait certainement à ma
mine éberluée.

« Excusez-moi, dis-je dès que je fus quelque peu
remis du choc. L'âge ne m'a pas épargné non plus en
passant. Mon ouïe, en conséquence, n'est pas toujours
au mieux. Elle me joue même à l'occasion quelques
tours pendables. Ainsi, j'ai cru comprendre à l'instant
que votre pauvre ami, qui n'affronte sûrement son
quotidien qu'avec l'appui d'une talentueuse équipe de

médecins, était censé m'assister lors de l'enquête. Incroyable, ce que l'on peut entendre quand les oreilles se mettent à faire des leurs.

– Pourquoi m'insultes-tu ? dit Hektor avec sur les traits une immense tristesse, et au fond de son regard pénétrant le même reproche que si j'avais raconté de mauvaises blagues sur les chiens d'aveugles ou rasé la tête d'un caniche nain. Que t'ai-je fait ? »

J'allais ouvrir ma grande gueule pour répondre avec une insolence plus écœurante encore à cette question somme toute justifiée quand Sissi me devança.

« Tu as très bien entendu, gros malin. Et vous autres aussi, les tortionnaires de souris. Ou bien pensiez-vous sérieusement que nous allions accepter un des vôtres comme Sherlock sans lui adjoindre un Holmes de chez nous ?

– Ma foi, si c'est là votre Holmes, je préfère ne pas voir votre professeur Moriarty, raillai-je gaiement. Il supervise sans doute l'exécution de ses crimes depuis le sarcophage d'une crypte. »

Comme tous ceux de ma chapelle, Moïse paraissait avoir du mal à récupérer de sa stupeur, et lorgnait à un rythme soutenu tantôt de mon côté, tantôt vers Sissi, tantôt encore en direction du ciel, qu'il semblait implorer de trouver une issue à cette impasse.

« Ce n'était pas prévu, balbutia-t-il. Nous étions convenus que seul Francis mènerait les investigations.

– Erreur ! rétorqua Sissi. Nous étions convenus qu'un esprit astucieux devait dépister le monstre et mettre fin à ses agissements. Qu'il ne puisse pas s'agir de deux esprits astucieux, issus de deux espèces différentes, cela ne fut jamais mentionné. Il n'est que trop juste, à notre avis, que des représentants des deux bords se mettent en quête de l'assassin. Ainsi, aucune des deux parties ne pourra reprocher à l'autre d'être avantagée par le choix de l'enquêteur. Car, pour tout dire, nous ne vous faisons pas plus confiance qu'avant. C'est là notre dernière proposition de paix. Si l'affaire n'est pas résolue dans les quarante-huit heures, nous nous préparerons à la guerre. »

Devant une telle logique en béton, Moïse finit par céder et baissa pavillon.

« Ma foi, votre exigence peut au moins être comprise, même si une telle disposition m'apparaît complètement superflue », grommela-t-il, et, tout au stress de la négociation, il entreprit de se gratter le menton d'une patte postérieure. C'est d'ailleurs une véritable épidémie de grattements qui s'empara des miens – signe que tous s'étaient accommodés de cette nouvelle solution, mais faisaient mine d'avoir à réfléchir longuement sur la question. Des grattements rêveurs, en effet, ont toujours été la meilleure façon de manifester une intense activité cérébrale.

« Nous pouvons assurément discuter de ce nouveau développement, reprit Moïse après une séance de grattements assidus.

– Oui, nous pourrions même considérer la chose comme acquise, si Francis faisait de même. Et je ne doute pas qu'il en soit ainsi. Revenons-en donc à sa prometteuse hypothèse. Que disions-nous déjà au sujet de ce bien suspect foyer, cher ami ? »

66

Aha! L'affaire était donc entendue! Que cela me convienne ou non, il me fallait maintenant collaborer avec ce grabataire puant, véritable pub ambulante pour l'abrègement des souffrances par injection. Qui sait, le bougre était peut-être même un junkie ayant sniffé quelques lignes de trop durant sa carrière de policier renifleur de dope et ayant pris goût à la chose? Pas étonnant dans ces conditions qu'il eût passé la plus grande partie de la réunion à dormir et que, même en état de veille, il eût donné l'impression d'une molle somnolence. Mais qu'importe, les « contraintes objectives » exigeaient ce désagréable travail en équipe. Il n'y avait qu'un hic dans tout cela. À savoir moi! J'aurais préféré consacrer mes journées à faire le beau devant Gustav ou à lui rapporter des bouts de bois plutôt que d'élucider ce crime avec pépé Hektor. Rien ne pouvait y faire, pas même la perspective séduisante de cette douce vengeance que je m'étais promise après la découverte du cadavre de Roxy!

Tout en protestant extérieurement, j'analysais en mon for intérieur les raisons pour lesquelles la seule idée d'une recherche d'indices en commun provoquait en moi un malaise proche de la panique. Après tout, deux détectives promettaient davantage de succès qu'un seul. Selon toute vraisemblance, cela tenait donc pour l'essentiel à ma nature, bien que toutes ces billevisées sur notre tempérament solitaire soient pour la plus grande part des clichés. Nous sommes en vérité bien plus sociables que ce que les fétichistes du social aimeraient à croire – moi excepté, bien sûr. Non, il y avait davantage là-dessous, quelque chose qui s'opposait radicalement à je ne sais quoi d'intime. Une vanité menacée, peut-être, parce qu'en cas de succès il faudrait en partager les bénéfices ? Ou bien mon individualisme, aux tendances quasi autistes ? Ou bien encore une grossière haine raciale, dont je n'étais pas tout à fait dépourvu, comme les événements récents me l'avaient montré ?

Mais il se pouvait aussi que ces réflexions soient à ranger dans la catégorie « profond mais faux », et que les inconvénients d'une telle alliance soient objectivement évidents : 1. Mon « partenaire » était trop vieux pour un job aussi exténuant. La police ne l'avait-elle pas mis à la retraite justement pour cela – et une retraite bien méritée apparemment ? 2. Il était absurde d'éclaircir une affaire en collaboration avec un clébard, car, en cas d'issue défavorable à son espèce, il se refuserait à donner le nom du coupable. Et s'il s'y résignait, personne ne serait prêt à le croire. Certes, il était possible de tenir le même raisonnement à mon sujet, mais je savais que même la partie adverse ne doutait guère de mon intégrité. Et 3. Mes précédentes enquêtes en solo avaient toujours été couronnées de succès. Il n'y avait donc pas la moindre raison de remplacer la « méthode Francis » par cette absurde expérience de collaboration. Et, pour finir, je n'aimais pas ce glandu, je ne l'avais pas aimé depuis le début – point final !

Les membres de l'assistance, qui hérissaient les ruines carbonisées comme autant de gargouilles démoniaques aux flancs d'une cathédrale, m'observaient avec une dévotion haletante, comme si la révélation avait dû surgir d'un instant à l'autre de ma bouche de prophète. Le visage de Moïse était secoué de spasmes. Je n'aurais su dire s'il cherchait à me faire signe ou s'il ne supportait tout simplement pas la tension.

« Non, dis-je à voix basse. Non merci. Ce sera sans moi, chers amis et ennemis. On peut certes sacrifier bien des choses sur l'autel de la paix. Mais pas son âme. Je me sens chez moi sur les sentiers solitaires de la raison, c'est ainsi. Les tristes édifices de l'anti-criminalité organisée me sont étrangers, de même que les joviaux partenaires qui s'y parlent sans cesse à l'oreille et se congratulent d'une tape sur l'épaule au premier pet de travers flairé en commun. Je suis désolé. »

Je m'en fus sans me retourner, et sans accorder le moindre regard aux visages défaits de l'assistance. J'aperçus juste Barbe-Bleue du coin de l'œil. Il était l'image même de la déception, abattu, ratatiné comme un sac de quetsches pourries. Quant à Hektor, il n'avait pas bougé d'un poil de sa pose accusatrice, quasi coulée dans le bronze. Personne ne me héla, personne n'essaya de me retenir, fût-ce par un artifice rhétorique, par d'insistantes supplications, ou par quelque combinaison des deux. Car chacun sentait bien que ma décision était irrévocable.

Je descendis de la colline, m'engageai sur les voies en zigzag des murs de jardins, et, l'esprit tout à l'étrange conférence qui venait d'avoir lieu, pris en trottinant la direction de... nulle part. Le ciel, d'une clarté toute printanière, avait revêtu des teintes ambrées ; seuls quelques nuages moutonnants jetaient des miroitements orangés, annonçant les feux du couchant. Une somptueuse villa aux jardins aménagés en parc bordait mon chemin. Le gazon rougeoyait sous les chauds rayons cuivrés du jour finissant. Je sautai au pied du mur et m'acquittai dans un massif de roses bourgeonnant d'un petit, mais très satisfaisant besoin. Comme la vie était belle ! – à condition de ne penser ni au sang de Roxy, répandu jusqu'à la dernière goutte dans les eaux de la mare, ni aux querelles des dernières heures.

Au bout du parc, je remontai sur le mur d'un bond élégant. Et repris mon chemin à travers le réseau tortueux des sentiers de brique. Je passai des remises au délabrement pittoresque et des arbres fruitiers murmurant sous la brise, longeai une galerie infinie de belles maisons anciennes comme les hommes n'en feront jamais plus parce que leur beauté intérieure les a depuis longtemps abandonnés. Mais à un certain moment l'idylle prit fin. Le firmament s'embrasa progressivement de couleurs rougeoyantes, s'assombrit, strié par les ombres violettes qu'y étiraient les nuages du crépuscule, et l'habitat ancien peu à peu disparut. De modestes logements en série et d'horribles constructions utilitaires firent leur apparition, offrant aux regards le spectacle de leurs arrière-cours et de tout l'attirail correspondant : nains de jardin par régiments entiers, barbecues rongés de rouille, meubles de jardin en plastique, vieilleries indéfinissables.

Et tandis qu'à l'image du fameux lapin publicitaire en peluche rose je continuais, mû par ma superpile, à avancer droit devant moi, une question me vint soudain à l'esprit : mais où donc allais-je ainsi ? Certainement pas chez moi, puisque, si mon sens de l'orientation ne venait pas de rendre l'âme, mon domicile se trouvait exactement dans la direction opposée. Nulle part, alors, dans une promenade de décompression au petit bonheur la chance après une overdose de bébête-talk-show ? Oui et non. Oui, dans la mesure où il fallait bien que je me dégourdisse les pattes et que je m'éclaircisse les idées après toutes ces sollicitations. Et non, dans la mesure où, voyons... Est-ce que la fourrière que j'avais prise pour cible lors de mes embarrassantes conjectures, faute d'indices plus convaincants, ne se trouvait pas quelque part par là ? C'était donc une volonté secrète qui m'avait intuitivement conduit dans cette direction, alors même que je croyais faire une simple petite balade de santé.

Mes soupçons méritaient-ils pour autant d'être jetés en bloc aux mêmes chiottes que toutes ces théories désespérées et iniques désignant des boucs émissaires ? Je n'avais quand même pas inventé le fait que le foyer était plus plein qu'à l'habitude et qu'y rôdaient de bien douteux personnages. Bien sûr, cette mention avait aussi été un excellent moyen de prouver mon génie de détective au pied levé. Mais il ne s'agissait pas d'un mensonge. Ni, d'ailleurs, d'un tuyau éblouissant qui eût mené à coup sûr jusqu'aux assassins. Non, mes observations fortuites des mois précédents n'étaient rien d'autre que cela : de simples observations.

Peut-être était-il judicieux, cependant, d'aller fureter un peu du côté du foyer, même sans intention précise. Car où était-il écrit que je ne pouvais m'attaquer à ce mystère sans obtenir au préalable de ces bouffons de politicos un ordre de mission aux clauses détaillées ? En guise de mandat, ma curiosité maladive me suffisait bien. Allez, c'était parti !

Les environs se firent plus désolés encore. Les murs s'arrêtèrent, quelques rares maisons seules bordant le chemin. Je me frayai un passage difficile jusqu'au pied de collines pelées, vestiges de chantiers inaboutis, traversai des broussailles en pleine prolifération, frôlai des épaves de voitures rouillées jusqu'à la carcasse, gravis des pâtures desséchées. Des ponts autoroutiers aux courbes élancées apparurent, silhouettes pourpres miroitant à l'horizon. Puis ma destination surgit enfin devant moi.

On eût dit un camp de concentration en miniature. Grillages immenses et remparts de béton l'entouraient avec tout le charme propre en son temps au mur de Berlin, afin d'empêcher qu'un désenchanté de la gent animale ne vienne la nuit balancer en douce son petit chéri dans ce « centre de retraitement des déchets ». Il y avait même une espèce de mirador, ombre lugubre solitairement dressée dans le crépuscule, mais qui en réalité faisait fonction de bureau administratif.

Il fut un temps où l'endroit avait eu un tout autre aspect, évocateur plutôt d'une petite ferme. Je me souviens qu'à l'époque nous avions des difficultés notables à distinguer qui était pensionnaire et qui ne l'était pas, car les barrières en bois déglinguées n'empêchaient personne de se glisser à l'extérieur et de goûter au bon petit air de la liberté. Le soir, chacun s'en retournait chez soi, et tout rentrait dans l'ordre.

Cette insouciance prit fin lorsque les hommes se mirent, d'un côté, à vénérer leurs compagnons domestiques jusqu'à l'idolâtrie, et de l'autre, paradoxalement, à les traiter comme de simples objets. La bonne foi exigerait d'ajouter qu'il ne s'agissait pas des mêmes. Mais en est-on bien sûr? Au fil des ans, de plus en plus d'animaux furent jetés par-dessus la barrière, le plus souvent très jeunes encore, et tout particulièrement après Noël ou à la saison des vacances. En outre, on assista à une augmentation du nombre de ceux qui ne pouvaient plus que végéter, faute de soins, et de ceux que l'on transférait dans ce refuge douteux couverts de marques de torture après les avoir arrachés *manu militari* à leur cher maître ou à leur chère maîtresse. À un moment donné, la cohue à l'intérieur et l'affluence de bêtes abandonnées à l'extérieur prirent de telles proportions que les voisins commencèrent à se plaindre. Or il semblait assez sage, de toute façon, d'agrandir les lieux et de donner à un établissement baptisé « asile » un look plus moderne. D'où le résultat mentionné plus haut.

La tour d'Orwell passait pour être aussi sûre contre l'évasion que contre l'invasion. Seuls les initiés ayant comme moi suivi les travaux de construction connaissaient l'existence d'un passage secret : il s'agissait d'un conduit d'égout antédiluvien que les ouvriers du chantier n'avaient pas vu ou qu'ils avaient jugé trop compliqué à enlever. Il sommeillait sous une élévation de terrain peu pentue au pied de la fourrière, son ouverture à présent dissimulée par un vulgaire entortillement de plantes. Il avait évidemment perdu depuis longtemps sa fonction première, mais, si ma mémoire était bonne, il menait assez loin à l'intérieur des locaux, où il débouchait sur une grille d'aération au sol. Bien sûr, je n'imaginais pas une seconde m'y livrer à des explorations en solitaire. Il n'était pas à exclure, en effet, que de bons Samaritains à deux pattes m'y repèrent, me confondent avec un des nécessiteux et me retiennent sur place sans autre forme de procès. Il était plutôt dans mon intention d'observer tranquillement les allées et venues à travers la grille, au besoin de la soulever un tout petit peu et d'y passer la tête pour un examen plus approfondi.

M'aplatissant, je me faufilai millimètre par millimètre vers l'ouverture à demi obturée de la conduite en surveillant avec soin les environs du coin de l'œil. Plus je m'approchais du but, plus je remarquais que la terre de la butte était passablement érodée et que la surface de la canalisation commençait à affleurer. Le passage secret ne resterait plus secret très longtemps. Sur les parties apparentes du conduit, des fissures importantes et des petits trous s'étaient formés, je n'aurais donc pas à renoncer à toute lumière à l'intérieur. Mais il ne fallait pas traîner : il ferait bientôt noir, l'obscurité avalant de plus en plus vite les derniers rayons du soleil couchant.

Écartant l'épais taillis, je pénétrai dans le boyau. Il avait environ le diamètre d'une roue de scooter, et je pouvais m'y déplacer aisément sans avoir à effectuer d'acrobatiques reptations ou à m'infliger égratignures ou contusions. Au premier abord, je fus presque incapable de discerner quoi que ce soit ; mais parce que mes congénères, en ce qui concerne les changements brusques de luminosité, sont de véritables caméléons optiques, mes pupilles s'habituèrent rapidement au nouvel environnement. Par ailleurs, les traits de lumière rougeâtres et tout papillonnants de poussière qui jaillissaient par les points endommagés des parois m'étaient d'un certain secours. Mais je commençais à peine à y voir quelque chose qu'une autre sensation me frappa avec la violence d'un uppercut. Après mon entrée dans le tunnel, en effet, une abominable et douceâtre puanteur explosa dans mon nez ultrasensible telle une grenade à gaz toxique. Elle ne se laissait ranger parmi aucune des substances qui prolifèrent avec l'infaillibilité d'une loi naturelle dans de tels lieux souterrains, peu aérés et très appréciés par la vermine. Non, cette terrible odeur semblait provenir tout droit de la marmite à poison des Enfers, et elle agit sur mes cellules nerveuses déjà malmenées comme la caresse d'un câble à haute tension. J'étais par ailleurs fort contrarié de ne pas voir la moindre lueur au bout de la galerie, alors que c'était à cet endroit que la grille d'aération aurait dû se trouver. Je me consolai en me disant que ce devait être la partie la plus obscure de la baraque.

Comme guidé par une puissance supérieure, je bravai l'atroce pestilence et me frayai péniblement un chemin à travers l'interminable canalisation, mû seulement par une curiosité dévorante. Mais bientôt cette dernière même ne me fut plus d'un grand secours, car je ressentis l'impérieuse nécessité de vomir, et il devint peu à peu évident que je ne tomberais ni sur une grille d'aération ni sur une autre ouverture, car je n'avais plus devant moi qu'une obscurité totale. Pris d'un début de panique, je m'apprêtai à faire demi-tour.

Et c'est là que je tombai sur lui. Il bloquait la conduite de son corps ratatiné comme si on l'y avait enfoncé par la force : un ramassis de clébard compacté, aux membres disloqués et à la tête immense, tête qui dans cette pose grotesque semblait lui sortir du ventre – les yeux, Dieu merci, fermés sur un sommeil éternel. Il était difficile, dans ce royaume des ombres, de déterminer sa race. Peut-être s'agissait-il d'un bloodhound, mais peut-être aussi d'un mâtin, ou encore d'un bâtard. L'odeur de putréfaction était à ce point pénétrante qu'un bref instant je songeai sérieusement à me boucher le nez, à l'instar des humains. La région du cou s'ornait des morsures familières, au dessin d'une étrange perfection. Le sang écoulé avait souillé le pelage sur de grandes surfaces et fini par former sur le sol un long filet, maintenant coagulé en croûtes noires.

À cet instant seulement, je réalisai que, depuis mon entrée dans la conduite, j'avais suivi sans m'en rendre compte cette funeste piste. Il était sans aucun doute tombé aux mains de son assassin quelque part à l'extérieur et s'était ensuite traîné jusqu'ici, cherchant avec toute la force du désespoir à trouver le salut dans son refuge. Ce qui signifiait que je n'étais pas le seul à connaître ce passage secret.

À en juger par l'aspect extérieur du cadavre, par l'infernale odeur de putréfaction et par les marques de sang solidifié, le meurtre remontait déjà à une semaine. Sinon il n'y avait ni trace de l'assassin ni indice renvoyant à un mobile quelconque. Hormis peut-être l'intuition vague que cette série de crimes était en relation avec la fourrière. Réalisant que je venais d'arracher un absurde secret de plus à cet univers déprimant, je m'apprêtais à rebrousser chemin et à disparaître au plus vite, lorsqu'un dernier rayon du couchant, passant par une minuscule cassure du tuyau, fit étinceler quelque chose au cou déchiqueté de la victime.

L'objet était presque entièrement recouvert par le collier de couleur sombre du clébard – sans parler du pelage noirci par les croûtes de sang –, et seul le bord supérieur dépassait d'un millimètre. J'avançai prudemment la patte contre la face intérieure du collier, et aussitôt une de mes griffes accrocha une fente. Je tirai, et un second collier apparut. Collier fort surprenant, cette fois, pour un clébard. La chaîne elle-même était en métal, un alliage d'aluminium, et rappelait les chaînes munies de petites boules argentées des bouchons d'évier. Le pendentif était plus intéressant : il s'agissait d'une fine feuille d'acier de forme ovale, perforée le long de son axe central et marquée d'une inscription... Celle-ci n'était pas anodine ; outre qu'elle apparaissait en double exemplaire, se répétant des deux côtés de la perforation, le texte même semblait de prime abord fort incongru pour un bijou : un sigle indiquant la nationalité, une date de naissance, une lettre capitale, probablement l'initiale du nom du cabot, l'indication d'un groupe sanguin et un nombre à cinq chiffres, manifestement un numéro d'immatriculation.

Sur un bijou, et même au cou d'un animal domestique bien soigné, des informations aussi détaillées n'eussent pas laissé d'étonner. Mais pas, en revanche, sur la plaque d'identification d'un soldat ! Oui, il s'agissait là d'une de ces plaques d'identité militaire, appelées parfois médailles pour chiens, que les guerriers modernes portent autour du cou et qu'on détache à leur mort le long des perforations pour en transmettre une moitié au registre des armées.

Un matricule militaire pour un clébard ? Je subodorais qu'en l'espèce il ne s'agissait pas du cas typique du pauvre compagnon domestique abandonné à l'asile par un maître sans cœur. Ni non plus d'une victime accidentelle de plus qui aurait eu la malchance de croiser le chemin du monstre. Toutefois, il y avait entre cette plaque et celle d'un soldat une différence essentielle qui m'intriguait davantage encore : sous la première série de données se trouvait une inscription de plus, aussi microscopique que si elle avait été gravée par des fourmis, une formule latine : CAVE CANEM ! « Prends garde au chien ! » Que signifiait cette mention ? Était-ce un avertissement ? Destiné à qui ? Une devise pour initiés ? Mais de quelle sorte de cénacle secret pouvait-il s'agir ?

Mes réflexions furent tout à coup interrompues par un bruit derrière moi, qui n'eut pas précisément pour effet de calmer mes nerfs déjà fort tendus. C'était un halètement, un grondement, un martèlement de pas précipités. Distant encore, mais de plus en plus distinct, s'approchant donc de moi. Tenter de fuir était inutile, puisque l'embaumante momie bloquait le seul passage. Tandis que les grommellements se faisaient toujours plus pressants, je sentis un irrépressible frisson de panique s'emparer de mon corps. J'eus grandpeine à garder le contrôle de ma vessie et à respirer sans m'étouffer. Peut-être convenait-il de se retourner et de commencer par regarder une bonne fois ces visiteurs en face. Mais je n'osais pas.

Jusqu'à ce que je m'y décide enfin.

Ce que je n'aurais pas dû faire, car ce que je vis dépassait mes craintes les plus affreuses. Une petite armée fantôme, cinq ou six silhouettes de clébards au poil hérissé, qui n'étaient pas sans choquante ressemblance avec le cadavre, s'avançaient dans ma direction en rampant à travers l'obscurité du cylindre, caravane de morts vivants éclairée seulement çà et là, fugacement, par les traits de lumière effilés qui tombaient de la voûte. Ils paraissaient se déplacer comme au ralenti, et l'on apercevait la bave écumante qui leur ruisselait des babines et leurs yeux tout noirs qui semblaient vous fixer depuis le royaume des morts. Leur souffle pantelant et leurs grondements n'étaient pas non plus de ce monde. On eût dit que ces sons morbides provenaient d'organes à demi putréfiés puant de toute l'odeur des tombeaux. Même après des années de participation à des séminaires de pensée positive, il eût été difficile de se convaincre que ces joyeux confrères étaient en route pour me décerner la médaille du courage.

Que faire? Me suicider, avant que ces zombies écumants ne se chargent du boulot? Ou bien, tout simplement, péter les plombs? Mais peut-être n'avais-je même pas besoin de me torturer l'esprit à la recherche de stratégies, car tout à coup je perçus également un bruit de pas furtif sur la voûte du conduit au-dessus de ma tête. Un de mes poursuivants avait pris un raccourci par le monde d'en haut, et il allait essayer de parvenir jusqu'à moi. Et, comme si mon malheur avait été précipité par cette crainte, j'entendis au même instant un cognement énergique de pattes au-dessus de moi, là où, à ma grande consternation, le plafond de la conduite présentait un nombre inhabituel d'emplacements friables.

Je tournai brutalement la tête derrière moi et m'aperçus que le sanguinaire comité d'accueil n'était plus qu'à deux enjambées d'homme. Dans l'ombre des visages se lisait l'épuisement, dans les regards la torpeur et dans leur démarche toute la dignité d'un cortège funèbre. Aucun doute, ces sinistres cabots de l'enfer s'y connaissaient en matière de mort, elle donnait l'impression d'être leur métier, d'où le respect qu'ils accordaient à la chose. Sans pouvoir discerner leurs mobiles, je pensais avoir trouvé les assassins. Le seul drame, c'était qu'ils m'avaient eux aussi trouvé !

Quelque chose céda, et une pluie de débris me tomba sur la tête. Je levai les yeux et constatai avec horreur que le démon d'en haut, à force d'opiniâtres cognements, avait fini par creuser dans la conduite un trou de la taille d'une assiette et que sa monstrueuse paluche s'avançait déjà pour me happer. Un nouveau coup d'œil angoissé derrière moi. Le premier des égoutiers de la mort se trouvait maintenant si près que nous aurions presque pu nous embrasser. Il avait l'air d'un dragon noir sur le point d'ouvrir la gueule pour cracher le feu. L'espace d'une fraction de seconde, je vis une plaque d'identification militaire briller également à son cou. Puis il ouvrit réellement la gueule, moins toutefois pour cracher des flammes que pour éteindre la mienne à tout jamais.

Il arriva hélas! trop tard. Le locataire du dessus avait déjà passé le museau par l'ouverture et m'avait saisi de ses crocs par la peau du cou. En un éclair, je fus happé vers le haut, et la dernière chose que je vis dans ce maudit tunnel fut la tronche ébahie du dragon exterminateur.

À peine étais-je sorti du trou que mon déménageur se carapata, avec moi pendu à sa gueule qui ballottais violemment en tous sens comme un sac de pinces à linge. Il cherchait probablement un petit coin tranquille où me dévorer par-devers soi sans être incommodé par la présence d'autres convives. Je fus d'autant plus étonné de le voir mettre le cap sur mon quartier. Je lui aurais volontiers expliqué que, s'il désirait croquer les vieux os du célèbre Francis, il risquait davantage de se faire repérer là-bas qu'ici, en pleine brousse. Mais le traitement de choc qui m'était administré était trop intense, et le travelling des maisons et des jardins défilant sous nos yeux trop vertigineux pour cela.

C'est alors que je remarquai l'odeur. Une mauvaise odeur que je ne connaissais que trop. Elle s'échappait de sa gueule comme un gaz narcotique, et même de son corps tout entier. Bien que le rigoureux essorage en cours et l'incessant tiraillement sur ma nuque m'eussent justement plongé dans l'état provoqué par ce gaz, une petite cloche sonna l'alarme sous mon crâne, et la colère me saisit.

« Stop ! hurlai-je. Stop ! ou je raconte à tes potes que tu sauves la vie aux tortionnaires de souris ! »

Cela fit son effet, et Hektor me déposa en bonne et due forme sur un mur à proximité du domicile de Gustav. Sa tronche de clébard berger, qui en dépit de l'âge ne se départait jamais d'un air ahuri d'origine génétique, ressemblait après l'effort à de la cire fondue au soleil. Sa langue pantelante touchait presque le sol. Le soir était tombé, et les fenêtres et jardins d'hiver illuminés, aux façades des arrière-cours, évoquaient les guirlandes de lampions d'une fête estivale.

« Peut-être peux-tu me dire ce qu'une telle opération signifie ? fulminai-je, bien qu'ayant déjà une petite idée de la réponse.

— On m'a envoyé à ta poursuite, dit Hektor en haletant à pleine gorge. Et je t'ai suivi à distance respectueuse, afin que tu puisses rester un moment seul avec tes pensées.

— Comme c'est délicat de ta part. Tu as appris ça au centre de dressage, en sautant au bras capitonné d'un flic ?

— Je te retourne la question : crois-tu que tu aurais maintenant le loisir de t'adonner à ton sens de l'humour congénital si les gentlemen d'en dessous s'étaient occupés de toi ne serait-ce qu'une seconde ?

— Touché. Mais savais-tu que dans ce trou, là-bas, un de tes congénères bloquait le chemin ? Il est à peu près aussi avenant qu'Ötzi *. Quand je lui ai demandé ce qu'il faisait là, affalé comme une chiffe molle, il a préféré me répondre en exhalant un parfum de chiche-kebab vieux de quarante-huit jours.

— Non, je ne le savais pas. Au moment où je commençais à vaincre ma fierté, et où je m'apprêtais à venir te trouver, j'ai vu ces sales bêtes entrer au pas cadencé dans la conduite. Je n'étais manifestement pas le seul à t'avoir pris en filature après ta théâtrale sortie.

— Tu les connais.

— Par ouï-dire. Ils viennent de l'étranger. Je n'en sais pas plus.

— Ils portent des plaques d'identité militaire. Le mort aussi.

— Tiens, tiens. Étrange.

— C'est tout ce que tu as appris, dans la police, " tiens, tiens " et " étrange " ? Il me semblait avoir vu à la télé de fascinants reportages où tes semblables n'ont qu'à renifler l'eau de rasage d'un type pour le convaincre de fraude fiscale.

— Justement. J'ai flairé tous les cadavres, mais à part l'odeur de divers animaux avec lesquels ils avaient eu affaire de leur vivant, je n'ai rien pu noter de particulier. Sinon peut-être, aussi, quelque odeur humaine. Mais ce n'est pas d'un grand secours.

— Alors, bon vent, camarade ! Merci de m'avoir sauvé une de mes neuf vies. Et sois prudent avec ta langue. J'ai l'impression qu'elle va bientôt se détacher. À plus, et bonne soirée. »

Je me détournai et mis le cap sur la maison.

---

* Homme préhistorique rejeté par un glacier en Suisse. *(N.d.T.)*

« Francis, où vas-tu ? » m'interpella Hektor.

Ma tête pivota avec surprise dans sa direction, tant la question me semblait incongrue.

« Eh bien, là où il y a une photo de moi au mur, avec une légende au-dessous qui dit " Le chéri à son papa ". Mignon, non ?

– Et le rapport ? »

La réponse tardant à venir, mon sauveteur semblait littéralement pris de panique. Ses oreilles tressaillaient, ses yeux couleur noisette se dilataient, sa truffe se redressait par à-coups vers le ciel, et il passait nerveusement d'une patte avant sur l'autre.

« Quel rapport ? voulus-je savoir.

– Mais il faut bien rendre compte des incidents à nos supérieurs. Et tout de suite, si possible. »

Je comprenais, maintenant. Je la comprenais, la différence fondamentale entre nos deux tempéraments. La différence entre travail de police et travail de détective. Hektor pensait en termes de hiérarchie, et comme son rang le plaçait quelque part au milieu, il ne s'autorisait pas le moindre pet de travers sans informer au préalable l'échelon supérieur de ses actes. Ainsi fonctionnait le logiciel de son espèce. De mon côté, en revanche, j'avais autant de respect pour les autorités que pour les musiciens de bal musette. Mon espèce était unie par une passion inextinguible pour les cachotteries et les agissements en catimini, où résoudre les secrets dans le plus grand des secrets promettait une véritable satisfaction. On gardait les choses pour soi, on jonglait avec des idées, on se délectait du spéculatif avant de faire face à la réalité.

C'est pourquoi j'aurais préféré prendre dorénavant tous mes repas dans de la vaisselle à l'effigie de Garfield plutôt que de rendre compte de chacun de mes faits et gestes à cette bande de meneurs d'opérette.

« Cher Hektor, dis-je pour essayer de me tirer d'affaire, je ne sais pas comment je peux te l'expliquer sans m'amuser de nouveau à tes dépens. Mais, à l'inverse de toi, je ne considère pas toute demande qui m'est faite comme une injonction divine. Et je ne crois pas me souvenir d'avoir prêté quelque serment de fonctionnaire m'enjoignant d'inscrire avec soin dans le registre de service chaque pause pipi effectuée avec succès et d'en informer mes supérieurs. Ou, pour formuler les choses de manière un peu plus vigoureuse : je fais ce qu'il me plaît !

– Mais tu tiens toi aussi beaucoup à ce que l'ancienne harmonie revienne dans le quartier, n'est-ce pas, Francis ? »

Une sincère tristesse était descendue sur son visage au teint de teddy-bear, comme s'il eût été un petit enfant dont le père venait d'annuler le voyage prévu à Disneyland. Le pauvre garçon me faisait pitié. Mais, pour le reste, il avait raison.

« Oui et non. Comment pourrais-je dire ? C'est que, bon Dieu ! je ne suis pas un exécutant, je n'accepte les missions que venant de moi-même. Le mot " autonomie " te dit-il quelque chose ? Bah, laisse tomber ! Et puis autre chose encore, Hektor : peut-être vais-je te briser le cœur, mais il me paraît absolument inimaginable que nous puissions former une équipe. Ce que j'ai dit à la conférence est encore valable. Je ne peux pas travailler avec un partenaire. Franchement, il m'est même parfois difficile de collaborer avec moi-même. Sur ce, bonne reniflation ! »

Telles furent, ce jour-là, les dernières paroles du très spirituel Francis, un monsieur à l'humour subtil et raffiné, avant qu'il se mette en chemin d'un pas tranquille. En tout cas pour un regard extérieur. Car derrière les apparences de l'autosatisfaction affichée, honte et sentiments de culpabilité en décousaient avec ma fierté. Bien qu'ayant tourné le dos à Hektor, marchant résolument vers les terres gustaviennes, je voyais son image affligée devant moi avec la même netteté que dans un rétroviseur. C'était la deuxième fois déjà que le bougre s'était coltiné ma petite personne et qu'il avait essayé de me rallier à la bonne cause, par la parole et par le geste. Pour être honnête, il m'avait même sauvé la vie. Et moi, je l'avais déçu, pis encore, je l'avais humilié une fois de plus. Et pourquoi ? Parce que je ne pouvais pas changer de peau. Explication fort convaincante, n'est-ce pas ? Digne d'être gravée dans le marbre et entourée de quelques cierges ? Non, en vérité, j'étais purement et lamentablement nul. Nul, nul, nul et nul !

Alors que, sautant par la fenêtre des toilettes, j'entrais dans la pénombre de l'appartement, je me sentis tout à coup tellement exténué, ou peut-être tellement nul que je n'eus pas le moindre appétit pour le petit en-cas que le fidèle Gustav m'avait préparé comme à l'accoutumée. Je n'avais plus qu'un désir : dormir. Dormir et, si possible, mourir. Je me traînai jusqu'à la chambre, où le gros soulevait un tel ouragan de ronflements sous sa couverture qu'un non-initié eût immédiatement appelé les urgences. Avant de m'installer au pied du lit et de sombrer dans un état comateux, j'eus encore le temps de noter en passant une modification mineure dans le décor habituel du coucher. Juste à côté de moi dormait un étranger. Il était mon portrait tout craché. Le même dessin coloré de la robe, les mêmes traits malicieux, le même physique, oui, la même apparence générale. Il était juste beaucoup plus petit que moi, et ne paraissait pas affligé des vilains signes de déclin que l'âge, hélas ! entraîne. Parfaitement roulé en boule – ma position de prédilection durant le sommeil –, il était tout à son voyage au pays des rêves.

Peut-être est-ce une visite de mon sosie adolescent ? pensai-je dans un sourire. Mais cela me fut aussitôt tout à fait indifférent, tout comme m'était complètement indifférente cette foutue guerre à l'horizon. Je me roulai moi-même en boule et plongeai bille en tête au pays du marchand de sable.

3

Dans mon rêve, le soleil brillait plus radieusement encore que la veille. J'y voyais un paysage de jardins d'une étonnante simplicité, qui semblait s'étirer à l'infini sous la lumière des projecteurs. Des arbres miniatures poussaient de loin en loin sur un gazon anglais, évoquant par leurs branchages tarabiscotés et leurs fruits multicolores imaginaires quelque création de scénographe. Parmi eux se tenaient des centaines de jardiniers, en presque aussi grand nombre que les arbres. Ou plutôt des caricatures de jardiniers, car leur tenue, chapeau de paille, tablier vert descendant jusqu'aux genoux et bottes en caoutchouc, correspondait jusque dans les moindres détails à l'image d'Épinal du mordu de botanique. Une chose, cependant, me faisait tiquer, me suggérant que je ne me trouvais pas dans un lieu réel. Malgré l'éblouissante luminosité ambiante, il était en effet impossible de voir leurs visages, couverts d'une ombre si épaisse qu'ils paraissaient invariablement noircis, quel que fût l'angle sous lequel on les considérait.

Bien que le gazon ne fût jonché d'aucune feuille et que nulle mauvaise herbe n'eût songé à germer ici, les jardiniers agitaient leurs râteaux en tous sens avec l'automatisme de marionnettes animant une vitrine, sans jamais ramasser le moindre butin entre les dents de leurs outils. En arrière-plan sonore, j'entendais les propos de la veille résonner par bribes distordues : « ... Que veux-tu dire par " un autre animal " ? Alien ? Ou peut-être Godzilla ? – ... Il me semble que nous avons affaire à une intrusion étrangère. »

Puis je vis soudain Hektor. La mine ultraconcentrée, il virevoltait d'un jardinier à l'autre, flairant aussi consciencieusement les alentours des râteaux que s'il avait espéré y découvrir un autographe de Lassie. Ce spectacle me fascinait, et, sans crier gare, je m'envolai à sa suite pour observer son travail de plus près. Sa truffe noire vibrait de toute cette intense reniflerie, et il émettait des grondements et des glapissements si absorbés qu'on eût dit qu'il était en train d'en discuter les résultats avec lui-même. Tout à coup, il parut avoir découvert quelque chose. Il se mit à aboyer bruyamment et à gratter l'herbe avec enthousiasme.

Le jardinier à sa portée comprit manifestement son émoi et se mit à ratisser l'endroit indiqué. Sur ce, le gazon se déchira comme une peau, et l'inconcevable apparut au grand jour. Là, sous l'herbe verte, gisaient des cadavres. Pas des cadavres semblables à ceux tombés sous les morsures cliniques de l'égorgeur. Non, il s'agissait de cadavres humains, d'hommes et de femmes encore vêtus, étrangement recroquevillés ou s'enlaçant les uns les autres, avec parmi eux nombre d'enfants et de nourrissons aux crânes putréfiés, mi-chair desséchée, mi-ossements, et portant des traces nettement identifiables de blessures par balles. C'était un regard posé sur l'horreur, sur une fosse commune, tableau inconcevable des abîmes humains.

Hektor, cependant, ne se laissa pas ébranler bien longtemps et courut vite rejoindre le râteleur suivant. Nouveaux reniflements dans l'herbe, nouveaux grondements et glapissements, nouveaux grattements excités à la perspective d'une seconde découverte. Et derechef l'assistance du jardinier. Le râteau courut sur la peau herbue, ouvrant sous la déchirure de ses dents une fosse commune toute fraîche. S'y entassaient, cette fois-ci, des soldats. Tout ensanglantés, les doigts recourbés sur leurs fusils avec toute la raideur des crampes, leurs casques criblés de balles ; difficile de dire s'ils s'étaient massacrés entre eux ou s'ils avaient été tués par l'ennemi.

Et il en alla ainsi de l'exploration de Hektor jusqu'à ce que cette idylle champêtre tout entière ressemblât à un cimetière dévasté par une armée de violeurs de sépultures.

Je perçus un traînement de pieds dans mon dos et me retournai. Je fus à peine surpris de découvrir au-dessus de moi un jardinier au visage noirci. Tout en couleurs pastel et balayé par le vent, il se dressait devant le ciel radieux comme un phare sur une côte méditerranéenne.

« Tu vois, cher Francis, dit le jardinier avec solennité, au contraire de la vie, seule la quantité confère de la grandeur à la mort. Et quelle mort pourrait être plus grande que celle que la guerre nous accorde ? Ne perds donc pas ton temps à enquêter sur une poignée de cadavres, mais concentre-toi plutôt sur l'essentiel – la mégamort ! »

Vif comme l'éclair, il brandit son râteau vers le ciel et l'abattit de toute sa force sur ma tête. Je ressentis une douleur incroyable, qui sembla me fendre le crâne...

... et j'ouvris les yeux. J'eus l'impression étrange de regarder dans un miroir qu'on m'aurait tenu sous le nez. Constatation plus étrange encore, le reflet ne montrait pas un Francis effrayé, rescapé à l'instant d'un horrible cauchemar, mais au contraire un Francis à la mine effrontée et mutine.

« Sais-tu qui je suis ? » me demanda mon double sur un ton réprobateur.

Et c'est alors seulement, les impressions de mon rêve commençant à se dissiper, que je m'aperçus que mon reflet provenait en fait d'un miroir déformant. Car si je me reconnaissais dans mon sosie jusque dans le moindre détail, il s'agissait en fait d'une version miniature de ma modeste personne. C'était riquiqui, plutôt croquignolet, et cela affichait toute l'immature insoumission de la jeunesse. La légende « Francis en plus jeune » eût tout à fait convenu. Et c'est alors que les écailles me tombèrent des yeux : j'avais déjà rencontré ce bonhomme, la nuit dernière pour être exact, au moment où j'allais me coucher !

Je lançai un regard irrité en direction de Gustav, me voyant désormais contraint, à mon grand dam, de douter non seulement de son intelligence notoirement limitée, mais aussi de son acuité visuelle. Depuis quelque temps, en effet, il semblait ouvrir la porte au premier venu, pourvu que celui-ci ressemblât, même de loin, à son Francis. Mais l'empâté avait déjà sauté du lit depuis longtemps. Je l'entendais s'affairer dans la cuisine, où il faisait frire ses cinq œufs au lard du matin en fredonnant quelque imbécile ritournelle.

« Sais-tu qui je suis ? » répéta Petit Francis sur un ton plus pressant et plus mutin encore, ma confusion muette commençant vraisemblablement à lui taper sur le système.

« Le devrais-je, jeune ami ? » répondis-je sans beaucoup d'originalité, tandis que la bonne réponse germait dans mon esprit. Doux Jésus, une chose pareille ne m'était jamais arrivée !

« À en juger d'après les apparences, tu sembles, toi, me connaître plutôt bien. Sinon, tu ne me dévisagerais pas comme un scanneur de supermarché à l'omniscience quasi divine, capable de lire l'ensemble de mes péchés sur le code-barres de mon front. »

Je me levai et entamai mon stretching matinal. Ce qui, sous le regard de ce lascar, me fut assez pénible. Car pour un élastique comme lui, la chose devait évoquer un casse-noisette s'essayant à danser *Le Lac des cygnes*.

« Péché est le mot juste, vieux. T'as tapé en plein dans le mille, dit-il à la manière geignarde des jeunesses d'aujourd'hui.

— Si un jour tu atteins comme moi l'âge de quatre-vingt-dix-sept ans, juvénile ami, tu t'apercevras qu'il est plus facile de se faire sanctifier de son vivant par le pape que de mener une existence sans péché. »

Il prit un air sérieux, s'efforçant de comprendre la pointe. L'humour ne semblait pas être son fort. Dommage.

« Mais tu sais quand même qui je suis, vieux, non ? » s'enquit-il une fois pour toutes après que l'analyse de mes propos fut manifestement restée sans résultat.

Oh oui, le vieux avait bien une petite idée de qui se trouvait devant lui. Une idée qui pesa tout à coup si lourdement sur sa poitrine qu'il faillit fondre en larmes. Puis le souvenir le submergea... Cela remontait à la fin du mois d'août de l'année précédente, par une journée divine, ensoleillée, pleine d'une joie de vivre exaltée – pleine d'amour aussi ! D'un amour qui bourdonnait dans les airs comme une nuée de papillons, qui s'échappait tel un fluide aphrodisiaque de la moindre motte de terre, bref, qui était partout. C'était le jour de l'amour, et quiconque ne croupissait pas déjà six pieds sous terre le sentait bien.

Je l'avais rencontrée à l'ombre d'un cerisier. Elle se prélassait voluptueusement sur le dos, poussant son envoûtante plainte amoureuse et, de l'éventail de sa queue épanouie en touffe, fouettait continûment sur les côtés, de telle manière que le visiteur, fébrile d'excitation, puisse flairer l'ensorcelant parfum et, surtout, entrevoir le rose chatoiement de l'objet de ses convoitises. Je ne sus jamais son nom. Mais je sus en revanche tout l'amour qui était en elle. Notre hymen se prolongea jusque tard dans la nuit, avec pour témoins un doux vent d'été, une mer miroitante de fleurs et l'aubade des grillons grésillant en notre honneur. Jamais je n'oublierai ce jour, m'étais-je dit à l'époque – comme d'habitude en de telles circonstances, dois-je avouer en toute franchise.

Puis nos chemins s'étaient séparés pour ne plus jamais se croiser. La seule chose qui m'était restée en mémoire de cette aventure, c'était combien elle me ressemblait physiquement. Mais il ne me serait jamais venu à l'esprit, pas même en rêve, qu'il puisse en résulter une copie certifiée conforme de ma personne.

« Oui, je sais qui tu es, finis-je par avouer. Mais ce n'est pas une raison pour me regarder de cet air furibard, comme si je t'avais volé la vie au lieu de te la donner.

– Donner ? » Il se détourna avec indignation et entreprit de parader d'un bout à l'autre du lit, tel un procureur entamant au tribunal son réquisitoire en faveur de la peine de mort. « Ne me fais pas rire ! Moi et mes trois frères et sœur serions morts de faim si maman n'avait pas été si experte dans l'art d'exploiter les poubelles. Nous n'avions pas de toit, et nous étions contents quand, par les grands froids, nous pouvions trouver refuge dans une cave suintante. Quelquefois, nous pensions à notre épatant petit papa et à la façon dont il passait la période des gelées. Et, à en juger par ce que je vois autour de moi, nous n'avions pas tout à fait tort de l'imaginer au paradis. Tout cela était parfaitement atroce, et un de mes frères et ma sœur ont fini par penser que la vie n'en valait pas la chandelle. L'un est mort de froid en nous perdant de vue lors d'une tempête de neige. L'autre a fait une enrichissante expérience de l'au-delà au contact de pneus de camion. À un moment donné, j'ai pris mon indépendance et je suis parti à ta recherche. Je voulais que tu saches ce que ton comportement irresponsable nous avait fait endurer. Mais maintenant que je t'ai trouvé, je m'aperçois que j'aurais pu m'épargner cet effort. Non seulement tu n'es capable de rien d'autre que de faire des plaisanteries douteuses, père, mais tu es toi-même une plaisanterie douteuse.

— Et ta mère, comment va-t-elle? demandai-je avec une contrition à peine voilée.

— À merveille. Elle est au ciel, sur un petit nuage où elle gère ses affaires quotidiennes avec un grand détachement. Conséquence fâcheuse d'une infection virale. »

C'en était trop! L'exposé très suggestif de monsieur mon fils sur son passé hugolien de *misérable* avait déjà suffi à engendrer en moi un sentiment de culpabilité de taille incommensurable. Mais la nouvelle de la mort pitoyable de la mère anonyme de mes enfants m'atteignit comme une balle dans le ventre. Pris d'un accès de faiblesse, je m'étendis de nouveau en tremblant sur le couvre-lit. Comme à travers un épais brouillard, je revis mentalement son visage, qui donnait l'impression d'avoir été peint à grands coups de pinceau noirs et blancs, ses yeux en diamant, légèrement obliques, son minois toujours souriant et son corps qui eût fait honneur à une ballerine. Puis la vision s'éloigna peu à peu, diminuant jusqu'à sa disparition complète pour ne laisser derrière elle que le brouillard, le brouillard et la tristesse.

Jusqu'à présent, je n'avais guère réfléchi à cet aspect de mes liaisons amoureuses. Pour être franc, je n'y avais pas consacré la moindre pensée. Certes, je savais que la cigogne n'apporte de bébés qu'aux cigognes. Et la détresse de mes congénères abandonnées errant avec leur progéniture ne m'avait pas échappé. Mais un maudit blocage mental m'avait toujours empêché de faire le lien entre ces données empiriques et mes agissements galants. La conviction de ma faute m'assaillait maintenant comme un torrent de lave en fusion, et ma conscience était en flammes. Sans que j'en aie été le témoin direct, des images de la déchirante extinction de ma famille me traversaient continûment l'esprit, comme si elles avaient été prisonnières d'une bobine se déroulant sans fin sur l'écran privé de mon imagination.

Je voulus la pleurer, mais une voix intérieure me mit soudain en garde. J'en cherchai un instant la cause et m'aperçus que cela avait à voir avec ma nouvelle fonction. Vivre mon deuil ouvertement m'était un luxe interdit, vu le risque où je me trouvais de perdre toute autorité à l'égard de mon fils. Mon Dieu – voilà que je raisonnais déjà comme un père !

« Tout cela est vraiment horrible à entendre, mon petit, me défendis-je avec un sang-froid forcé. Et ne crois pas que je cherche à escamoter la chose. Mais dis-toi bien que, dans notre espèce, les pères ne connaissent pas le rôle de soutien de famille. En effet, dans le passé, alors qu'à l'état sauvage nous errions encore dans la nature, la probabilité de tomber sur une femelle prête à l'accouplement était réduite.

Aussi l'évolution favorisa-t-elle les mâles qui, après la pariade, se mettaient aussitôt en quête de la suivan...

– Tu peux garder ton exposé sur l'ère du bronze pour tes potes, qui trouvent certainement hilarant d'engrosser des femelles sans même réaliser qu'il s'agit de leurs propres filles. Au cas où tu n'aurais pas remarqué, vieux, ça fait quelques années que le déluge est terminé. Et tes fadaises pseudo-scientifiques ne te blanchiront pas non plus du crime que tu as commis envers nous. »

Ma foi, si l'on regardait les choses de façon optimiste, on pouvait au moins trouver un motif de satisfaction à tout cela : mon fils était très intelligent et ne se laissait pas intimider si facilement. Disons, simplement, que son brio intellectuel ne s'exprimait pas toujours en termes très élégants. Tout particulièrement à l'égard de son père.

« Eh bien, d'accord, soupirai-je. Je m'avoue coupable. Qu'attends-tu de moi, maintenant ? »

Interrompant ses déambulations, il l'ouvrit en grand, sans doute dans le but de me souhaiter une mort prochaine et un plaisant séjour en enfer. Mais comme Gustav, dans les moments dramatiques de ce genre, s'était fait une récente spécialité de donner la réplique d'un simple geste, la réponse de mon fils devint d'un coup superfétatoire. La porte du placard s'ouvrit dans la cuisine, l'ouvre-boîtes accomplit son office, et une substance qui paraissait particulièrement fondante à l'oreille chut dans l'écuelle. À ce son jubilatoire, la tronche de Père Fouettard de mon jeune alter ego se transforma instantanément en un masque de félicité – ce que je compris tout à fait.

« O.K.! dis-je. Commence par te mettre quelque chose dans le ventre. Tu pourras en profiter pour concocter un récit plus raffiné encore et me pousser au suicide par remords. Tu peux bien sûr habiter ici. De toute façon, l'empât..., je veux dire Gustav, ne saura pas qui de nous deux est le véritable Francis. Mais tu voudras bien m'excuser : j'ai encore une petite guerre à empêcher. »

Nous sprintâmes hors de la chambre, lui en direction de la cuisine, moi en direction de la porte entrouverte du salon. Je m'arrêtai dans le couloir et le suivis d'un regard recueilli. Dieu, qu'il était beau ! Ce pas souple, comme si le velours s'était soudain animé pour s'incarner dans un animal, ce scintillement argenté du poil, véritable poussière d'étoiles, et ce corps débordant de vigueur, couronnement de tout ce que la nature avait pu produire au fil de millions d'années d'expérimentations. Une immense vague de bonheur me souleva, avant de se briser net sur le mur de honte suscité par mes manquements à mes devoirs de père. Incroyable, ce sentiment existait donc vraiment : j'étais père !

« Hé ! m'écriai-je. Petit !... Heu... Fiston ! »

Il stoppa net et posa sur moi un œil interrogateur.

« Comment est-ce que tu t'appelles, au fait ?

– Aucune idée. Maman n'a pas eu le loisir de nous trouver des noms. Appelle-moi simplement... Junior ! »

Je souris avec embarras et acquiesçai d'un hochement de tête. Puis je filai dans la cage d'escalier, l'esprit préoccupé par mes forfaits passés. Quoique en partie seulement, car la moitié de mon cerveau, s'enivrant des substances distillées par mon insatiable curiosité, était de nouveau sous l'empire de la drogue, et je voulais bien être damné si je ne trouvais pas quelque moyen d'exploiter au mieux mes découvertes de la veille.

CAVE CANEM ! Plus encore que ces plaques militaires portées, étrange coïncidence, tant par le clébard assassiné dans la conduite que par la sinistre troupe de mes poursuivants, c'étaient ces deux mots qui m'électrisaient. Ils pouvaient s'avérer être une piste qui conduirait au fin mot de l'histoire. N'ayant point d'autre indice, il paraissait en effet logique de faire appel à quelque *deus ex machina* pour en percer la véritable signification. Or cette divine « machine » se trouvait un étage plus haut.

Je suis conscient de m'être exprimé au départ en termes peu amènes au sujet d'Archie, ce roi des imbéciles, et de ses mille façons de perdre son temps. Je suis également conscient d'estimer Internet à peu près aussi indispensable à l'humanité que l'acné. Mais, après tout, je tiens aussi les médecins pour des aspirateurs à fric ambulants qui ne se distinguent des charlatans du Moyen Âge que par la blancheur de leur tenue professionnelle, ce qui ne m'empêche pas d'aller pleurer après eux dès que me vient le moindre mal de tête. Ce que je veux dire par là, c'est qu'on peut parfois changer d'opinion. On ne devrait peut-être pas le faire toutes les demi-heures, mais disons... quand cela arrange !

Évidemment, j'aurais pu, dans mes recherches, me servir des encyclopédies de Gustav. Mais une intuition me disait que l'information dont j'avais besoin ne s'y trouverait pas, essentiellement parce qu'elle était si actuelle, et surtout si singulière. Pour parvenir à mes fins, je devais donc faire quelque chose que je ne faisais jamais, et qui sinon ne se terminait jamais sans crise de nerfs : à savoir monter l'escalier et entrer dans l'appartement d'Archie.

Cela dépassa jusqu'à mes craintes les plus noires ! Lorsque, poussant la porte de mes pattes de devant (la serrure était tombée un jour sans qu'Archie s'en aperçoive), je pénétrai dans la piaule, je crus me retrouver dans un téléreportage en direct depuis une zone d'activité sismique. Le plafond et les murs tenaient certes encore, mais le chaos régnant dans leur périmètre se distinguait à peine des ravages causés par une authentique catastrophe naturelle. D'indéfinissables éléments de mobilier, des vêtements froissés, des livres, des boîtiers de Compact Discs, oui, même des couverts en plastique et des produits surgelés à moitié ingérés traînant dans leurs emballages en alu, tout cela gisait éparpillé à travers l'appartement, dans un désordre tel que même un commando spécialisé dans les descentes de police musclées n'aurait pu surclasser cette performance.

Je me frayai tant bien que mal un chemin à travers le tout, franchissant des montagnes de sous-vêtements puants, empruntant des vallées de factures impayées, et parvins dans la chambre – ou bien était-ce le salon ? –, où je me retrouvai confronté au spectacle le plus cruel de mon existence pourtant riche en coups du sort : un homme sur le retour, bouffi de *junk food* et d'alcool, gisait à plat ventre sur un lit défait où, nu à l'exception d'un slip tanga, il ronflait – et lâchait des vents ! Mais ce n'était pas tout. Son corps était ignoblement dégradé. Sur chacune de ses fesses s'étalait un tatouage, et sur son dos des fresques du plus mauvais goût. Bien qu'Archie ne fût pas un adorateur de Satan, ce qui d'ailleurs était fort surprenant, il devait trouver monstrueusement drôle de privilégier les motifs d'ornementation blasphématoires. Croix et serpents en conjonction avec des femmes nues, faces grimaçantes de diables tirant la langue, etc. Chez un adolescent pubère, de telles frasques eussent fait lever les bras au ciel, mais chez un garçon aussi mûr, elles paraissaient tout simplement ridicules, sinon tristes. Mais, plus triste encore, Archie, en esclave du dernier cri qu'il était, s'était même fait raser la tête.

Pourtant, n'était-ce pas justement ce fétichisme de la mode qui m'avait amené ici ? Peu m'importait comment un vieux fou mettait en œuvre dans sa vie le concept pompeux de « quête du sens ». Il fallait accepter les hommes comme ils étaient – en insistant sur le mot « accepter » !

Je jetai un rapide coup d'œil autour de moi. Ainsi que je m'y attendais, l'ordinateur était allumé. Il se trouvait directement en face du lit, sur une petite table, et était cerné par des boîtes de bière vides, un cendrier croulant sous une himalayenne montagne de mégots, et une copieuse quantité de détritus qu'Archie, pour d'énigmatiques raisons, considérait comme immensément précieux. D'un bond, je fus sur la table et me plongeai dans la lecture du menu à l'écran. Internet ne m'était certes familier qu'en théorie, mais puisqu'il en va des gros malins tels que moi vis-à-vis des systèmes logiques comme des aimants vis-à-vis de la paille de fer, je m'introduisis dans l'univers infini du savoir avec la sûreté d'un somnambule[4]. Une patte sur la « souris » (qui – j'étais bien placé pour le savoir ! – était très loin de lui ressembler au toucher), l'autre sur le clavier, j'établis la liaison avec le réseau et atterris sur la page d'accueil. Puis, me servant de ce qu'on appelle un moteur de recherche, je lançai une quête mondiale de références au mot clef CAVE CANEM.

Après un certain temps une liste s'afficha, où il suffisait de cliquer sur les différents mots clefs, que les initiés appellent aussi « liens », pour voir apparaître les textes dissimulés en dessous. Il y avait presque quatre cents liens ! Ce fut un choc, car en mon for intérieur je m'étais représenté cette devise latine comme une espèce de formule magique parfaitement ésotérique, n'ayant de sens qu'auprès d'un petit cercle très fermé. Or l'affaire menaçait de dégénérer en besogne de tâcheron, car il fallait maintenant passer en revue la liste point par point. Tout en me farcissant, par-dessus le marché, les ronflements et les pets du loser d'à côté.

La plupart des références renvoyaient à des éleveurs de clébards faisant de la publicité pour leurs « produits », ou à des établissements spécialisés dans le dressage desdites bestioles. Il y avait aussi pléthore de bouquins parus sous ce titre et traitant de la manière la plus juste pour l'espèce, ou disons plutôt pour l'homme, d'élever son clébard. Puis la liste consignait une série de gangs homos qui avaient dû trouver particulièrement piquant d'adopter un sobriquet collectif aussi menaçant. En outre – et comment aurait-il pu en aller autrement? – CAVE CANEM était le nom d'innombrables services de sécurité privés. Bizarrement, il y avait même une référence renvoyant à l'ONU.

D'une patte j'appuyai sur la souris et continuai à feuilleter : je tombai sur un club de femmes s'entraînant à l'autodéfense contre les agressions des peloteurs de poitrine et qui, soit par erreur soit tout à fait sciemment, traduisaient le nom de leur association par « Prends garde à *la chienne*! »; puis sur une inflation de guérisseurs et de voyants proposant leurs services contre la simple délivrance d'un numéro de carte de cré...

Holà! Pas si vite!

L'ONU?

J'avais immédiatement sauté ce lien, mais peut-être était-il bon d'y jeter quand même un œil. ONU, cela faisait sacrément penser à la paix mondiale, et chaque fois que l'on brandissait ce joli vocable de paix mondiale on renvoyait en réalité aux multiples guerres en ce bas monde, que l'Occident avait coutume de régler à coups d'incantations. En tout cas, c'était là que l'association avec la guerre, les soldats et leurs plaques d'identification était le plus marquée.

Je retournai en arrière et cliquai sur le lien. Bingo! J'avais tout au plus espéré parvenir à la périphérie de mon objet de recherche. Me le voir offrir sur un plateau d'argent tenait du miracle. Une fois le trésor localisé, je lus le texte dare-dare. Cave Canem était une troupe d'élite composée de clébards, que l'on faisait intervenir lors des missions de maintien armé de la paix dépêchées par les Nations unies dans l'ancienne Yougoslavie, déchirée depuis des années maintenant par des conflits sanglants. Leur mission consistait essentiellement à détecter les mines, à fournir surveillance et protection aux Casques bleus présents sur place, et surtout à flairer les fosses communes. Fosses où les groupes ethniques se faisant la guerre avaient pour habitude d'abandonner en secret les cadavres de leurs ennemis après leurs massacres. Conformément à leur statut de soldats, et bien qu'ils ne fussent que des animaux, ces clébards portaient les plaques d'identification réglementaires. C'est qu'à l'armée on avait toujours pris les insignes très au sérieux !

À ma connaissance, les animaux avaient déjà joué un rôle significatif dans les guerres de cultures plus anciennes – comme le montraient par exemple les motifs animaliers ornant les armes et les bijoux, symboles de force et de puissance porteurs de significations magiques, rituelles ; ou bien les sacrifices d'animaux destinés à s'attirer les faveurs des dieux de la guerre. Ce sont les chevaux que l'on enrôlait le plus souvent pour un « service militaire ». Sans eux, les grandes conquêtes de l'Histoire – des Assyriens aux Romains, des Arabes aux Mongols et jusqu'aux guerres du XIXe et même du XXe siècle – n'auraient pas été possibles. Côté allemand, plus de deux millions sept cent mille chevaux participèrent à la Seconde Guerre mondiale ; côté soviétique, jusqu'à trois millions et demi. Grâce à leur insurpassable sens de l'orientation, à leur endurance et leur rapidité, les pigeons furent eux aussi régulièrement mobilisés en tant que convoyeurs de messages militaires ; on fit même quelques tentatives pour en dresser à guider les missiles vers leurs cibles aériennes. Durant la guerre froide, on entraîna des mammifères marins (phoques, lions de mer, dauphins, et même de petites baleines) à poser des mines, et l'on tenta également d'utiliser des dauphins comme torpilles vivantes contre les bateaux. Sans parler des clébards, qui n'ont vraisemblablement manqué dans aucune des guerres de l'histoire mondiale. L'homme, dans son infinie méchanceté, n'ayant jamais pu se consoler de la perte irrémédiable de son innocence, avait cherché, mû par une jalousie toute primitive, à impliquer dans ses turpitudes tous ceux qui ne l'avaient pas encore perdue. Oui, les animaux avaient participé à toutes les guerres. Mais leur coller une culpabilité morale sur le dos n'était pas possible, même avec la meilleure volonté du monde. La faute était du côté des hommes, et nulle part ailleurs[5].

L'unité Cave Canem était placée sous le commandement d'un général nommé August Horche, âgé, d'après le texte, de soixante ans. Mais quant à savoir s'il servait toujours dans les Balkans ou ce qu'il était advenu de lui, Internet n'en pipait mot. J'avais affaire, en tout cas, à des amis de la paix, hommes et animaux, qui intervenaient chaque fois qu'il s'agissait de répondre à la violence extrême par la violence. Avec un succès en général mitigé, si j'en croyais les informations télévisées que je suivais chaque jour sur les genoux de Gustav.

Loin d'apporter des réponses claires à mes questions, cependant, le texte qui scintillait sous mes yeux ne faisait qu'en soulever de nouvelles. Comme je le disais précédemment, Internet ne résout en aucune façon le problème de la communication, il ne fait que l'amplifier.

Question numéro un : si ces clébards faisaient partie d'une mission de paix, pourquoi donc avaient-ils voulu me tordre le cou de façon si peu amicale dans cette foutue canalisation ? À moins que telle n'ait pas été leur intention ? Mais alors, que voulaient-ils ? Parler du temps avec moi ?

Question numéro deux : il avait certainement fallu de gros investissements pour mettre en place cette unité d'élite animalière et pour la faire intervenir contre le mal aux quatre coins du monde. Qu'est-ce que ses membres venaient chercher, dans ces conditions, dans une fourrière ayant l'aspect d'un quartier de haute sécurité pour terroristes ? Et pourquoi ces bêtes ressemblaient-elles aux victimes précocement décaties d'un tragique accident de réacteur nucléaire ?

Enfin, *question numéro trois* : qu'est-ce que cet insoluble embrouillamini avait donc à voir avec le fait que, dans notre jardin d'Éden, un tueur barbare assassinait en série mâtins et matous ?

Je reposai ma tête entre mes pattes de devant, fermai les yeux et lançai mon moulin à cogitations :

mes pensées se mirent à graviter autour de la solution du mystère comme des électrons autour d'un noyau. Mais le résultat se faisait attendre. Puis, soudain, quelque chose fit clic dans un tout autre recoin de mon cerveau, et la fameuse petite lumière s'alluma. Si ces clébards d'élite se trouvaient ici, raisonnai-je, celui qui les y avait amenés devait également se trouver quelque part dans les parages. Car en général on emmenait les siens là où on se sentait soi-même chez soi. Et, d'évidence, il ne pouvait s'agir que d'un homme, car l'idée que ces oiseaux aient pu faire le voyage à pinces depuis les lointains Balkans jusqu'à la terre promise, et qu'ils se soient ensuite livrés eux-mêmes à la fourrière, avait quelque chose de saugrenu. Mais alors, quelle espèce de bon Samaritain pouvait bien avoir à cœur le salut de quelques clébards-soldats ?

Je me jetai derechef sur Internet. Mais pour y effectuer cette fois une banale demande d'adresse. Dès que la page se fut affichée à l'écran, j'inscrivis dans les cases vides le nom et la catégorie professionnelle exigés pour la recherche : Horche August / général.

Re-bingo ! August Horche, général en retraite, n'habitait, selon l'indication instantanément crachée par les renseignements, qu'à quatorze maisons d'ici. Le zigue n'était donc plus en activité, il s'était fait rayer des cadres et avait aussitôt réintégré ses pénates, où la probabilité était moindre de gâcher sa promenade matinale en posant malencontreusement le pied sur une mine. Non sans avoir toutefois ramené ses protégés du pays des morts souriants, ce qui avait dû requérir une certaine énergie criminelle. Organisant quelque opération secrète, il avait probablement embarqué son escouade Cave Canem dans un fourgon et filé en douce du camp militaire. Évidemment, il n'avait pas pu héberger chez lui toutes les bestioles, peut-être même aucune. Il les avait donc confiées à la fourrière, dans l'espoir qu'il se trouverait bien un jour maître ou maîtresse au cœur assez grand pour les adopter.

Mais pourquoi avait-il fait cela ? Comment un général en venait-il à dérober de précieux « biens militaires » et à en faire ensuite pour ainsi dire cadeau ? Avait-il assisté à quelque chose de si abominable lors de la mission de ces clébards ? Autant il était vrai qu'il n'y avait perte de temps plus considérable sur cette terre que de s'occuper du sort de générateurs d'aboiements, autant il paraissait évident que je n'éluciderais jamais cette affaire si je ne rendais pas une petite visite à ce vieux grognard. En toute logique, cette piste ne mènerait nulle part. Car le défunt à la plaque militaire n'était rien d'autre qu'une victime accidentelle de plus et n'avait rien de commun avec celles de chez nous. Ce nonobstant, quelque chose d'inexplicable me bourdonnait dans l'estomac, et je sentais qu'il serait plus payant d'enquêter dans cette direction que dans toute autre. Le souffle glacial de la guerre flottait au-dessus de cette affaire comme une odeur de pourriture, et son sillage mènerait tôt ou tard à la source du mal. De cela j'étais sûr !

Délaissant l'ordinateur, je m'apprêtais à quitter ce sanctuaire privé de la saleté et de l'incurie lorsque mon regard et celui d'Archie s'entrechoquèrent subitement. Il était assis droit sur son lit, la mine aussi ahurie que s'il avait pris conscience à l'instant du désastre de sa vie de déchéance. Il s'était manifestement réveillé pendant mes recherches cybernétiques et s'était changé en statue de sel à la vue de cette scène si peu conforme à la « Vie des animaux » de Brehm *. Sa bouche s'agita sans proférer le moindre son, ses yeux s'écarquillèrent et d'innombrables vagues de rides s'étirèrent de son front jusqu'à son crâne chauve. Avant que ce loustic quasi nu saute du lit, se jette à mon cou et me supplie de lui révéler comment utiliser efficacement Internet, je bondis de la table et filai hors de la pièce, le laissant décider seul si ce qu'il venait de voir était un mirage de lendemain de cuite ou s'il valait mieux qu'il donne sa langue au chat.

Une fois parvenu sur le palier, je décidai de prendre un raccourci. Au lieu de quitter la maison par la porte de derrière et de rejoindre le domicile du général par les murs des jardins, j'optai, pour ainsi dire, pour la trajectoire à vol d'oiseau : c'était par les toits que le chemin serait le plus court. Je montai donc d'un étage et me glissai dans les appartements du professeur Mars par une petite fenêtre donnant sur le couloir. Dans l'espoir que ce grand allergique ne serait pas chez lui, je m'avançai avec mauvaise conscience sur le plancher brûlant de soleil, cherchant d'un regard fébrile une échappée vers le toit.

* Référence à l'ouvrage désormais classique du zoologue alle-mand Alfred Brehm (1829-1884), qui fut publié en France sous le titre *Les Merveilles de la nature. (N.d.T.)*

La nudité ostentatoire des lieux m'impressionna de nouveau, et, considérant le désordre infernal auquel je venais d'échapper quelques instants auparavant, j'eus le sentiment de pénétrer dans une autre galaxie. À part quelques souvenirs isolés rapportés des coins les plus reculés de la planète, presque rien n'indiquait que cet appartement sous les combles était occupé. Un espadon empaillé sur un des murs du couloir, une déesse de la fécondité en bois aux nombreuses mamelles, seule dans une pièce absolument déserte, de primitives haches en os et quelques cruches en argile sur une étagère ; si l'on exceptait l'indispensable et minimaliste appareillage domestique, ces articles étaient presque les seuls objets de l'appartement.

La porte menant à la terrasse sur le toit était ouverte en grand, et je m'apprêtais à faire quelques pas dehors lorsque M. Mars se trouva tout à coup devant moi. Comme Archie, il eut l'air à la fois troublé et épouvanté – mais pour une tout autre raison. En m'apercevant, ce presque chauve vêtu d'un costume d'été aux couleurs claires, avec gilet et pantalon à pinces, s'arracha ses lunettes à monture dorée et son visage s'empourpra. Son corps trembla, ses yeux se mirent à pleurer, sa tête fut prise d'un hochement vertical effréné, comme s'il avait acquiescé avec exaltation aux injonctions de quelque supérieur. J'eus du mal à distinguer s'il s'agissait d'une véritable réaction allergique à un représentant de mon espèce ou bien d'une simple crise de panique par anticipation produisant le même effet. Quoi qu'il en fût, il paraissait conseillé pour l'un comme l'autre de passer son chemin, et je m'éclipsai.

Une fois dehors, après avoir bondi d'une chaise en teck meublant la terrasse et atterri sur l'avancée inclinée du toit, je me retrouvai tout à coup les jambes flageolantes. Depuis mon réveil, la succession de chauds et de froids personnels autant que détectivo-professionnels m'avait tellement tenu en haleine que je n'aurais pu dire quelle saison nous faisait présentement l'honneur de sa présence. Mais ici, haut perché sur les tuiles, une vue panoramique du territoire sous les yeux, la nuque martelée par un soleil de midi accablant dans un grand ciel sans nuages, je fus littéralement assommé par la chaleur. Le manteau de fourrure qui me couvre le corps de la tête aux pieds est censé avoir des propriétés favorisant l'aération. Mais en de tels moments, je dois dire que j'ai moi-même du mal à y croire. Heureusement que je suis affranchi de ce trait distinctif qui donne aux hommes un air de détraqués en cas de fortes températures : la sudation.

Bien que douloureusement conscient, soudain, qu'il eût mieux valu casser une petite croûte, voire, de façon plus pressante encore, étancher ma soif, je résolus d'entamer cette brève excursion. Il serait toujours temps, après coup, de se régaler des miettes que mon fils nouvellement acquis n'aurait pas manqué, espérais-je, de me laisser.

Les toits étaient notre véritable empire ! Au sens propre comme au sens figuré. Les hommes, en bas, pouvaient bien vaquer à leurs si cruciales affaires, tenter de résoudre leurs insolubles problèmes et cultiver leurs illusoires amourettes, ils ne partageaient que très rarement notre perspective aérienne, garante d'une élévation bien plus qu'optique. La vue d'ensemble, le regard posé sur les activités du commun des mortels relativisaient bien des choses, plaçant ces dernières sous un jour insignifiant et révélant que nos biens ne sont que bric-à-brac et nos agissements pure futilité. Les victimes d'assassinat n'avaient fait que nous précéder, et nous n'étions rien d'autre que les morts de demain. Tout à cette humeur philosophique, je trottinais sur la tôle ondulée et les tuiles creuses, évitant les cheminées branlantes, sautant par-dessus les chiens-assis et gardant à l'œil, malgré la chaleur torride qui m'épuisait, le musée des curiosités en contrebas. Bien sûr, le verdict fut plus clément cette fois-ci, le pinceau magique du printemps ayant revêtu toutes choses d'un vernis de lumière et de couleurs vives.

Les bâtiments étant littéralement collés les uns aux autres, ce fut un jeu d'enfant que de passer de toit en toit et, là où ils ne l'étaient pas, de m'aventurer à de petits sauts intrépides par-dessus les interstices. Puis j'atteignis enfin l'adresse indiquée sur Internet, et me préparai mentalement à effectuer une pénible descente à travers les étages. C'est pourquoi je ne fus pas peu surpris, passant la tête par-dessus la dernière gouttière, d'apercevoir, ou plutôt de ne rien apercevoir, ou plutôt de n'apercevoir rien d'autre qu'un immense terrain non construit, ou plutôt un jardin. Lequel, toutefois, eût trouvé grâce aux yeux de

Louis XIV lui-même. C'était un petit paradis orné d'arbres en pyramides, de saules pleureurs, de ribambelles de fleurs de toutes sortes, surtout des roses, de haies ornementales décorativement disposées, d'un étang tapissé de nénuphars, de chemins pavés de dalles de grès fragmentées se ramifiant comme les bras d'un fleuve. En direction de la rue, cette splendeur aboutissait à un non moins splendide portail en fer forgé dont la simple vue devait inciter le promeneur flânant dans les parages à rêver de quelque jardin d'Éden secret là-derrière.

Tout à mon étonnement d'être tombé sur cet espace vert apparemment sans fin au milieu d'une rue bordée de constructions vénérables, j'étais passé à côté de l'essentiel. Mais je remarquai soudain que sur le devant de la propriété se tenait une baraque. Baraque, d'ailleurs, n'était peut-être pas le bon terme, puisque cette bicoque rectangulaire, brillante comme l'émail et dotée d'une lucarne entrouverte, ressemblait plutôt à une version de luxe de la chose. Elle était construite dans un bois très fin, j'aurais parié sur du cerisier, et travaillée avec tout le raffinement de l'artisan tourneur, avec en particulier des reliefs en bois sur les murs extérieurs. À y bien regarder, ce cabanon avait toutes les apparences du douillet refuge d'un retraité qui eût pris conscience, au terme d'une vie épuisante, des vertus apaisantes de la nature et qui eût dédaigné malgré son aisance les villas et logements plus conformes à son rang. J'étais donc bien à la bonne adresse.

Un escalier de secours latéral menait du toit où je me trouvais jusque dans la cour. Je dégringolai les marches de métal. Alors que, presque parvenu en

114

bas, je sautais de l'escalier sur le mur bordant l'immense jardin, je subis mon deuxième choc. Un choc si intense, cette fois, que j'en eus le souffle coupé. À distance, en effet, je vis un homme sortir de sous les branches d'un saule pleureur. Mais pas n'importe quel homme. Le terme d'« homme », d'ailleurs, n'était pas très approprié s'agissant d'une hallucination faite chair, et plus précisément du personnage principal de mon cauchemar. Un jardinier, en effet, qui rassemblait en sa personne tous les éléments de mon rêve, déambulait nonchalamment sur la pelouse, un râteau à la main, et, comme s'il avait voulu dissiper mes derniers doutes, il portait même la fameuse tenue constituée d'un chapeau de paille, d'un tablier vert lui descendant jusqu'aux genoux et de bottes en caoutchouc. Le visage, évidemment, n'était pas noirci. Mais la bordure du chapeau faisait qu'il restait en permanence dans l'ombre. Et, exactement comme dans mon rêve, le jardinier se mit à agiter son râteau au-dessus du gazon malgré l'absence totale de feuilles.

Sous le saule pleureur, j'aperçus une seconde ombre. Laquelle semblait être un clébard en train de faire la sieste. Et appartenait vraisemblablement au jardinier. Je savais que le sommeil de ces douces créatures est aussi agité que le nôtre, et que le dormeur à l'apparence si paisible bondirait sur ses pattes comme un ressort à catapulte pour se lancer à ma poursuite au moindre bruit suspect ou au premier effluve n'ayant pas l'heur de plaire à son odorat. Pourtant, une fois remis de ma première frayeur, je

115

pris mon courage à deux mains, m'élançai et atterris sans bruit sur le toit tout plat de la bicoque. Car j'aurais préféré de loin subir une opération sans anesthésie de la prostate plutôt que de faire demi-tour une fois arrivé en si bon chemin. Certes, je ne savais toujours pas comment les nombreuses pièces du puzzle s'imbriquaient, mais un instinct me disait que j'étais désormais tout près de la solution du mystère.

Posté sur le toit, je surveillai d'un œil le sinistre jardinier et son cabot occupé à roupiller dans l'ombre, et j'en jetai un autre par la lucarne entrouverte afin d'examiner l'intérieur de la cabane. Nouvelle surprise ! Peut-être même plusieurs, d'ailleurs. Vu de dessus, il s'avérait que l'espace n'était ni particulièrement étriqué ni particulièrement inconfortable. J'étais même étonné de voir à quel point la pièce était spacieuse et avec quel goût elle avait été aménagée. Il y avait du mobilier ancien le long des murs, où des rayonnages de livres s'étageaient jusqu'au plafond, un chauffe-eau en cuivre datant du tournant du siècle, une baignoire en émail flanquée d'un paravent, une luxueuse cuisine en miniature et un bureau de style Louis XVI où s'empilaient dossiers et documents. C'était un peu comme si un aristocrate avait essayé de s'imaginer comment vivent les aristocrates désargentés.

Mais l'objet le plus intéressant se trouvait au centre de la pièce. C'était un aquarium de la taille d'un frigo de boucher, équipé sur le dessus de tout un appareillage de traitement de l'eau et décoré à l'intérieur de plantes aux bras en éventail, de roches et d'une

116

grande quantité de sable. Au beau milieu de cette merveille, des bancs de petits poissons s'efforçaient de donner un sens à leur existence en filant d'un coin à l'autre du caisson de verre aux reflets verdâtres. Aucun doute, ici habitait quelqu'un dont le savoir-vivre se manifestait déjà à travers de simples accessoires.

M'assurant de nouveau que je n'étais pas observé, je tournai la tête en direction du jardin. L'inquiétant jardinier manipulait toujours son râteau au-dessus de la pelouse, et, en dépit de mon intrusion sur son territoire, le cabot des ombres semblait continuer à s'ébattre au paradis des ronfleurs sous son arbre. Je me glissai donc par la fenêtre et atterris sur l'aquarium, sur une des poutrelles transversales soutenant l'appareillage de traitement des eaux.

Et tombai sur la mauvaise surprise suivante. Après mon rétablissement sur les supports de métal, mon regard s'arrêta sur les petits poissons peuplant le fond de l'aquarium. Malgré mes connaissances fragmentaires en aquariophilie, ils me parurent vaguement familiers. Si je ne m'abusais point, ce qui grouillait juste sous mes pattes, c'était une trentaine de ces créatures sous-marines qui hantent généralement plutôt le cours inférieur de l'Amazone. Elles brillaient comme l'argent, leurs écailles s'irisaient de teintes dorées, et leurs flancs s'ornaient d'un rouge éclatant. Mais le plus frappant, c'étaient leurs rangées de dents triangulaires très acérées. Que l'on me croie ou non, quelques centimètres à peine séparaient le gros malin en mission secrète de ces jolies petites bestioles capables de transformer leur proie en squelette en l'espace de quelques minutes : des piranhas !

À deux doigts de ce phénomène physique que l'homme se plaît à désigner par l'expression « pisser de trouille », fermement résolu, par ailleurs, à ne pas céder ici et maintenant à mes instincts innés de pêcheur, j'envisageai brièvement une révision générale de ma philosophie sur la possession d'animaux domestiques, marquée jusque-là par la charité chrétienne. Car si je m'étais autorisé le moindre faux pas à l'atterrissage, ces charmantes bébêtes m'auraient transformé en moins de temps qu'il n'en faut pour le dire en pièce de collection digne du musée d'anatomie. Vraiment, les gens ont de ces passe-temps ! Cependant, lorsque mon regard, errant à travers la pièce, se posa sur les pans de mur épargnés par les étagères de livres, je compris que ces poissons n'étaient en aucune façon une lubie de globe-trotter à la retraite. Y trônait en effet une quantité de photos encadrées de bois dont le sujet démontrait clairement que tout, d'une façon ou d'une autre, concordait.

Avec toute la prudence imposée par les circonstances, je bondis sur la commode au-dessus de laquelle se trouvaient la plupart des clichés. Le général August Horche apparaissait sur chacun d'entre eux, à des époques de son existence, dans des tenues et aux côtés de personnes différentes. Un homme fait de muscles et de nerfs, un solide gaillard, comme taillé pour une vie aventureuse dans des contrées éloignées. Le regard amical, mais ferme et rayonnant d'une autorité naturelle, les traits anguleux et sévères, mais sans trace de rudesse. La peau toujours légèrement hâlée, ce qui indiquait qu'il avait séjourné le plus souvent sous des cieux ensoleillés. Un teint robuste qui soulignait encore sa virilité. Il portait la plupart du temps l'uniforme, dont les variations de photo en photo attestaient ses promotions successives à la manière d'un véritable état de service. Horche posait devant des chars, discourait devant des régiments, célébrait quelque événement en compagnie d'officiers, recevait insignes et médailles au garde-à-vous, et, la baguette à la main, distribuait des consignes d'intervention devant des cartes géographiques.

Rien d'inattendu jusque-là. Lorsque, sautant de la commode sur un petit buffet, je poursuivis ma visite de cette galerie de photos, des prises de vue d'ordre privé se mêlèrent à la danse. Elles montraient le plongeur amateur Horche poursuivant à la nage des bancs de poissons combattants et de prédateurs marins à travers divers océans (de toute évidence son grand faible) et grimaçant vers l'objectif en compagnie de copains de plongée devant des décors exotiques ou sur le pont de divers yachts. Un de ces compagnons d'équipée, il s'agissait manifestement d'un ami intime, réapparaissait avec une régularité suspecte, et j'eus l'impression très forte d'avoir déjà rencontré quelque part ce garçon à moitié nu, au physique athlétique. Mais où ? J'avais naturellement affaire ici à des documents anciens, et ce camarade de Horche aux cheveux longs de hippie, qui souriait gauchement vers l'objectif, avait très certainement changé de look depuis. Et pourtant : ce regard froid, ce sourire mystérieux, cet air abyssal si difficile à définir... Mais non, je ne parvenais pas à me rappeler où j'avais rencontré ce type-là. Peut-être même ne le connaissais-je pas du tout.

Et soudain : CAVE CANEM ! Des images du camp d'entraînement, où, sous l'œil vigilant du général, on dressait des chiots, à l'aide de leurres, à retrouver des objets enfouis sous terre, tant organiques que, parfois, inorganiques. Les jeunes clébards semblaient se livrer à la chose avec ardeur. D'où la mine heureuse de leur chef. Ce dernier avait maintenant troqué l'uniforme de l'armée nationale pour celui, neutre, des Nations unies – signe du respect dont il jouissait auprès de la communauté internationale. Les photos suivantes montraient elles aussi la joyeuse troupe de clébards et son chef, non moins motivé à en juger par son regard, en train d'accomplir diverses missions de paix, notamment dans l'ancienne Yougoslavie. Tous semblaient se dédier à leur tâche avec enthousiasme.

Si j'avais manqué de preuves en supposant que quelque chose clochait avec ces cabots, alors les clichés dans la douillette bicoque de Horche venaient définitivement de m'en livrer une. Car leur apparence était frappante. Leur apparence passée et présente. Les photos souvenirs montraient des animaux pleins de fraîcheur et de santé, qui, malgré une relative absence de mimiques, donnaient une impression de joie de vivre et semblaient n'avoir pas quitté encore le royaume de l'innocence. Alors que les gaillards qui m'avaient poursuivi dans la conduite, la gueule bavante et les traits figés, faisaient plutôt l'effet d'être leurs propres grands-pères à la veille du coup de grâce. Ou d'avoir été remplacés par des zombies. Qu'est-ce qui leur était donc arrivé là-bas de si terrible ? Et qu'avaient-ils à voir avec la série de meurtres dans notre quartier – à moins qu'ils n'aient été eux-mêmes les assassins, ce qui, après tout ce qui s'était passé, paraissait bougrement plausible.

Arpentant plus avant le buffet, je continuais à m'interroger sur l'exposition photographique du général, qui me faisait l'effet d'un de ces épineux exercices de gymnastique intellectuelle dans les tests d'intelligence, quand un obstacle me barra soudain le chemin. Il s'agissait d'une petite cloche de bateau, en laiton soigneusement astiqué. Elle pendait à un arc en bois finement sculpté, fixé lui-même sur un socle circulaire au vernis tout aussi impeccable. « Gloria », y clamait une écriture ronde, et il n'était pas difficile de deviner que cette jolie pièce provenait du bateau à un mât du même nom, qui avait vraisemblablement poussé son dernier soupir voici belle lurette dans quelque port des Caraïbes. La mémoire de ces bienheureuses aventures de plongée survivait donc aussi dans ce bibelot.

Ma première intention fut tout simplement de sauter par-dessus la cloche afin de poursuivre mon voyage d'exploration le long du mur. Mais, à la suite, peut-être, de mes fatigantes cogitations, je fus pris soudain d'un manque total de logique. Comme possédé par quelque démon, je décidai de me frayer un passage par l'étroit interstice entre le mur et la cloche. La tête, encore, passa sans problème par l'ouverture, de même que la majeure partie de ce qui vient dans le prolongement des épaules. Mais lorsque arriva le tour de la brioche, rien n'alla plus, et le support de la cloche glissa un petit peu jusqu'à faire saillie au-dessus du buffet. Je commis alors une seconde erreur. Au lieu de rentrer le ventre, de me faire aussi mince que possible et de me faufiler avec beaucoup de pré-cautions et au ralenti par le goulet, je me ruai de l'autre côté. Il ne me resta plus, dès lors, qu'à contempler la catastrophe.

« Gloria » bascula par-dessus l'arête du buffet et s'abattit sur une table – ding! Puis, roulant un peu, elle alla valdinguer sur une chaise voisine – ding-dong! Et, refusant de s'arrêter en si bon chemin, elle finit par s'écraser sur le sol – ding-dong, ding-dong, ding-dong! J'aurais eu aussi vite fait d'installer quel-ques haut-parleurs devant la bicoque pour interpréter le répertoire de Metallica.

Je jetai rapidement un œil par la fenêtre. Le jardi-nier interrompit son ratissage et lorgna avec curiosité dans ma direction. Quant au clébard de l'ombre – il n'était déjà plus à sa place sous le saule pleureur! Je vis avec effroi une Chose vaguement tourbillonnante galoper ventre à terre et aboyer à gorge déployée en direction de la baraque, Chose qui, de surcroît, avait déjà effectué la moitié du trajet. Surtout garder son calme, murmura une voix intérieure où, il faut l'avouer, résonnait comme un début de panique. Et je me détournai de la fenêtre.

Je bondis de nouveau, vif comme l'éclair, atterris sur les poutrelles de l'aquarium et me préparai à sauter en direction de la lucarne. À en juger par le volume sonore des aboiements, mon poursuivant avait déjà traversé la quasi-totalité du jardin, et il ne se tenait apparemment plus de joie à l'idée de pouvoir me serrer entre ses griffes. Je ne tenais pas particulièrement à m'attarder pour faire les présentations, vu qu'il était qu'un homme aussi expert en clébards que Horche ait confié la surveillance d'un espace vert de la taille d'un terrain de foot à un teckel. Même si la sale bête n'était pas dressée à tuer, elle ne refuserait certainement pour rien au monde, dès les présentations faites, de me découper en tranches de viande sanguinolentes.

La lucarne se trouvait à environ deux mètres de hauteur. Une broutille : j'avais auparavant franchi sans coup férir des barres autrement plus impressionnantes. Certes, j'étais alors un peu plus jeune – disons même nettement plus jeune. Et je ne tremblais pas de tous mes membres, l'esprit obsédé par un documentaire fascinant où un clébard à l'aspect de loup jouait à la baballe avec ma tête. Mais enfin, je devais cet essai à l'honneur sportif de mon espèce. Et d'une façon ou d'une autre, également, à ma santé.

Le raffut assourdissant de la bête en pleine course me faisait trembler les tympans, à la limite de l'explosion. Le monstre, d'un instant à l'autre, allait s'engouffrer par la porte et me happer. Allez, c'est maintenant ou jamais ! m'exhortai-je d'un cri muet, et, pour un peu, j'aurais cédé à la tentation de faire un bref et ultime signe de croix, si mes vigoureuses pattes de derrière n'avaient déjà pris l'initiative et ne m'avaient catapulté en direction de la lucarne.

Le résultat fut tout à fait satisfaisant. Si, si, un saut épatant, comme en apesanteur – et très esthétique, un saut d'anthologie. Évidemment, les juges auraient sans doute trouvé à redire à la dernière partie de ma prestation, car la réalisation de l'objectif échoua d'un cheveu. Je ne parvins tout simplement pas assez haut, si bien que, avec l'adresse du désespoir, je pus certes encore planter les griffes de mes pattes de devant dans la bordure en caoutchouc de la fenêtre, mais en dehors d'un gigotement burlesque de pantin je n'accomplis pas grand-chose. Puis la douleur, irradiant de mes griffes traumatisées par l'effort, fusa à travers mon corps tout entier, mes forces diminuèrent et je tombai, oui, je tombai, mon Dieu, comme je tombai !

Malheureusement pas sur la terre ferme, mais, avec un plouf ! sonore et retentissant, directement dans le bel aquarium. Piètre consolation, juste avant l'immersion, que de voir la silhouette floue de mon poursuivant pénétrer dans la turne et de me savoir hors d'atteinte dans les profondeurs de l'onde. Car à peine avais-je touché leurs eaux territoriales que l'escadron de piranhas se précipita sur moi telle une volée de flèches, si bien que je fus vite incapable de me concentrer pleinement sur la noyade. Je battis des pattes comme un fou pour remonter à la surface, mais en vain, les premiers ogres en étaient déjà à m'assaillir de leurs dents acérées. Je perdis tout espoir, fermai les yeux et me résignai à mon sort, essentiellement parce que mes poumons s'emplissaient d'eau à une vitesse vertigineuse. Le monde, au-dehors, n'était plus qu'une vaine grisaille, et comme je perdais rapidement conscience, les douleurs s'atténuèrent quelque peu.

Puis une autre douleur se manifesta, plus intense cette fois. J'ouvris les yeux et me retrouvai aux prises avec la bande de piranhas au complet, accrochée à mon corps comme une flopée de sangsues. Mais la douleur ne venait pas d'eux. Ce n'était d'ailleurs pas une morsure, mais plutôt un tiraillement vigoureux, au niveau de la peau du cou. Oui, on me tirait vers le haut, vite, très vite. Cela me rappelait quelque chose, une situation similaire. Les êtres promis à la mort n'ont pas exactement la mémoire d'un Prix Nobel, mais lorsqu'on m'extirpa enfin de l'eau comme une vieille chaussette mouillée et que, crachant et toussant à la recherche de ma respiration, je remarquai la puanteur bien connue, je sus aussitôt que je ne me débarrasserais vraisemblablement jamais de ce satané Hektor !

4

Il n'est pas désagréable, pensant que l'on va se retrouver face à son créateur dans la seconde qui vient, de constater dès la suivante que le susdit, dans son infinie sagesse, vient de surseoir à l'exécution de la sentence. Et encore moins, une fois l'ascension soudainement interrompue, de se voir offrir nourriture et boissons de première qualité. Incroyable, mais vrai : c'est ce qui arriva au gros malin après qu'il eut échappé aux monstres marins miniatures, sans compter qu'on s'occupa vraiment de lui, qu'on le coucha dans du linge parfumé, qu'on le couvrit de paroles apaisantes et qu'on le combla de tendres caresses. Hektor et son maître me traitèrent avec tant d'affection que j'en aurais presque envoyé une lettre de congé à Gustav − sans oublier une demande d'indemnisation pour les joies et les plaisirs dont j'avais été frustré au fil des ans.

Une fois que Hektor m'eut repêché de l'aquarium, le général horticulteur arriva en courant dans la baraque, leva les bras au ciel d'épouvante et mit aussitôt en route le traitement décrit plus haut. Face à tant de charité, il était évidemment difficile de continuer à suspecter les deux infirmiers d'une quelconque implication dans les meurtres. J'éprouvais par ailleurs quelques scrupules à mettre tout de suite les pieds dans le plat et à faire une scène à Hektor pour avoir feint la plus totale ingénuité quant à la piste Cave Canem. Mais dès que le calme et, grâce aux nombreuses douceurs ingurgitées, une certaine satiété de l'estomac eurent repris le dessus, puis que le maître de maison se fut convaincu que son petit chéri et moi nous entendions bien, je me mis à bouillir intérieurement de rage.

L'après-midi venu, lorsque Horche quitta enfin la bicoque et qu'il s'en retourna à ses diverses activités horticoles, à l'évidence sans cesse réinventées vu l'état impeccable de son jardin, je finis par exploser.

« Tu n'aurais pas deux, trois choses à me dire, partenaire ? » interrogeai-je Hektor. Je l'avoue, peut-être aurais-je dû commencer par le remercier de m'avoir sauvé la vie une deuxième fois. Mais, par un étrange paradoxe, c'est justement l'affabilité extrême de ce pauvre vieux diable qui me poussait en permanence à me comporter en mufle. Peut-être ce gène malfaisant existait-il bien, en effet, ce gène présent en tout tortionnaire de souris et dont la seule fonction consistait à entretenir une aversion pour les hurleurs à la lune. Car même quand ces derniers se prenaient d'affection pour les premiers, et finissaient par les adopter, le gène de la haine ne se laissait tout simplement pas déconnecter.

« Partenaires ? Je croyais que nous ne l'étions pas. Et que nous ne le serions jamais. »

Voilà qui s'appelait en prendre pour son grade ! Son visage brun-beige et émacié, couvert de taches grisonnantes des paupières inférieures jusqu'à la truffe, ne faisait montre d'aucune ironie. Il n'avait fait que reprendre mes propos de la veille.

« J'ai changé d'avis, dis-je, éternel blagueur. Tant que tu maîtriseras ce numéro où tu me sauves par la peau du cou, une collaboration avec toi restera indispensable, même si, pour des raisons bien compréhensibles, je ne pourrai jamais te rendre l'obligeance d'un tel service de dépannage en cas de difficulté. »

J'espérais en secret que mes remerciements tardifs, ainsi emballés dans d'idiotes plaisanteries, arriveraient à bon port. Évidemment, un « Je te revaudrai ça ! » franc et sincère eût aussi bien fait l'affaire. Mais il me fallait tenir compte de mon gène clébophobe. L'esquisse d'un sourire entendu éclaira d'ailleurs brièvement le regard fatigué de Hektor, avant que le sérieux ne reprît le dessus.

« Tu n'as toujours pas répondu à ma question, relançai-je.

— Eh bien..., commença-t-il.

— Eh bien, disons d'abord que tu n'es pas un clébard policier à la retraite !

— En effet.

— Tu as menti aux tiens, à moi, à nous tous, et...

— Faisons une petite promenade », m'interrompit-il avant de se détourner et de s'en aller.

Nous quittâmes la baraque et nous mîmes à flâner de par les chemins de grès au serpentement idyllique, sur lesquels le soleil de l'après-midi posait peu à peu un voile de tulle cuivré. L'estomac désormais plein et les dangers écartés, l'endroit ne m'apparaissait plus du tout comme la reproduction fidèle de mon cauchemar. Loin de suspecter la présence, sous le gazon impeccable, de quelques victimes de massacres, je savourais la vue des haies de roses bordant le jardin, mosaïque ravissante de vieux rose et de rubis. Je laissai les doux reflets à la surface de la mare me flatter les yeux, humai le parfum printanier de la flore et me réconciliai enfin avec les rayons du soleil, qui à l'inverse de l'enfer de midi semblaient maintenant vouloir se faire caressants. Un regard dérobé en direction de Hektor, cependant, m'apprit que mon « partenaire » n'avait aucunement la tête à apprécier la nature. Il avait la mine morne et hagarde.

« Je ne suis pas né menteur, Francis », dit-il tandis que nous déambulions sans but à travers le jardin. À l'arrière-plan, Horche passait un carré de tournesols à l'arrosoir.

« Jusqu'à l'an dernier, je ne savais même pas ce que mentir signifie. Mes camarades et moi venions d'arriver par ici. Le général avait fait en sorte que toute notre petite troupe, lors d'une action secrète, soit évacuée par avion des Balkans.

– Qu'est-ce qui n'a pas marché, là-bas ?

– Rien, justement. C'était bien ça le problème. Tout a parfaitement fonctionné, nous avons exécuté notre mission avec brio, au point même d'étonner nos instructeurs. Au début, notre tâche consistait à dénicher les mines. Selon les accords de paix, chacune des parties impliquées jusque-là dans la guerre était chargée d'enlever ses propres mines. Mais personne ne s'en occupait vraiment, ou bien on ne se souvenait

130

tout simplement pas de l'endroit où on avait bien pu enterrer ces satanés machins. Nous arpentions les zones dangereuses dans le sillage des chars démineurs, et chaque fois que nous sentions l'odeur des explosifs sous la terre, nous avertissions nos responsables en aboyant. Avec les quelque trois millions de mines et quarante mille bombes truffant le sol, ce ne fut pas exactement une partie de plaisir. Puis nous nous sommes attaqués aux dépôts d'armes et d'explosifs que chaque partie gardait secrètement en réserve malgré la signature des traités de paix. Le général Horche et nous avons assez vite percé l'escroquerie et découvert les planques les unes après les autres. »

Je m'arrêtai et clignai des yeux dans la lumière du soleil, qui s'empourprait des premières teintes du couchant. Hektor s'arrêta à son tour, mais on voyait bien qu'il était encore tout absorbé par les événements agités de son passé et qu'il aurait préféré continuer à se mouvoir pour remettre ce dernier en phase avec le présent.

« J'ai du mal à déceler une tragédie dans ton récit, Hektor. Je veux dire, vous aviez un boulot à faire, et vous l'avez parfaitement mené à bien. Où se trouve la cause de toutes ces cachotteries – et du fait que tu aies appris à mentir ?

– La cause véritable réside dans notre nature, Francis. Nous sommes curieux, nous nous enthousiasmons vite, et nous sommes surtout très travailleurs. Les tâches que l'on nous assigne et qui font appel à nos instincts de chasse et de jeu, nous nous en acquittons avec la fougue d'un consommateur de coke.

131

L'essentiel est que le travail accompli plaise au chef de file : l'homme. Le hic, dans cette belle réussite militaire, c'est qu'il ne s'agissait pas d'un travail normal. En réalité, notre véritable employeur était la mort. Celle-ci s'était abattue sur le pays tout entier comme un noir linceul, même si les bourgeons continuaient à éclater et les oiseaux à chanter comme si de rien n'était. Nous avons vu la mort en face. Et sous tous ses visages, Francis. Des villages carbonisés dont il ne restait que les fondations, des enfants morts de froid et de maladie au cours des évacuations, des femmes violées et assassinées, des corps que les grenades avaient réduits à l'aspect de rebuts d'équarrissage, et partout des soldats, tombés sous les balles ou les coups de poignard, brûlés vifs, torturés jusqu'à l'agonie. La mort semblait avoir inoculé un virus à ces hommes, mais un virus qui, au lieu de les tuer, faisait en sorte qu'ils s'exterminent les uns les autres. »

Mais peut-être ces hommes avaient-ils eux aussi la haine du voisin dans leurs gènes ? eus-je envie d'ajouter plaisamment avant de m'abstenir à la vue des larmes qui montaient aux yeux de Hektor. Il avait de nouveau l'air âgé et comme affaissé sur lui-même, géant au pelage de fumée réduit à une petite chose misérable. Je me remis en route, et il me suivit. Il était préférable, pour ses nerfs fatigués, qu'il reste en mouvement.

« On vous a formés à vos tâches à venir, mais on ne vous a pas préparés psychologiquement à ce qui vous attendait. Vous n'étiez que des animaux, et on vous a donc dénié toute vie affective complexe.

132

– Je doute qu'une préparation psychologique ait pu servir à quelque chose. Car quelle espèce de formation complémentaire aurait pu nous préparer à voir un visage de bébé broyé par les coups ? ou bien des cadavres sur le bord de la route où les rats avaient élu domicile ? Et comment cette préparation aurait-elle pu atténuer l'horreur de ce qui vint après le déminage ?

– Les fosses communes, dis-je, laissant libre cours à mon intuition.

– Tu es au courant ?

– Je sais énormément de choses.

– Non, partenaire, non. Ça, tu ne peux pas le savoir. Tu peux éventuellement te l'imaginer, essayer de le comprendre intellectuellement, mais savoir vraiment ce qui se passe quand l'horreur pénètre lentement en toi par la prunelle de tes yeux et s'y installe à tout jamais, ça, tu ne le peux pas. Notre troupe fut dépêchée dans les villages de réfugiés. On disait aux envoyés de l'ONU que les « habitants » – c'est ainsi que les vainqueurs désignaient le misérable ramassis d'enfants décharnés, de vieux à bout de forces et de femmes maltraitées – avaient pris la fuite. Mais il y avait des rumeurs. Des bruits couraient au sujet de populations pourchassées à travers les rues et rassemblées par les soldats après la prise des villages. Remarque bien que ces soldats étaient le plus souvent des hommes du village d'à côté, qui avaient vécu en paix avec leurs voisins pendant des décennies. Et on entendait parler d'exécutions. Mais il n'y avait pas de cadavres. En tout cas, on n'en voyait pas. C'est pourquoi nous fûmes mobilisés.

– Tu n'as pas besoin de continuer, Hektor. Même si je n'étais pas présent sur les lieux, j'ai l'imagination suffisamment fertile et noire pour comprendre que de telles expériences aient pu laisser en toi des plaies ouvertes. »

Comme incidemment, Hektor quitta le paradis de Horche en grimpant par-dessus un petit mur et poursuivit sa triste promenade à travers les jardins attenants, comme s'il s'était intuitivement fixé un but précis. Avant de l'imiter, je jetai un œil sur le jardinier modèle dans son champ de tournesols. Silhouette aux couleurs pastel dans la vapeur montant de son arrosoir, il ôta son chapeau de paille et, s'essuyant d'une manche la sueur du front, afficha le sourire niaiseux du papa rempli de fierté qui voit réussir avec ravissement les manœuvres d'approche de son enfant auprès d'un autre marmot. J'eus envie de lui glisser la carte de visite de Gustav pour qu'ils puissent se retrouver et se divertir d'anecdotes au sujet de leurs petits trésors.

« Tu te trompes, Francis, reprit Hektor, posant droit devant lui un regard morne qu'il ne parvenait pas à détacher de l'atroce royaume des ombres de son passé. Je suis dépourvu de toute lésion interne. J'ai même l'impression de n'avoir plus la moindre goutte de sang en moi. Oui, je suis mort intérieurement et, comme tu l'auras remarqué, extérieurement aussi. Après ce que nous avons vu, nous autres, dans la troupe Cave Canem, nous nous trouvons tous dans cet état de demi-mort. Les cadavres se décomposent beaucoup plus lentement qu'on ne le croit, Francis – le savais-tu, cela ? Nous en fîmes l'expérience lors de notre triste tournée à travers les théâtres d'opérations pacifiés. Il y avait toujours un demi-fou, sur place, qui ne pouvait se taire malgré les menaces de mort et qui indiquait à mots couverts où se trouvaient les habitants du village. Alors on nous lâchait. La plupart du temps, les assassins avaient fait preuve de peu d'imagination. L'horreur incommensurable était toujours située dans la clairière de la forêt voisine, dans la décharge à la sortie du village, ou au bout de cette route bien connue qui ne mène nulle part. Nous sentions les gaz putrides avant même d'arriver sur les lieux. Car la terre est un organisme vivant que la pluie, les variations de température et les micro-organismes maintiennent en perpétuel mouvement et dotent ainsi, en quelque sorte, d'une respiration. À ceci près que son souffle était plus que nauséabond. Et lorsque l'on ouvrit les fosses, nous vîmes un spectacle défiant toutes les lois de la putréfaction. Bien que les massacres eussent remonté à plusieurs mois, les cadavres avaient encore le même aspect que le jour où ils avaient été enfouis. Certes, ils étaient pâles, presque blancs, et paraissaient presque froissés, comme si on les avait enveloppés dans des feuilles d'emballage fraîcheur. Mais sinon, on avait l'impression qu'ils allaient se redresser d'un instant à l'autre, puis, époussetant les mottes de terre de leurs vêtements, nous remercier pour leur réanimation et s'en retourner à leurs activités quotidiennes.

— Arrête, Hektor ! l'implorai-je — me sentant peu à peu gagner, à mon tour, par les traumatismes qui avaient causé sa perte. Arrête une fois pour toutes et remets-toi à vivre dans le présent !

– Le présent? répéta-t-il d'un air absent, comme s'il avait prononcé un mot d'origine étrangère. Il n'y a plus de présent pour nous, Francis. Nous avons été changés en pierres à la vue de ces corps, et le temps pour nous aussi s'est arrêté. Des enfants beaux comme des anges, leurs menottes écartées en un geste de défense – avec l'impact d'une balle dans la tête. Des femmes qui semblaient endormies, mais dont tous les membres étaient brisés. Des hommes qui dans les affres de la mort s'étaient couverts d'urine et avaient vomi sur leurs vêtements. Tous abattus d'une balle, battus à mort, massacrés. Ces pauvres diables furent même vraisemblablement contraints de creuser leur propre tombe. Il est déjà difficile de comprendre ce que les hommes infligent aux animaux. Mais ce qu'ils sont capables de faire à leurs semblables dépasse l'entendement.

– Comment la fêlure psychologique s'est-elle manifestée chez vous?

– Nous devînmes des épaves rongées par la dépression. Nous perdîmes nos forces physiques et morales et notre flair déclina. À la fin, nous n'étions plus aptes au travail. Horche fut le premier à s'en rendre compte. Et bien qu'il n'ait pu que s'interroger sur la cause de notre déclin continu, il envisagea peu à peu la fin de Cave Canem. Lorsque enfin nous refusâmes de servir, par peur de sombrer dans la folie à la vue d'une fosse commune de plus, il nous fit rapatrier tout de go dans son pays.

– Mais malheureusement, dis-je – concluant l'histoire pour lui comme si je l'avais connue depuis longtemps –, il n'a pas pu tous vous loger chez ses amis ou ses connaissances, ainsi qu'il l'avait prévu. Toi qui étais sans doute le plus stable encore, il t'a pris chez lui, et ceux qui restaient, il les a confiés à la fourrière.

– Oui, c'est ainsi que les choses se sont passées. Depuis, mes compagnons errent dans les environs comme des âmes en peine, relégués dans des limbes qui ne sont ni le ciel, ni l'enfer, ni le purgatoire. Hantés par le souvenir affreux de leur ancienne terre natale et privés de la perspective d'en trouver une nouvelle. Ce sont des fous inoffensifs, dont la pensée gravite exclusivement autour de corps depuis longtemps putréfiés dans des contrées lointaines. Et qui voudrait héberger des fous chez soi, fussent-ils inoffensifs ? »

Il s'arrêta devant une palissade, et je découvris alors que nous nous trouvions sur un sentier entre deux jardins. Jusque-là, j'avais enregistré notre itinéraire avec autant de précision qu'une aiguille de compas au milieu d'une centaine d'aimants. La splendeur printanière des lieux avait été complètement occultée par les scènes que Hektor avait dépeintes, et mon esprit pareillement. C'est alors que je revins à la réalité, tel un comateux soudain guéri, et les artères de mon cerveau généralement éveillé commencèrent à se remplir de nouveau de sang.

« Tes camarades n'ont donc rien à voir avec la funeste série de meurtres dans le quartier ? demandai-je pour finir à mon dépressif compagnon.

– Bien sûr que non, Francis. Comment des gens ayant perdu la raison à la vue des crimes d'autrui pourraient-ils en commettre à leur tour ?

137

— Pourquoi m'ont-ils pourchassé dans la conduite, alors ?

— Était-ce bien le cas ? La découverte du cadavre t'avait plongé dans un état paranoïaque. En réalité, ils courent après quiconque voudra bien écouter leurs lamentations. Je t'ai menti à ce sujet parce que je me sens responsable pour eux, *a fortiori* depuis qu'ici on suspecte tous ceux qui dans le passé furent mêlés de près ou de loin à des actes de violence. Ce que tu as d'ailleurs fait toi aussi.

— Et pourquoi as-tu raconté aux tiens que tu avais été dans la police, te présentant ainsi comme le partenaire idéal pour me seconder ?

— Que tu le croies ou non, Francis, la disparition des guerres me tient vraiment à cœur.

— Dommage, dommage, soupirai-je en m'asseyant sur mes pattes arrière. Le seul indice que j'avais vient de s'envoler.

— On dirait bien, en effet. Et le pire, c'est que, partenaire ou pas, je n'y vois pas plus clair que toi. »

Ma foi, d'un côté, il me fallait bien accepter la déconfiture de mon enquête et reconnaître mon erreur au sujet de cette prétendue piste. Mais d'un autre côté, j'avais comme un scrupule inexplicable à classer cette affaire. Autant le scénario de Hektor paraissait convaincant, et les clébards onusiens irrévocablement disculpés, autant mon instinct m'avertissait de ne pas considérer toute réflexion dans ce sens comme vouée d'entrée à l'échec. Non que j'aie soupçonné Hektor de me cacher encore un ou deux détails brûlants. Mais quelque chose s'était passé, à cette époque maintenant révolue, dont l'influence bestiale se faisait sentir jusqu'à aujourd'hui et jusque sur notre territoire autrefois paisible. Et à leur propre insu, Hektor et ses camarades avaient rapporté CELA jusque chez nous !

« Je n'y peux rien, Hektor, quelque chose en moi rechigne à abandonner pour de bon cette piste, lâchai-je enfin après quelques instants de perplexité.

– Tu nous soupçonnes toujours d'avoir commis ces atrocités ? »

Une masse ébouriffée d'indignation me regardait fixement, la gueule grande ouverte, si bien que je pus étudier en toute tranquillité le champ de ruines d'une denture clébardesque aux tons jaune-brun.

« En aucune façon, partenaire. C'est assez difficile à expliquer, mais il s'agit en fait d'un sentiment, d'un sentiment irrationnel bien sûr. Je crois que toi et tes amis, vous avez rapporté un bout d'enfer de là-bas. »

Hektor fronça les sourcils, dubitatif, et cligna des yeux.

« Qu'est-ce que tu veux dire par *rapporté* ? Et rapporté *quoi*, au juste ? »

Je secouai la tête en signe d'impuissance.

« Aucune idée. Si je le savais, je ne m'essaierais pas à des oracles de Cassandre aussi abscons. Un esprit, peut-être. Oui, c'est un esprit qui est revenu avec vous : l'esprit de la guerre. Qu'est-ce que tu penses de cette brillante théorie ? »

Sur ses traits, les doutes cédèrent la place à une forte suspicion à l'égard d'un autre esprit, à savoir le mien, et cela n'était guère surprenant, puisque j'étais moi-même dans l'incapacité de délivrer en toute bonne foi un certificat de bon fonctionnement à son sujet. Mais Hektor écarta très vite ce soupçon et plissa pensivement le visage, comme s'il entendait vraiment réfléchir à ces grossières âneries.

« Un esprit, dis-tu ? reprit-il comme pour lui-même. Ma foi, je te prenais jusqu'à présent pour un rationaliste, non pour un ami du spiritisme. On n'en finit jamais d'apprendre. Je n'ai certes pas le sentiment d'avoir rapporté quoi que ce soit, et je ne crois pas, pendant mon service, avoir rencontré personnellement un esprit. Mais peu importe. Cela tombe très bien... »

Avant que j'aie pu réagir à mon tour à son énigmatique réponse, il se pencha brusquement et, comme pris de folie, entreprit de gratter furieusement le sol au pied de la palissade. La terre se mit à voler de droite et de gauche, et en quelques secondes il avait creusé un trou considérable. J'observai un moment son étrange comportement, puis n'y tins plus.

« Mais au nom du ciel, Hektor, que fais-tu là ? T'imagines-tu que l'esprit malfaisant des Balkans est enterré là-dessous ?

– Non, mais un os, assurément, et un beau ! » haleta-t-il d'un air roublard.

Ah, c'était donc ça ! L'éternelle rengaine ! Je dois avouer que je trouve cette manie des clébards tout simplement répugnante. Et de surcroît parfaitement superflue, puisque sa finalité première, pour un sac à tiques nourri à heures régulières, n'a plus grand sens aujourd'hui. Ses prétendus ancêtres, les loups qui vivent en bandes, enfouissent à l'occasion, une fois leur faim assouvie, de gros morceaux de viande pour les mettre à l'abri d'éventuels concurrents dans la chaîne alimentaire – corneilles, corbeaux ou vautours. Durant les chaleurs des mois d'été, les restes du festin, ainsi enterrés, sont en outre protégés des nuisances des mouches et des asticots. Et il semble bien que nos « loups extralight » préfèrent suivre cette coutume peu appétissante plutôt que de s'en tenir comme nous aux produits frais. Cela étant, je ne comprenais pas pourquoi Hektor était pris précisément maintenant d'une fringale.

« Excuse-moi, Hektor, me manifestai-je après un toussotement de circonstance. Mais on dit que les dépressions brident l'appétit. Si je ne m'abuse, nous sortons d'un excellent repas. Cela signifierait-il que tu t'es remis de ton chagrin ?

– L'os n'est pas pour moi, Francis. Il s'agit d'une modeste obole pour la conjuratrice d'esprits. »

Il avait creusé si profond que l'embout d'une articulation, apparemment d'un os de bœuf, pointait maintenant hors du sol. Il saisit l'engin entre ses dents, l'extirpa d'un coup du trou et le secoua avec force, réussissant ainsi à en éliminer presque toute la terre. Comme il l'avait annoncé, cet os d'environ trente centimètres de long était fort beau, en ceci que des morceaux de viande fraîche y adhéraient encore.

« Je te fais une proposition, dis-je. Tu arrêtes de parler par énigmes, et plus un mot ne franchira mes lèvres au sujet de quelconques esprits. »

Hektor laissa tomber l'os de sa gueule.

« Mais bien au contraire, Francis. Tu m'as donné une idée. Je dois avouer que je jouais déjà avec cette possibilité depuis hier, mais que je l'avais sans cesse rejetée par crainte de me ridiculiser devant un grand logicien comme toi. Mais pourquoi, quand on est coincé, ne pas essayer une méthode non conventionnelle ? Surtout si le grand logicien se met à évoquer les esprits.

– Viens-en au fait ! ordonnai-je.

– Andromède est une dame caniche très âgée, et très à plaindre. Sa maîtresse, une astrologue exaltée, est décédée voici fort longtemps, et personne ne s'est déclaré prêt à accueillir chez soi la vieille Andromède, personne même ne s'est préoccupé de la placer à la fourrière. Elle a donc échoué dans la rue, qui est bientôt devenue son chez-elle. Elle vit aujourd'hui dans une espèce de réduit, dans le jardin à l'abandon d'une maison en ruine, et elle dépend pour sa subsistance de ce que notre communauté parvient à mettre de côté pour elle. Et, par-dessus le marché, elle est très, très malade...

– Avant que tu ne te lances plus avant dans la description de ses malheurs, permets-moi peut-être d'abréger la chose en avançant une supposition. Son nom n'est pas le fait du hasard. Elle était à peu près sur la même longueur d'onde que la défunte astrologue, n'est-ce pas ?

– Tout à fait. Bien sûr, on ne saura jamais si cette femme avait décelé son talent dès le début et l'avait prise chez elle pour cette raison, ou bien si Andromède l'avait approchée à cause de ses dispositions. En tout cas, elle a des visions de nature mystique, et elle est capable de voir des choses que ne perçoit pas le commun des mortels.

– Mon Dieu! Comment suis-je tombé si bas? m'écriai-je presque. Me voici réduit à aller quémander l'aide d'une voyante pour résoudre une affaire. Qu'est-ce qui m'attend ensuite? Un pèlerinage à Lourdes?

– C'est toi qui as mêlé les esprits à tout cela, pas moi », constata-t-il froidement, et, reprenant l'os entre ses dents, il s'en fut. Je lançai un regard ébranlé dans sa direction, tel un héros adulé venant soudain de passer de mode. Se pouvait-il que je fusse au bout de mon latin et que d'autres, plus jeunes, aux idées plus neuves, s'acquittassent mieux du métier de détective que le grand démerdard autrefois tant admiré?

« Hé, Hektor! l'appelai-je, et, me secouant, je me mis à le suivre avec tout l'enthousiasme d'un homme se traînant de soif dans le désert. Quand nous serons là-bas, fais-moi plaisir et, par pitié, ne demande pas à la voyante de prédire mon avenir. J'ai déjà comme un sombre pressentiment! »

Lorsque, un quart d'heure plus tard, nous glissant par une trouée dans un mur latéral, nous pénétrâmes dans ledit jardin, véritable jungle exubérante, l'endroit tout entier vibrait dans la braise du couchant. À la façon de métastases atteintes de gigantisme, mauvaises herbes, buissons et anciennes plantes d'agrément aux bras tentaculaires de mutants avaient pris possession des lieux autrefois aménagés dans un style baroque. Nous passâmes des putti grisonnants, garrottés par une végétation mégalomane, nous apitoyâmes au passage sur une fontaine délabrée, depuis longtemps tarie, et, avec une présence

143

d'esprit remarquable, évitâmes la chute dans un bassin à la surface duquel le vent avait tissé un tapis presque continu de feuilles. À l'arrière-plan, un bâtiment ancien de style palatial dressait dans le ciel sa façade postérieure, décrépie et purpurine.

Hektor ouvrait la marche à grands pas, tel un gardien de musée conduisant un visiteur à travers un dédale de couloirs jusqu'à l'œuvre convoitée. Je le suivais comme une pièce rapportée, tâchant d'apprécier au passage le romantisme à deux sous de ce décor frappé par la ruine. Que pouvais-je bien faire d'autre, maintenant qu'il me fallait me dessaisir de ma prééminence policière au profit des disciplines occultes ?

Soudain, comme s'il avait entendu un bruit suspect, Hektor s'arrêta net devant un buisson, passa la tête au coin tel un conspirateur et tendit l'oreille. Je me portai vite à son côté et fis de même. On distinguait à quelque distance le réduit qu'il avait indiqué comme étant le dernier refuge d'Andromède. Il s'agissait d'une remise à outils en fort mauvais état, au toit percé et aux murs de laquelle manquaient de nombreuses planches. Nulle trace cependant d'une dame caniche. Mais bien plutôt de cinq personnages équivoques appartenant à mon espèce. Tels de glorieux *pistoleros*, ils se tenaient campés devant la porte ouverte du box et, s'ils avaient été de vrais héros de western, ils auraient tambouriné nerveusement sur la gaine de leurs revolvers. En lieu et place de quoi on assistait ici au spectacle de queues remuant avec fougue et d'oreilles aiguisées par la concentration, tout cela appartenant, à en juger par leur silhouette athlétique, à des êtres encore très jeunes.

« Déjà zigouillé quelqu'un aujourd'hui, la vioque ? » demanda celui du milieu, manifestement le meneur, sur un ton railleur. Comme le groupe nous tournait le dos et se trouvait assez loin de nous, le son de sa voix ne nous parvenait qu'indistinctement.

« Sales dégénérés ! pesta un autre. Si vous croyez que nous allons vous céder ce territoire sans nous battre, vous rêvez ! L'odeur de pisse que vous laissez d'arbre en arbre ne sera bientôt plus qu'un souvenir. Tu peux compter là-dessus, la vioque ! »

Du fond du réduit résonna en réponse une voix chancelante de clébard, aussi vulnérable et aussi ténue que si elle était effectivement montée du royaume des esprits : « Mais, mes chers enfants, qu'avez-vous donc ? Nous sommes tous des amis, ici. J'ai vécu moi-même, il y a très, très longtemps, avec une de vos semblables. Elle s'appelait Tipsi, et elle était ma meilleure amie.

– La ferme ! » beugla le jeune exalté d'à côté en brandissant une patte menaçante en direction de la remise, toutes griffes dehors. Son poil d'un roux intense semblait symboliser l'immense colère qu'il avait accumulée en lui. « Notre leader Moïse a parfaitement raison. Si vous autres, stupides clébards, n'étiez pas là, nous nous en porterions tous beaucoup mieux. Nous sommes une espèce plus âgée que la vôtre, mais depuis que vous êtes apparus, l'homme s'extasie davantage sur la répugnante diversité et la prétendue intelligence de votre race que sur nos si

145

salutaires talents dans la lutte contre les nuisibles. Et tandis que généralement nous entrons chez les hommes sous forme de cadeau, vous êtes à l'origine d'impôts et de dépenses astronomiques pour votre entretien et vos jouets imbéciles. Mais c'est maintenant la fin des haricots. Bientôt, le dernier d'entre vous reposera six pieds sous terre, et nous irons pisser sur vos tombes !

– Pourquoi tant de colère, les enfants ? reprit la voix fluette, sonnant comme une exhortation de la bonne conscience incarnée. Vos parents ne vous ont-ils pas dit que la haine n'était qu'un fardeau ? Vos cœurs juvéniles, justement, devraient abriter davantage d'amour que de haine, laquelle, mon Dieu, s'accumule déjà bien assez au cours d'une vie. En ce qui me concerne, j'en ai toujours été dépourvue. Tipsi et moi avons toujours passé nos plus beaux moments aux côtés l'une de l'autre. Elle me manque tellement, bien plus encore que ma maîtresse...

– Ce n'est pas ce qui va te manquer le plus, la vioque, l'invectiva de nouveau le meneur des pistoleros. Mais plutôt de pouvoir marcher sans douleurs, pour prendre un exemple. » Ce sur quoi il se rua en flèche vers l'avant et disparut de mon champ de vision. Là-dessus, un cri déchirant dont il n'était pas difficile de deviner l'origine retentit à travers tout le quartier avant de s'éteindre en un pitoyable gémissement. Mais par-delà ce cri, c'est un tout autre phénomène acoustique qui accaparait à présent mon attention. Car la voix de leur meneur, à l'évidence l'auteur de la morsure, me paraissait diablement fami-

146

lière, si douloureusement familière que je m'en trouvai soudain mal. Secouant la tête avec dégoût à la vue de cet odieux spectacle, Hektor quitta sa planque d'un air furieux. Mais je fus plus rapide que lui.

« Surprise, surprise ! » m'écriai-je de loin, un sourire clownesque figé sur les lèvres, tout en franchissant résolument les broussailles en direction des funestes gros bras. Ces derniers tressaillirent, comme surpris par le sifflet strident d'une locomotive à vapeur leur fonçant dessus, et se tournèrent d'un coup dans notre direction. Hektor, lui-même tout étonné, m'emboîta le pas tel un inventeur constatant avec dépit que son idée vient d'être brevetée par un autre et n'ayant d'autre solution que de coopérer avec celui qui l'a devancé.

« J'aurais jamais cru que la jeunesse d'aujourd'hui mettrait autant d'ardeur à la tâche et nous piquerait le boulot, à nous, les vieux. »

Junior, mon très cher fiston, le *meneur*, me regarda arriver d'un air aussi désemparé que si je l'avais surpris lors de ses premières expériences onanistes. Ses potes ne semblaient pas moins interloqués, et ils auraient tous épousé sur-le-champ un clébard contre la certitude qu'il y avait dans mes propos ne fût-ce qu'une once de sérieux. Ce qui, hélas pour eux, n'était pas le cas.

« Je suis fier de vous ! » continuai-je à m'enthousiasmer en m'approchant des quidams ébahis. À la vue de Hektor et de son gabarit de colosse, qui me suivait comme un garde du corps monstrueux avec son os immense entre les dents, leurs mines fanfaronnes de tout à l'heure s'étaient muées en visages défaits de patients soumis à une cure d'électrochocs. « On pense tout le temps qu'il faut être un exemple pour les jeunes, et on est toujours étonné de constater que c'est le contraire qui est vrai. L'extermination d'autrui est chose louable, en particulier l'extermination totale. D'ailleurs, on ne s'y prend jamais assez tôt, n'est-ce pas ? Comme je le répète souvent, dès que tu vois que tu es le plus grand et le plus fort, dépêche-toi d'envoyer tous ceux qui n'ont pas cette chance, c'est-à-dire tous les autres, dans l'au-delà. »

J'étais peu à peu parvenu, glissant un œil entre nos adolescents, à distinguer l'intérieur du réduit. Malgré la clémence des teintes orangées que la lumière du soir jetait dans la tanière, l'espèce de chose pitoyable que j'y aperçus me fit un coup au cœur. Si j'avais été le dieu des miracles, j'aurais instantanément fait disparaître cette vision, et ce foutu monde de malheurs avec. Hektor m'avait annoncé un caniche, certes malade, mais ce qui végétait là, dans ce trou moisi, n'était qu'un misérable tas de chair et d'os enveloppé d'un pelage sévèrement râpé et blafard. Envahi, qui plus est, de parasites, couvert de plaies ouvertes, les membres postérieurs poussés de traviole à la suite d'anciennes fractures, hirsute, puant. Des yeux laiteux d'aveugle vous fixaient au milieu d'un visage qu'un museau pointu et de longs cheveux frisés permettaient encore de ranger du côté des caniches, mais dont les innombrables infirmités évoquaient plutôt un tableau de Picasso. De plus, une morsure assez appréciable saignait dans la région du nez – résultat de l'engagement héroïque de Junior en faveur de son peuple si injustement opprimé. Ce que je contemplais là, c'était un ange agonisant tombé au purgatoire de l'ignorance, c'était la mort à crédit – arrivée à son dernier terme, de surcroît.

« Vous savez quoi, les jeunes ? Je commence moi-même à avoir envie de jouer à ce petit jeu », babillai-je de mon air le plus cool en dissimulant mon horreur et me plantant devant notre nouvelle génération de sadiques. Ces derniers étaient maintenant saisis d'un léger frisson, que je n'attribuais pas particulièrement à leur joie excessive de nous voir débarquer.

« L'exposé de ce garnement valait déjà le prix Nobel à lui tout seul, continuai-je en désignant l'atrabilaire qui s'était essayé peu auparavant à justifier scientifiquement l'extermination de la partie adverse. Mais le courage avec lequel mon fils tant aimé a pris les choses en main force carrément le respect.

– Papa, euh, laisse-moi t'expliquer », m'interrompit Junior, la voix gagnée par un geignement. Il échangea quelques regards de conspirateur et sourires embarrassés avec ses comparses et me gratifia enfin, moi aussi, d'un ricanement affecté. « Voilà, euh... c'était juste pour s'amuser. Enfants que nous sommes, nous avons juste voulu imiter les adultes. N'est-ce pas, les gars ? »

Les « gars » acquiescèrent avec zèle sans lever les yeux du sol, où semblaient se dérouler des choses fascinantes.

« J'aimerais bien m'amuser également, intrépide fiston. Aussi serais-je très honoré si vous me laissiez porter le premier coup sur cette dangereuse ennemie. »

Je fis un pas en direction d'Andromède, qui, désemparée, balançait sa pauvre tête ratatinée de droite et de gauche au son d'une inaudible mélodie. À la vue de ses yeux blancs rayonnants d'innocence suppliciée, j'aurais pu me transformer en cavalier de l'Apocalypse de cette misérable planète.

« Mais doucement – ne serait-ce pas gâcher notre plaisir que de mesurer tout de suite nos forces avec une telle créature ? Je veux dire, regardez-la. Certes, c'est un sale cabot, et à ce titre elle complote inlassablement notre perte, même si elle joue pour l'instant les malades. Mais d'un autre côté, il serait sûrement plus rigolo de nous entraîner un peu entre nous et de lui faire voir ainsi ce qui l'attend dans les minutes qui viennent. Je commence... »

D'un bond, je me jetai sur Junior et lui balançai un coup de griffes à travers la tronche. Glapissant, serrant les pattes sur la tête, il roula sur le côté pour se soustraire à la zone dangereuse. Avant que les autres vengeurs de la veuve et de l'orphelin aient pu réagir, je bondis parmi eux, et me mis à tourner sur moi-même comme une toupie en distribuant alentour coups de paluche et de griffes à leur couper l'envie de respirer. J'en expédiai aussitôt deux au tapis, qui se mirent soudain à loucher par en dessous et à considérer les choses de ce monde comme si la patte d'un éléphant leur avait gentiment caressé le poil. Un intrépide, cependant, s'essaya de ses dents à quelques tours d'adresse idiots sur mon pelage, ce à quoi je coupai littéralement court en lui décochant d'une patte antérieure une large griffure en plein visage. Le dernier eut l'impertinence de vouloir prendre ses jambes à son cou, ce qu'il fit, mais non sans emporter avec lui une jolie morsure dans l'arrière-train. À la fin de la représentation, durant laquelle, tel un ouragan, j'en avais fait pleuvoir de tous les côtés, les compères gisaient en étoile dans la poussière, pleurnichant comme des enfants mal élevés ayant reçu leur première correction. Ce qui était d'ailleurs bien le cas.

« Écoutez bien ce que le vieux Francis a à vous dire, surtout toi, cher fiston ! » déclarai-je en me secouant vigoureusement. Des poils, dont la plupart n'étaient pas les miens, s'envolèrent dans les airs, comme autant de vaisseaux spatiaux microscopiques traversant un univers rougeoyant. Hektor considérait le spectacle avec une satisfaction amusée, et en bavait de plaisir sur son os.

« Vous avez pris beaucoup trop au sérieux la devise selon laquelle la jeunesse se doit d'imiter les anciens. Car tous les anciens n'ont pas le massacre d'autrui comme cheval de bataille, et ils sont encore moins nombreux à élever l'intolérance au rang de sagesse de vie. Ce sont des slogans dangereux que vous répétez là sans y penser. Et stériles, car ils mènent inévitablement le monde à sa perte. Si je devais vous reprendre à harceler cette pauvre créature ou quiconque n'est pas de taille à vous résister, je vous tannerais personnellement le cuir. Et toi, Junior, qui as connu l'adversité par la grâce de ton papa, tu devrais avoir honte ! Est-ce là tout ce que tes expériences de crève-la-faim t'ont appris ? Tourmenter les êtres sans défense, prêcher le bain de sang et, comble de la bravoure, mordre une malade au visage ? »

Il se redressa et offrit à ma vue la mine la plus contrite qu'on ait pu exhiber depuis que Hugh Grant s'était fait surprendre en escapade avec une prostituée.

« Papa, on est vraiment...

– Disparaissez ! m'écriai-je, avec toutefois quelque difficulté, tant la repentance de ces rigolos, qui en étaient maintenant à se regrouper, me paraissait sincère. Disparaissez, et que je ne vous voie plus ! Cela vaut pour toi aussi, fiston. Il est vrai que je ne t'ai guère éduqué. Mais la décence et la compassion sont des choses que l'on porte en soi, sans qu'il soit besoin d'éducation. Si tel n'est pas le cas, on est perdu. Alors tirez-vous ! »

Ce qu'ils firent. La tête basse et, du moins en apparence, le cœur purgé. Ils filèrent discrètement dans les taillis, que les ultimes rayons du soleil semblaient maintenant vouloir embraser. Je les suivis longuement d'un regard pensif et morne.

« Tu m'avais caché que tu avais un fils, Francis, me dit Hektor une fois qu'il eut déposé l'os devant Andromède.

– Je ne le savais pas moi-même jusqu'à ce matin, Hektor. Et le pire, c'est que mes enfants errent vraisemblablement encore par centaines en ce bas monde, sans la moindre direction spirituelle, et sans que j'en aie la moindre idée.

– Allons, allons, les jeunes finissent toujours par se ressaisir, intervint Andromède – qui bavait sur son os avec la plus totale insouciance après la chute de dents

152

qu'elle venait de subir. Crois-moi, quand j'étais jeune fille, j'étais moi aussi une petite diablesse et j'ai infligé quelques crises de nerfs à un ou deux de nos anciens. Et voyez où j'en suis désormais ! »

La dame caniche nous offrit son sourire édenté, ce qui, joint à ses traits émaciés, produisait à peu près le même effet que si un peintre animalier s'était essayé à une caricature du *Cri* de Munch.

« Chère Andromède, Francis, un bon ami, et moi sommes là pour te demander un petit service, dit Hektor en la léchant sur tout le visage de sa langue à incendie, ce qui parut lui plaire énormément.

– Je sais. Tous ceux qui m'apportent un os sont dans ce cas.

– Alors, tu peux sans doute imaginer aussi de quel service il s'agit.

– Les vibrations qui émanent de votre aura m'indiquent que vous êtes à la recherche de quelque chose. »

Formidable. Ce petit jeu allait probablement durer toute la soirée. Sur le principe du *trial and error*, procédé à la base de toutes les charlataneries chiromanciennes, Hektor et Andromède se renverraient sans cesse la balle, l'un livrant inconsciemment des indications sur son problème, l'autre poussant le premier, par des « prédictions » aussi générales que possible, à corroborer ses propres fantasmes. Je me demandais ce que je foutais là, en compagnie d'un clébard au cerveau consumé par la mélancolie et d'une espèce de Fifi délabrée se prenant pour l'oracle de Delphes. N'avais-je rien de mieux à faire, par exemple m'attaquer à quelques indices importants ? Oui, mais voilà, des indices, justement, je n'en avais pas.

« Nous cherchons un assassin, Andromède, un monstrueux tueur en série, déclara posément Hektor. La plus petite indication nous serait déjà d'un grand secours, la moindre piste. »

Les suçaillements d'Andromède sur son os se firent plus distraits : une force extérieure sembla prendre petit à petit possession d'elle et la remplir d'une essence mystérieuse qui remodelait jusqu'à son apparence. Une austérité concentrée, due à un état proche de la transe, se répandit sur ses traits, qui semblaient guérir comme en direct sous l'effet de quelque animation cinématographique. Sa physionomie tout entière parut soudain plus ferme, plus racée, ses yeux laiteux se dilatèrent, son nez long et sec retrouva son humidité naturelle et rendit à sa truffe tout son luisant. Et bien qu'elle n'eût cessé d'être une espèce de tas grisâtre jeté là au fond de ce réduit, on avait effectivement l'impression d'avoir devant soi une imposante magicienne trônant dans son majestueux salon. Évidemment, il m'était difficile de juger si cette métamorphose faisait partie de son répertoire habituel. Mais en tout cas, je ne pouvais me soustraire à la fascination qui s'en dégageait.

« J'ai entendu parler de cet assassin, dit Andromède d'une voix sensiblement plus rauque. Le mal est son obsession, le sang son élixir de longue vie, et la mort sa meilleure compagne ! »

Dans les derniers rayons d'un soleil à l'agonie, qui transformait l'air en voile de gaze incandescent,

154

Andromède donnait l'impression de se trouver dans un haut fourneau, et, vibrant dans la fournaise, de se diriger tout droit vers sa propre explosion. En même temps, elle semblait rayonner intérieurement d'énergie accumulée.

« Francis est convaincu que ce monstre vient d'ailleurs, Andromède, dit calmement Hektor, qui avait dû déjà assister à une telle métamorphose. Il pense qu'il s'agit d'une sorte d'esprit, d'un démon, et que ce démon a été mystérieusement rapporté jusqu'ici, comme une maladie. Peux-tu faire naître une vision où il apparaisse ?

– Oui, je vois à travers lui.

– Quoi ? Tu le vois ? » laissai-je échapper de façon quasi hystérique, preuve que je m'étais bien laissé embobiner par toute cette sorcellerie. Je ne me reconnaissais plus. Mais, d'un autre côté, n'épluchais-je pas chaque semaine mon horoscope dans ces illustrés imbéciles que cet idiot de Gustav, dans sa solitude, se procurait en masse pour lui tenir lieu de conversation humaine ? Bien entendu, après coup, j'étais systématiquement saisi d'une hilarité goguenarde, et, me haussant au-dessus des milliards d'autres lecteurs d'horoscope par des considérations cyniques, je secouais la tête avec consternation devant tant de superstition. Mais au bout du compte, ne les lisais-je pas toujours, ces satanés bulletins météo de la destinée ?

« Non, je ne le vois pas. Je vois à travers lui, je vois ce qu'il voit, déclara Andromède, ses yeux blancs se colorant tout entiers du rougeoiement intense du couchant.

– Et que vois-tu ? demanda Hektor.

– Une forêt, une forêt vierge. C'est un endroit tropical, des vapeurs s'élèvent de la végétation touffue, que trouent les rayons de lumière d'un soleil matinal. Puis ce sont des cris rauques. Issus de centaines de gorges. Non, c'est un chant, un chœur, rythmé et agressif. Des tambours accompagnent cette mélopée guerrière, ainsi que des exhortations enflammées. Des hommes noirs, à demi nus, apparaissent d'un côté, des lances et des armes tranchantes à la main. Même chose de l'autre côté, sauf que ces derniers se distinguent des premiers par leurs coiffures et les peintures ornant leurs corps. Ils se jettent les uns sur les autres, se donnent des coups, s'entre-déchirent, s'entr'égorgent, et semblent même y prendre plaisir. Oui, il n'est pas jusqu'aux blessés qui, gisant à terre dans le sang de leurs plaies béantes, ne continuent à encourager les combattants, et même les morts donnent l'impression d'être encore de la partie, de tout leur cœur joyeux de défunts. La lutte tourne à la folie furieuse. De leurs doigts nus, les hommes noirs se crèvent mutuellement les yeux pour les ingérer ensuite. Les têtes tranchées roulent sur le sol comme des noix de coco tombant des arbres. Les machettes s'acharnent sur les corps, les déchiquetant jusqu'à leur donner l'apparence de simples bouts de viande. Bientôt l'endroit tout entier fait le même effet que s'il avait plu du sang de ce ciel ensoleillé...

– Qu'est-ce qu'IL fait, Andromède, qu'est-ce qu'IL fait ? » l'interrompit soudain Hektor. Lui aussi était maintenant tout tourneboulé.

156

« Rien. Rien du tout. Il ne fait que regarder.

– Il regarde, c'est tout ?

– Parfois il change de perspective pour avoir une meilleure perception des événements. Mais la plupart du temps, il se tient en silence derrière des arbustes et des branches d'arbres pour pouvoir observer en toute tranquillité.

– Et qu'est-ce qu'il ressent ?

– Un profond étonnement – et une fascination sans bornes !

– Et ensuite ?

– Ensuite, l'image s'estompe, devient floue, comme essuyée par un chiffon sale. Une autre image s'offre à mon regard. Des hélicoptères militaires fondent sur un champ de riz où des paysans s'activent à rentrer leur récolte. Ce sont des silhouettes décharnées, presque des squelettes, vêtues exclusivement de haillons. Il y a beaucoup de femmes et d'enfants parmi eux. L'approche des hélicoptères et leur crépitement assourdissant sèment la panique. Les paysans fuient en hurlant dans toutes les directions, mais la mort ailée est plus rapide. D'en haut, les mitrailleuses ouvrent le tir sur les malheureux, des bombes tombent. Leurs victimes, aussi légères que des plumes, s'effondrent sans bruit sur le sol humide de leur champ, comme si une télécommande les avait subitement éteintes. Ou bien elles éclatent sourdement, paf ! et s'éparpillent en pièces détachées...

– Le Vietnam, soufflai-je à Hektor.

– ... Sur la route adjacente, on aperçoit soudain une flopée d'enfants nus. Ils arrivent en courant d'un bois en proie aux flammes, à quelques centaines de mètres. Les enfants brûlent eux aussi – oh, comme ils flambent, mes amis ! Je n'en peux plus, non, je ne peux plus regarder cette horreur...

– Une seconde, il faut que tu tiennes encore, Andromède, dit Hektor à la voyante. Que fait celui par les yeux de qui tu vois tout cela ?

– Toujours rien. Il contemple ce spectacle bestial à distance, en toute sécurité. Et les idées, les émotions qui le traversent, tout cela s'agrège en un seul sentiment : la curiosité, une insatiable curiosité. Cette créature est comme un appareil d'enregistrement universel – dénuée de toute compassion pour les victimes. Mais stop ! Je vois une autre scène. Oui, l'image se maintient. C'est une ferme dans un paysage solitaire et enneigé. Le bâtiment principal a complètement brûlé. Il donne l'impression d'avoir été construit à base d'allumettes qui auraient pris feu et se seraient transformées en tiges de charbon rabougries. Des soldats font la queue devant une remise délabrée, probablement l'étable. Ils vont peut-être à la soupe. Mais, mon Dieu ! il n'y a plus d'animaux dans cette étable, c'est tout autre chose que les soldats convoitent ! L'endroit est bondé de femmes nues dont certaines fixent le plafond d'un regard fou. Elles se font violer par ces hommes, et leurs cris déments implorant la pitié ne font que stimuler davantage leurs tortionnaires ! De nouvelles images d'horreur m'apparaissent à travers les yeux du démon. Des hommes de toutes les couleurs de peau et de toutes les origines ethniques, dans les contrées les plus diverses, les armes les plus diverses à la main. Des haches de pierre et des lance-roquettes, des canons et de simples blocs de roche que l'on fracasse sur la tête des ennemis. Tous sont mauvais, tous sont épris de mort, tous veulent anéantir tout le monde. Des fontaines de sang jaillissent, la vie se fait exterminer, vies jeunes, vies âgées, par milliers. C'est comme un pot-pourri de haine – je n'en peux plus... »

Andromède s'affaissa et se mit à sangloter. D'un œil ouvert sur les ténèbres, elle était redevenue une misérable dame caniche habitant au fond d'une remise, souffrante et pitoyable. Les larmes coulaient sur son visage ratatiné qu'elle couvrait de ses pattes de devant.

« Qu'en penses-tu ? me demanda Hektor à voix basse.

– Je ne sais pas, répondis-je, en proie à la perplexité. En tout cas, nous ne lui avons pas indiqué au début que toute cette affaire avait à voir avec la guerre. Soit c'est une truande de génie, soit elle est vraiment douée.

– Mais ni l'une ni l'autre de ces deux hypothèses ne nous avance vraiment à grand-chose, n'est-ce pas ?

– En effet. Même en admettant que nous accordions crédit à cette piste occulte, nous n'avons toujours aucune idée de quoi ou de qui il peut bien s'agir avec ce monstre. Et pourquoi donc trimbale-t-il sans répit sa carcasse d'observateur infatigable mais indifférent sur tous les champs de bataille du monde ? La question essentielle reste la suivante : pourquoi diable s'en prend-il à nous, tortionnaires de souris et aboyeurs à la lune ? Qu'est-ce qu'il nous veut ?

– C'est donc bien, en tout cas, l'esprit de la guerre, cet esprit qui se manifeste chaque fois que la coexistence pacifique s'envenime et que le bain de sang...

– Francis ! Francis ! Francis ! »

On eût dit le cri d'un être profondément désespéré, d'un être éreinté par le désespoir. Nous nous tournâmes en direction de la voix et vîmes un couloir se creuser peu à peu dans l'enchevêtrement confus des buissons. Puis apparut... qui ? sinon notre fidèle Barbe-Bleue, qui paraissait au bord de l'accident cardio-vasculaire, infarctus et apoplexie à la fois. Il approchait en boitillant et en geignant, aussi fourbu qu'un bagnard pourchassé par une meute de chiens. Son visage d'ours velu, avec son orbite vide et ratatinée et sa canine poussée de traviole, trahissait un état de profonde panique, et sa patte droite estropiée semblait le mettre tout particulièrement au supplice.

« Barbe-Bleue, qu'est-ce qu'il y a ? demandai-je quand il nous eut rejoints, à bout de forces et de souffle. On dirait que, sur tes vieux jours, on vient de te réintégrer dans l'équipe nationale.

– Francis, ça fait des heures que je te cherche, souffla-t-il bruyamment. Le pire de ce qui pouvait arriver s'est produit. Merde, oui ! Sissi a été retrouvée assassinée. Du coup de crocs classique. Et il semble que les parlotes de paix et tout ça, ça soit bien fini. Les clébards, Hinz et Kunz en tête, nous soupçonnent, et ils nous ont déclaré la guerre une fois pour toutes. Moïse, évidemment, ne s'est pas fait prier très longtemps et a convié tout le monde à une grande bataille. Le quartier tout entier est debout, en marche vers la vieille fosse,

160

où se prépare un carnage. Non mais, merde ! Qu'est-ce qu'il faut faire, maintenant ? »

Hektor et moi échangeâmes un long regard. Tous nos efforts paraissaient réduits à néant. La situation, déjà assez tendue, aurait peut-être supporté un meurtre de plus. Mais pas celui de Sissi, leader de la partie adverse. Aucun argument, aucun appel à la raison ne pourrait désormais retenir les clébards. C'était la fin. Merde, en effet !

5

La vieille fosse se trouvait aux confins de notre territoire. C'était un véritable phénomène tectonique, et si dissuasif, de surcroît, que jusqu'à présent ce terrain n'avait pas intéressé le moindre investisseur. À première vue il s'agissait uniquement d'une parcelle étendue et retournée à l'abandon, offrant un sol fertile au chiendent et aux herbes folles, mais elle avait ceci de particulier qu'elle s'affaissait d'année en année et glissait sous le niveau des terrains attenants : d'inexplicables mouvements telluriques avaient peu à peu aspiré ce lopin vers le bas, lui donnant l'aspect d'une dépression dans le paysage. Si pour les non-initiés il faisait l'effet d'une vallée naturelle, encaissée et verdoyante, comme tirée d'un prospectus touristique sur l'Irlande, un observateur attentif n'eût pas manqué de remarquer avec effroi que le sol continuait toujours davantage à s'y enfoncer.

La désastreuse nouvelle apportée par Barbe-Bleue nous avait anéantis, Hektor et moi, tandis qu'Andromède en était encore à essayer de récupérer, après ses visions d'horreur, si tant est qu'il y ait eu quelque chose à récupérer dans son cas. Puis, tout à coup, une idée ni plus ni moins que suicidaire m'avait fusé à l'esprit, idée dont la réalisation pouvait ne pas mener inéluctablement à mon trépas, mais à la condition que je démasque le coupable au cours des prochaines heures. Mon plan, en effet, ne me laisserait pas beaucoup plus de temps, mais j'étais prêt à tenter ma chance. À quoi bon m'accrocher à la vie, maintenant que mon joli quartier s'était transformé en morgue au beau milieu d'un printemps florissant ?

Je fonçai en direction de la vieille fosse. Du coin de l'œil, je vis Barbe-Bleue me lancer un regard perplexe jusqu'à ce qu'un soupçon d'espoir éclaire enfin sa tronche d'accidenté de la route. Ayant déjà épuisé ses forces à ma recherche, il n'était plus en état de me suivre, cependant, il m'emboîta le pas. Évidemment, il ne put rester à ma hauteur, ne fût-ce que parce que je pouvais, moi, emprunter le bien commode zigzag autoroutier des corniches, mais il connaissait assez de raccourcis adaptés à son mode de locomotion pour parvenir lui aussi au plus vite à la fosse.

À mesure que le crépuscule prenait possession du quartier et que le chemin, grâce à mon appareillage de vision nocturne, commençait à s'éclairer devant moi comme sous la lumière de phares automobiles, je réfléchis plus avant aux risques de mon entreprise. Et surtout à la façon de la mener à bien. Il était impératif que je joue mon rôle de façon absolument convaincante. Pour tout dire, la paix dépendait de la façon dont on allait gober mon mensonge – mensonge énorme de surcroît ! Et lors même qu'on me croirait, la paix n'en continuerait pas moins à être compromise, car à tout moment l'assassin pourrait frapper à nouveau et faire ainsi capoter le stratagème tout entier. Voilà pour le côté optimiste des choses. Version plus pessimiste : tous ces cinglés, aboyeurs à la lune comme tortionnaires de souris, avaient en fait déjà commencé à s'étriper gaiement tandis que j'échafaudais mes plans subtils. Il me fallait maintenant appuyer un peu sur le champignon si je ne voulais pas passer les années suivantes à avaler quelques tonnes d'antidépresseurs en la douce compagnie de Hektor.

Comme dans un jeu d'action vidéo, les murs fonçaient sur moi en faisceaux labyrinthiques, tandis qu'au-dessus de ma tête se déployait un chapiteau d'étoiles à vous couper le souffle et que la pleine lune se rengorgeait fièrement. Sur le côté, en contrebas, j'apercevais de temps à autre Hektor, qui tantôt galopait à travers les jardins sur des chemins parallèles au mien, tantôt se retrouvait loin derrière parce que, butant sur des clôtures et des impasses, il se voyait contraint de faire des détours. Enfin le domaine des parcelles verdoyantes toucha à sa fin, et les terres désolées firent leur apparition. Je sautai au pied du dernier mur et filai vers la fosse. En chemin je distinguais déjà, dans le lointain, des caravanes interminables d'ombres furtives convergeant de toutes les directions, ombres que la vallée semblait aspirer comme des flots de brume. Un ramdam de miaulements et d'aboiements furibards, issu de centaines de gorges, formait le fond sonore de ce spectacle, musique qui résonnait à mes oreilles telle une funeste symphonie de fin du monde.

Je parvins enfin au bord de la vieille fosse, et ce qui s'ouvrit soudain à mes pieds dépassait de loin mes prévisions les plus alarmistes : c'était un tableau classique de champ de bataille qui s'offrait à mon regard, hormis le fait qu'on n'y voyait pas de cavaliers brandissant leur épée sur leur monture et que la mêlée n'avait pas encore commencé. Sinon, la scène aurait pu figurer sans problème dans les allées d'un musée militaire. Des quantités incalculables de mes congénères dévalaient le talus à ma droite, Moïse en tête de cortège, la mine prête à toutes les extrémités. Comme il fallait s'y attendre, il était flanqué de Petit Max et de Titus, mais aussi, cette fois-ci, des plus sales tronches du quartier. De la masse qui crapahutait derrière rayonnait une aura d'agressivité folle. L'affluence était telle que, de loin, on avait l'impression de voir un tapis grisâtre se déplacer tout seul, comme par magie. Barbe-Bleue n'avait pas exagéré : le quartier tout entier était debout. À l'heure qu'il était, quantité d'humains devaient tressaillir en s'apercevant soudain de l'absence de leurs petits chéris.

Et il ne devait pas en aller autrement des propriétaires de clébards. Car leurs trésors s'étaient eux aussi carapatés et faisaient maintenant étalage d'un effectif gigantesque en prévision du combat à venir. Une imposante avalanche de poils, résonnant d'aboiements tonitruants, se frayait un chemin le long du talus gauche, descendant très précisément et très inéluctablement vers le point de confrontation. Au premier rang, Hinz et Kunz arboraient la dépouille de Sissi entre leurs dents à la façon d'un symbole accusateur.

La dogue défunte pendait de leurs gueules tel un sac à main avant-gardiste pour dames, comparaison qu'interdisait seul le sang s'égouttant continûment de ses plaies. Aux avant-postes, on trouvait aussi les éternels suspects : dobermans, bouledogues, mâtins, bull-terriers et mastiffs. C'étaient ces garçons bouchers qui ouvriraient la danse, et le reste de la masse les suivrait mécaniquement en enfer.

Les deux vagues s'immobilisèrent au fond de la vallée, à deux doigts de la collision, et les adversaires se retrouvèrent presque nez à nez. La fosse était maintenant tapissée de clébards et de mes propres congénères, et le ciel étoilé lui-même semblait trembler au cri de guerre assourdissant qui s'élevait de ce chaudron infernal. Un bon millier de bestioles devaient s'être attroupées là.

Les deux lévriers déposèrent avec respect le cadavre devant eux et plantèrent leurs regards haineux dans celui de Moïse, dont la mine ne trahissait guère moins d'hostilité. Sissi gisait entre ces légions de pattes comme une serpillière ratatinée ayant servi à essuyer de la peinture rouge. Le carnage aurait pu démarrer tout de suite, mais la tradition voulait que l'on commence par s'envoyer d'abord à la figure quelques amabilités, également connues sous le nom officiel de déclaration de guerre.

« Nous étions prêts à la paix », dit Hinz avec solennité en agitant furieusement sa longue queue filiforme. J'entendais sa voix pour la première fois. Elle avait une sonorité élégante et vigoureuse, un peu comme celle d'une star hollywoodienne.

« Mieux, nous voulions la paix à tout prix, même au prix des sacrifices supplémentaires que vous ne manqueriez pas de nous infliger durant les négociations. C'est pourquoi nous n'avons pas bougé quand Hektor nous a annoncé hier qu'un de nos frères avait été retrouvé assassiné dans l'ancienne conduite d'égout de l'asile. Nous savons maintenant que nous aurions dû réagir tout de suite. Car il ne fait aucun doute que notre Sissi bien-aimée, que nous adorions par-dessus tout, serait aujourd'hui encore en vie.

– Nous n'y sommes pour rien ! » répondit Moïse d'un jappement, gonflant tel un colosse ses poils brun foncé et fouettant lui aussi l'air de sa queue. Mais ce n'était pas à proprement parler une défense, ni même une argumentation raisonnable en faveur de la paix ; ce n'était qu'une froide rectification. Ils regorgeaient tous tellement de colère qu'il n'y avait plus dans les têtes la moindre place pour la crainte.

« Ah oui ? » fit Kunz, laconique. Il avait très exactement le même registre que son frère jumeau, un peu comme s'ils avaient partagé le même logiciel vocal. « Il serait pourtant passablement incongru qu'un tueur en série, même déjanté, choisisse justement une victime à l'existence aussi protégée. Le maître de Sissi, après tout, est un magnat de l'industrie et sa villa à peu près aussi sûre que Fort Knox. Systèmes d'alarme, caméras de surveillance, personnel de sécurité devant les portes, etc. Et pourtant, lorsqu'on l'a découverte, elle gisait à côté de sa piscine comme un cochon saigné à mort. Tout cela ressemble diablement à un coup prémédité, vous ne trouvez pas ?

– Non, nous ne trouvons pas, rétorqua Moïse. Vous ne pouvez ni prouver que l'un des nôtres ait commis ce crime ni exclure qu'un des vôtres y soit mêlé. Le fait que cela soit tombé deux fois de suite sur un clébard signalerait plutôt un hasard. L'inverse aurait également pu être vrai. Si j'étais vicieux, je vous imaginerais même très bien sacrifiant votre reine mère pour déclencher enfin la guerre.

– Nous avons entendu suffisamment d'accusations iniques de cet acabit, Moïse », dit Hinz en détournant avec dégoût sa tête grise et pointue comme un ballon de rugby, comme s'il avait été sur le point de vomir. Quant à Kunz, il gratifia ces inqualifiables suspicions de la même tronche de victime d'ulcère à l'estomac.

« Il me semble qu'à ce stade tout mot de plus serait une pure perte de temps, reprit Hinz. Plus cette parlote de paix continue, plus il y en a parmi nous qui y laisseront leur peau. Cela a été dès le départ une erreur de vous accepter comme nos pairs dans le voisinage. Deux espèces aussi différentes que les nôtres ne peuvent de toute façon pas partager le même espace. C'est pourquoi nous devons maintenant faire le boulot dont nos aïeuls auraient dû se charger il y a belle lurette. »

Tout à coup je l'aperçus ! Quoi ? La CHOSE, l'esprit de la guerre, le monstre, l'assassin, l'être satanique qui nous avait tous possédés et entraînés dans cette situation lamentable, la chose en tout cas dont il s'agissait, quelle qu'elle fût. J'avais de la peine à déterminer si c'était là un mirage dû à l'état de mes nerfs ou si mes yeux distinguaient vraiment ce que je croyais apercevoir. Environ deux cent mètres à vol d'oiseau me séparaient de ce qui paraissait être une ombre accroupie de l'autre côté de la fosse. Elle avait pris place comme moi au bord du talus, et elle observait les événements se déroulant en contrebas dans la vallée. À ce qu'il semblait, du moins. À l'évidence, il était matériellement impossible de distinguer dans cette silhouette qui se détachait sur le ciel bleu foncé la moindre intention ou émotion spécifique. D'autant moins que cette forme, vue de loin et recroquevillée comme elle l'était, pouvait être aussi bien un animal qu'un être humain ou un démon nocturne. Pourtant, je croyais pouvoir reconnaître dans ses mouvements involontaires un indice de sa hideuse nature. Le corps tout entier de ce spectre tremblait sans interruption, comme s'il eût été en train de se tordre de rire. Je crus même entendre pour de bon ses odieux ricanements. Parfois il s'arrêtait, se penchait un peu en avant et paraissait écouter avec une grande attention ce qui se disait en contrebas, pour éclater ensuite en hennissements redoublés qui le secouaient de part en part. Je craignis de perdre la raison, car tout cela m'apparaissait de plus en plus comme une épouvantable hallucination.

Puis la silhouette leva la tête, lorgna dans ma direction, et nos regards se croisèrent. Mais peut-être était-ce là aussi un fantasme. Car je ne voyais pas ses yeux, je les devinais seulement. Deux points blafards reflétant l'éclat mat des étoiles. La chose semblait m'observer. Se sentait-elle prise sur le fait ? Ou même sous ma menace ? Ni l'un ni l'autre ! Avec la lenteur torturante d'une automobile antédiluvienne démarrée à la manivelle, pouffant et hoquetant, la sinistre apparition fut prise d'abord d'un balancement, qui peu à peu vira au grelottement, jusqu'à ce que ses tremblements bien connus refassent leur apparition dans toute leur fiévreuse intensité. La CHOSE se riait de moi.

« Sacrebleu ! Et moi qui croyais que l'ère des péplums était révolue parce qu'il était devenu impossible de se payer autant de figurants ! » lâcha Hektor en pilant net à mes côtés et en découvrant le chaudron bouillonnant dans la vallée. Il haletait, les poumons saisis d'un râle, et ses pattes tremblaient des suites de ce sprint éprouvant à la façon d'un personnage de dessin animé en train de s'électrocuter. Ce gigantesque animal à la fourrure sable et noir était devenu une pitoyable image de l'épuisement, avec une langue qui pendouillait si bas qu'elle me touchait presque la tête. Telle fut ma fugitive impression lorsque je levai les yeux vers mon partenaire pour les reposer ensuite au plus vite sur mon irréel antagoniste en vis-à-vis.

Il n'était plus là ! Envolé, comme s'il n'avait jamais existé, comme si ce néant qu'il avait laissé au firmament eût été destiné à me confirmer une fois pour toutes que je devais sans plus attendre avoir recours à une assistance psychiatrique. J'envisageai un instant de confier la chose à Hektor. Mais que pouvait-il faire pour moi ? Appeler d'urgence l'asile d'aliénés ? Par ailleurs, nous avions de tout autres problèmes à résoudre : dans la cuvette des passions sanguinaires, on en était manifestement à abattre les derniers remparts de l'inhibition en prévision du grand carnage.

« Faites ! » énonça Moïse d'un air faussement détaché, clignant de l'œil en direction de ses compagnons de lutte, en particulier Petit Max et Titus, ces tronches en pointe bigarrées qui paraissaient bouillir de se retrouver avec le citron entre les crocs d'un rottweiler. « Nous sommes nous aussi parvenus à la conclusion que toute coexistence avec vous est maintenant impossible. La tolérance est l'affaire des lâches. L'espèce supérieure ne doit tolérer aucune insolence de la part de l'espèce inférieure, *a fortiori* un meurtre. À tout prendre, il vaut mieux mourir honorablement ici, sur ce sol sacré qui est le nôtre, plutôt que de disparaître à petit feu sous les coups de vos perfides attentats. La première accolade sera pour toi, l'ami ! »

Tel un ressort métallique soudain libéré, Moïse se catapulta sur le visage de Hinz et s'y accrocha fermement de ses griffes. Là-dessus, le lévrier mit instantanément ses broches en action et les plongea dans les flancs de notre chef vénéré. Des jets de sang fusèrent dans les airs comme par les trous d'un pipeline esquinté et, en pleuvant sur l'assistance, firent l'effet d'un baptême du feu qui précipita les premiers rangs les uns contre les autres dans une clameur de vociférations. Je considérai que mon heure était venue – ou ma dernière heure arrivée, selon que ma manœuvre de diversion réussirait ou échouerait.

Je me mis à rire. Doucement d'abord, de façon presque inaudible, puis de plus en plus fort, sur un ton fielleux et vulgaire, et enfin dans un mugissement tel que mes éclats de rire, résonnant entre les talus, remplirent la vallée tout entière. Je me faisais presque

l'effet d'être le démon des ombres qui m'avait si hon-
teusement laissé en plan un peu plus tôt. Le premier
résultat que j'escomptais ne se fit pas attendre. Dérou-
tés par des accents aussi inconvenants, les combattants
lâchèrent prise et tournèrent en tous sens leurs
caboches cabossées, cherchant à identifier la source
des rires. Hektor, l'ahurissement personnifié, lorgnait
lui aussi de mon côté comme si je m'étais subitement
transformé sous ses yeux en canapé-lit. Pour finir, tous
les regards restèrent fixés sur ma modeste personne.
Des milliers de pupilles étonnées se levaient dans ma
direction depuis la fosse. Je me faisais presque l'effet
d'un empereur présidant une cérémonie en son honneur. Un silence lugubre était descendu sur ces lieux
obscurs, où seul résonnait maintenant mon rire de fou.

« Francis, as-tu perdu la raison ? » s'écria Moïse
avec courroux. Propos qui, dans sa bouche, paraissaient quelque peu absurdes, dans la mesure où,
agrippé de toutes ses griffes à son ennemi mortel
Hinz, saignant de mille écorchures comme s'il avait
étreint un hérisson, il ne donnait pas non plus tellement l'impression d'être en pleine possession de ses
facultés mentales. « Descends et bats-toi avec nous au
lieu de faire le guignol là-haut. Le destin de ton peuple
est en jeu !

– Le destin de mon peuple m'intéresse à peu près
autant que celui de ta flore intestinale, chef », ripos-
tai-je, une fois parvenu au terme de mes esclaffements.
Puis, me composant une expression de déjanté, je me
mis à courir frénétiquement de long en large, comme
sous l'empire de visions paranoïaques. « Désolé

173

d'avoir interrompu votre glorieuse bataille, mais le spectacle débile que vous offrez est à se taper le cul par terre – un gloussement m'aura échappé. Continuez tranquillement. Faites comme si je n'étais pas là.

– Si les débiles pouvaient voler, c'est toi qui serais chef d'escadrille », dit Hinz en secouant Moïse accroché à lui. Le birman atterrit lourdement sur son épais postérieur et posa un œil hagard tour à tour sur Hinz, sur moi et sur le bon Dieu qui est aux cieux, implorant une issue à cette situation bien confuse. « Tu nous as été présenté comme une arme miracle, un génie du crime capable de résoudre toutes les affaires et de démasquer tous les coupables. Mais qu'as-tu atteint jusqu'à maintenant, qu'as-tu empêché ? Que dalle. Tu n'as rien atteint ni rien empêché. Môssieu le détective, me suis-je laissé dire, passe son temps à se rafraîchir dans les eaux d'un aquarium ou à écouter les prophéties de dames caniches édentées. Si c'est là le summum de l'art pour un détective, alors, au diable ! Tes misérables amis m'approuveront certainement si je te retire ici ton beau titre de " Gros Malin " et le remplace par celui plus approprié de " Gros Nul " !

– Ma foi, répondis-je, poursuivant mes insolentes provocations tout en accélérant mon va-et-vient effréné, je ferai comme si je n'avais rien entendu, compisseur de lanternes. » Pour le moment, tout s'était déroulé comme prévu. Mais on en arrivait à l'effet surprise déterminant : « Je ne sais pas ce qui vous amène à penser que cette affaire épouvantable ne serait pas éclaircie depuis longtemps. Vous aurez vraisemblablement été induits en erreur par ce malodorant transporteur de vermine pour gardiens de camps de concentration contrariés. »

Je désignai Hektor d'un mouvement de tête méprisant. Décontenancé, le pauvre bougre sursauta littéralement, se lécha la gueule entière de sa langue de mastodonte, et me regarda droit dans les yeux avec le même air incrédule que le docteur Jekyll fixant Mr. Hyde dans le miroir.

« Francis, qu'est-ce que tu veux dire par là ? » s'enquit Moïse. Il semblait avoir enfin digéré la situation et commençait à reprendre ses esprits. Il vint se placer entre Hinz et Kunz, et, ainsi postés côte à côte en si bonne intelligence, les trois chefs de guerre donnèrent soudain l'impression d'appartenir à la même troupe. Il n'en allait d'ailleurs pas autrement des autres : sans s'en apercevoir, inconsciemment presque, les membres des deux parties se mêlaient dans un grand bruissement, les uns échauffés par mon verbiage, les autres arborant de nombreux points d'interrogation sur le visage. Quel beau spectacle ! Mon petit numéro aurait au moins servi à quelque chose. Seul regret : il me faudrait payer cette harmonie passagère d'une denrée qui, vu mon âge, s'amenuisait de toute façon : ma propre vie !

« Cela signifierait-il que tu as découvert l'assassin ? » demanda Moïse, porté un pas en avant par l'espoir. Ce en quoi tous les autres durent l'imiter en pensée.

« Évidemment », annonçai-je avec flegme. Et, me composant un sourire éhonté de vainqueur, je me comportai comme si j'avais été Albert Einstein, et les autres tout ce qu'il y a de plus relatif.

Hektor, qui tombait de trappe surprise en trappe surprise, commença par s'asseoir sur ses pattes de derrière. Il aurait été à peine plus étonné si on lui avait appris que Saddam Hussein venait d'être élu président d'honneur d'Amnesty International. Un soupir collectif monta de la fosse. Puis, figé dans un silence respectueux, le troupeau de poils resta suspendu à mes lèvres. La horde tout entière, tendue à se rompre, attendait avec impatience de savoir qui j'allais lui jeter en pâture comme superkiller.

« Alors ? Qui est l'assassin ? » D'excitation, Moïse semblait proche de l'infarctus.

Je m'arrêtai, intercalai un silence expressif et fixai froidement les masses assemblées en contrebas.

« Vous ne devinez pas ?

— Non, petit merdeux, on ne devine pas, dit Hinz, les babines retroussées par la fureur.

— Moi ! »

Je lançai brusquement la tête vers l'avant, ce qui leur fit rejeter la leur en arrière, comme s'ils avaient été collectivement frappés par un crochet du droit.

« C'est moi l'assassin. Oui, vous avez bien entendu, bande d'imbéciles, le monstre est devant vous. »

Avant que les nombreux maxillaires inférieurs qui pendaient de stupeur aient pu se remettre en marche et se lancer dans un caquetage assourdissant, Hinz prit l'initiative. Il s'ouvrit un chemin à travers la foule et entreprit de gravir le talus dans ma direction. Kunz et Moïse lui emboîtèrent le pas, la mine tout aussi

176

furieuse. Le seul que rien ne semblait plus pouvoir décontenancer était Hektor. Reposant sur ses pattes antérieures, il contemplait le feu d'artifice des étoiles au firmament, envahi d'une paix intérieure si proche du nirvana qu'on eût dit qu'il venait de s'offrir une petite dose de LSD.

« Avant que je te tranche moi-même la gorge d'un coup de dents, espèce de bouffon, permets-moi une question : pourquoi ? »

Cette histoire de gorge tranchée n'était pas à prendre comme une métaphore. C'était bien ainsi que les lévriers avaient coutume de liquider leurs adversaires. Hinz, cependant, semblait avoir l'intention d'y ajouter quelques petites réjouissances à sa façon dès son arrivée ici, au sommet du talus.

« C'est une très bonne question, » répondis-je avec insolence. Peu à peu, je commençais à comprendre qu'il valait mieux que mes explications restent aussi brèves que possible. Seule une petite minute, en effet, me séparait maintenant du trio de tête en pleine ascension et de son escorte aux mille mâchoires, qui n'attendait qu'un signal de sa part.

« Ce n'était qu'une expérience. Ou plutôt, une espèce de distraction, de celles dont un esprit supérieur comme le mien, vite lassé par l'ennui du quotidien, a si souvent besoin. Je voulais découvrir comment naissent les guerres. Bien sûr, j'ai donné un petit coup de pouce à mes recherches. J'ai créé les circonstances qui, de l'avis des experts, peuvent conduire à la guerre. D'abord en utilisant une technique de morsure spéciale sur mes victimes, de façon à empêcher que l'on ne remonte du dessin des plaies à ma personne. Mais ensuite aussi en dramatisant le résultat obtenu et en vous suggérant que les deux espèces entraient en ligne de compte pour les meurtres. Cependant, sans votre méfiance mutuelle, votre bêtise et votre propension à céder aux incitations à la haine raciale, ces expérimentations animales à ciel ouvert n'auraient jamais réussi. J'ai fourni l'étincelle initiale, et vous avez fait fonction de marionnettes dociles illustrant les travaux de doctorat d'un prétendu chercheur en sciences de la paix. Je vous en remercie.

– Il n'y a pas de quoi », lança Hinz. Il avait maintenant gravi presque toute la pente et se rapprochait dangereusement sans même laisser percevoir le moindre halètement. Félicitations pour lui – sincères condoléances pour moi. « As-tu réfléchi à tes projets de vie pour après cette expérience concluante ? J'aurais une proposition à te faire : que chacun d'entre nous se tape une petite bouchée de tes entrailles, et qu'ensuite on te pende par les couilles à la plus haute branche du quartier.

– Francis, comment as-tu pu nous couvrir de tant d'opprobre ? » se lamenta Moïse. À l'inverse de ses compagnons d'ascension, il était déjà à bout de souffle et râlait comme un Hoover souffrant d'insuffisance aspiratoire. « Nous te considérions comme le plus sage, le plus respectable et le plus malin. Mais tu étais manifestement depuis toujours un cynique malfaisant. Tu as sacrifié la paix du quartier pour un simple petit jeu intellectuel. Des décennies entières s'écouleront avant qu'une relation normale s'instaure de nouveau entre nos deux espèces.

– Des siècles ! » corrigea Hinz d'un ton acariâtre. Il ne se trouvait plus qu'à quelques foulées de moi, et l'on eût dit, à voir sa mine joviale, qu'il se régalait déjà à l'idée d'autopsier ce bon vieux Francis dans sa phase *post mortem*.

« Moi, nous tous ici, prononçons donc contre toi l'anathème le plus sévère que nous connaissions, continua Moïse. Nous t'excluons de notre communauté. »

Ma foi, c'était encore relativement humain. Je m'attendais presque à ce qu'il me propose lui aussi le joyeux divertissement de la pendaison par les couilles. Et pourtant, il y avait quelque chose qui me chiffonnait là-dedans. Avant que le digne Moïse et ses codignitaires n'aient fait leur apparition, nous ne connaissions ici de tels décrets-du-Conseil-des-sages qu'à travers les livres d'ethnologie. Car pourquoi nous serions-nous plaints d'être mis au ban de la société alors que, comme chacun le sait, nous passons pour des êtres solitaires *par excellence* ? Moïse semblait croire de plus en plus à cette chimère qu'il avait lui-même inventée d'une assemblée de fidèles félidés – avec lui dans le rôle du chef suprême, bien entendu. À moins qu'il n'ait été en train de perdre peu à peu tout sens de la réalité. Car il était bien le seul à croire que, après de tels aveux, il suffisait de m'exclure de la « communauté ».

Depuis un moment déjà, mes pattes avaient enclenché la marche arrière, et je me surprenais à reculer

179

toujours davantage. Rien de très étonnant à cela, puisque Moïse, Hinz et Kunz avaient presque atteint le sommet du talus et s'apprêtaient à prendre pied sur le bord de la fosse.

« Et nous, gros démerdard, nous ne t'excluons pas seulement de la communauté, compléta Hinz avec un sourire mauvais, mais également de ta propre vie ! »

Puis il lança l'ordre si familier à ceux de son espèce : « Hektor, attrape ! »

Hektor se tourna vers moi avec un calme étrange, mais aussi un je-ne-sais-quoi de dangereusement équivoque sur son visage creusé qui fit se redresser tous mes poils sur mon corps et me fit agir avec toute la rapidité de l'instinct.

« Non, Hektor, saute ! » m'écriai-je en me précipitant sur lui, comme propulsé par une catapulte. Il n'offrit pas la résistance du chêne bravant la tempête : le choc lui fit perdre l'équilibre. Il vacilla brièvement, bascula ensuite en arrière et roula en tonneau sur le talus, la mine complètement ahurie. Mais non sans emporter quelque compagnie au passage. Il s'empaffa d'abord contre Hinz, puis contre Moïse, puis contre Kunz et, à la suite de ce carambolage en série, la bande des quatre dévala la pente comme des pneus de voiture détachés de leur essieu.

Depuis mes hauteurs tout aériennes, je considérai mon œuvre avec une satisfaction certaine. Mais je n'eus malheureusement pas le loisir d'en profiter. Car l'arrivée au bas de la pente des acrobates de la galipette fut pour la masse restante comme un signal de départ. Et tous s'élancèrent soudain à l'assaut du talus comme un seul homme. On eût dit une marée grise s'élevant brusquement vers le ciel. Jappant, braillant à tue-tête, des centaines de tortionnaires de souris et d'aboyeurs à la lune se ruaient dans ma direction, réunis dans la même haine de l'assassin, et réunis enfin dans une seule et même armée.

Il paraissait indiqué de ne plus se délecter trop longtemps de ce spectacle palpitant. Je pris la fuite [6]. Mais pour aller où ? Tout en filant à travers ces terres solitaires, m'éloignant au hasard et au plus vite de la vieille fosse, j'entrepris de méditer sur ce dernier problème posé par mon génialissime plan de paix, mais sans parvenir, hélas ! à aucun résultat. Il était clair que, avec mon petit spectacle d'auto-accusation, j'étais devenu un lépreux. Encore que ce mot fût dans ce contexte beaucoup trop anodin : il donnait l'impression, en effet, que j'étais malade, alors que, pour l'ensemble des quadrupèdes du quartier, j'étais désormais non seulement un dangereux canon à microbes, mais aussi un condamné à mort. À compter de cette nuit, et quelle que fût son espèce, chacun me pourchasserait, m'épierait, me trahirait, et rêverait passionnément pour moi d'une fin cruelle, n'ayant de cesse de me voir enfin lynché, écartelé et coupé en petits morceaux comestibles. Après les derniers événements, il me serait même impossible de trouver refuge chez ce simplet de Gustav, qui d'ailleurs ne me paraissait plus tout à fait aussi simplet, mais semblait plutôt incarner tout à la fois la Croix-Rouge, Terre d'asile et Oskar Schindler. Car s'il était sûr que je pouvais tirer un trait définitif sur mon espoir de contempler un jour un monument à ma gloire dans le quartier, il était tout aussi certain que quelques petits malins parmi mes ennemis, délaissant les autres, s'étaient déjà carapatés en direction des terres gustaviennes pour y prendre position et y attendre ma venue. Où donc pouvais-je bien aller maintenant, où ?

Il m'apparaissait peu à peu que, par mon altruiste ruse, je m'étais catapulté moi-même hors de ma vie tout entière. Et si par malchance le véritable assassin s'avisait de rester dans l'ombre, il me faudrait errer à jamais en orbite, seul et perdu dans les froidures du cosmos. À la simple idée de me retrouver dans un quartier inconnu et de devoir faire le beau pendant des mois auprès d'un étranger pour qu'il me prenne en pitié, je fus pris d'accès profonds de mélancolie. Peut-être devais-je m'exiler à Disneyland, déguisé en Mickey Mouse, songeai-je tout à coup dans un accès d'humour noir. Mais cela ne me fit pas rire.

Je risquai un regard furtif en arrière – et tressaillis ! Le raz de marée des ombres grises lancées à ma poursuite s'était déployé d'un bloc à travers la rase campagne. Telle une armée à cheval poussant les hurlements de haine qui lui sont coutumiers, hurlements que l'on devait entendre jusque dans la plus lointaine des galaxies, la nuée de mes poursuivants réduisait l'écart nous séparant de seconde en seconde. La guerre était désormais ouverte, en effet. Malheureusement (ou fallait-il dire Dieu merci ?) contre une seule personne.

Si je n'en étais certes pas encore à laisser derrière moi une traînée de mon jet multifonctionnel biodégradable, je n'en devenais pas moins un peu nerveux. Qu'adviendrait-il si je me foulais juste à cet instant une patte ? – ha, ha ! Mes yeux fonctionnaient depuis un moment déjà à la manière d'un programme automatique lancé à la recherche de l'impossible, à savoir d'un trou par lequel je pourrais me glisser, moi, mais pas la horde à mes trousses. Je jetai un nouveau coup d'œil en arrière et tressaillis derechef. Une trentaine de mètres seulement me séparaient encore de mes bourreaux. S'il ne me venait pas rapidement une idée, mes couilles pendraient effectivement très bientôt à la plus haute branche du quartier – sans le reste.

Un mur apparemment infini surgit sur ma droite, mur qui semblait se perdre très loin dans nos terres. Malgré ma connaissance parfaite des lieux, je ne me souvenais plus de ce qui se cachait derrière, vraisemblablement à cause de l'état lamentable de mon appareillage intellectuel, tout entier mobilisé par le combat. J'obliquai d'instinct dans cette direction, mais sans grand espoir en vérité, car si je pouvais le franchir et me perdre dans quelque terrain boisé, qu'est-ce qui empêcherait mes poursuivants de faire de même et de rester à mes trousses ? D'un autre côté, je pâtissais d'un manque éclatant d'alternatives. Pour tout dire, je n'en avais aucune ! Si je ne me retrouvais pas rapidement sur ce mur, j'allais me faire déchiqueter tout cru. Si en revanche j'y parvenais, j'avais peut-être une chance de repousser la chose d'une ou deux minutes. J'optai pour les deux minutes supplémentaires de vie.

Le mur fonçait vers moi comme un satané butoir de chemin de fer. Une fois encore, je jetai un œil en

183

arrière. La ligne de front des pattes roulant après moi dans un galop endiablé avait réduit dans des proportions inquiétantes la distance nous séparant. Les sales bêtes en folie me collaient littéralement au derrière, et on eût dit, à voir leurs visages haineux, qu'elles allaient s'entre-dévorer de frustration si elles ne m'attrapaient pas bientôt. Je tournai de nouveau la tête vers l'avant et m'aperçus que j'étais parvenu au pied du mur. Je bondis, priant ardemment pour qu'un désastre semblable à celui des piranhas me soit épargné.

La peur mortelle où je me trouvais conféra à ma musculature une nouvelle jeunesse. En clair : le coup réussit ! Je restai sur la corniche l'espace d'une fraction de seconde, assez longtemps pour constater deux choses. Premièrement, que mes poursuivants bondissaient eux aussi sans sourciller sur le mur, tous crocs dehors. Deuxièmement, que le terrain de l'autre côté du mur, loin d'être boisé, avait été au contraire parfaitement ratiboisé : il s'agissait d'une voie express où d'innombrables voitures aux phares allumés glissaient à travers l'obscurité comme autant de lucioles géantes. J'aurais pu sombrer de nouveau dans un gouffre décisionnel ou tenter d'amadouer la meute à mes trousses d'un « Pouce, c'était pour rigoler ». Mais, pris par un éclair d'inspiration, je sautai du mur et plongeai sur le toit de la première voiture venue.

Et faillis succomber à une mort plus cruelle encore que celle à laquelle je venais d'échapper. Car le toit de la voiture qui, par une espèce de providence inversée, m'avait élu moi n'était pas un toit, mais plutôt une espèce d'œuf à la con. La tôle rouge pompier était parfaitement convexe et, lorsque mes pattes s'y posèrent, elles en glissèrent aussitôt, si bien que je fus propulsé vers l'arrière et craignis de tomber sur la chaussée pour y subir sous les roues des voitures suivantes le sort d'innombrables crapauds migrateurs. Mon salut prit la forme d'une antenne radio, à laquelle je parvins au dernier moment à me cramponner d'une patte. Puis j'appelai mes autres membres à la rescousse et filai ainsi à travers la nuit comme un naufragé sur un radeau plus grand que nature.

J'avais pourtant peu de raisons de me plaindre. Lorsque, plus ou moins habitué à la situation, je levai la tête vers le mur défilant le long de la route, j'aperçus un spectacle fantomatique qui eût fait d'un reporter photo, à condition qu'il ait réussi son cliché, un multimillionnaire : postés à croupetons sur toute la longueur du mur, des centaines de mes chers congénères et des centaines de clébards me suivaient du regard sur mon tapis volant, immobiles. Et ils ne donnaient pas franchement l'impression de vouloir me faire un signe amical de la main au passage.

Bientôt, le mur et son cliché de concours photo disparurent, la bagnole quitta la voie express, et je me trouvai confronté d'un seul coup à de tout autres problèmes. Trois, pour être exact : pourquoi cette voiture avait-elle l'air si bizarre, où allait-elle, et pourquoi roulait-elle de façon si *étrange* ? Ayant pu détacher cinq pour cent de ma concentration de la stupide antenne à laquelle j'étais accroché comme à la fameuse branche au-dessus du gouffre, je parvins au moins à répondre à la première question. La voiture que je chevauchais était un gag, le remake d'un vieux gag automobile réédité pour les branchés, engeance particulièrement réceptive à de telles plaisanteries : une New Beetle. Il était évidemment difficile de reprocher à ses concepteurs d'avoir négligé, lors de la création d'une œuvre aussi géniale, les possibilités d'atterrissage sur le toit pour les tortionnaires de souris. Mais cela n'excusait en rien le reste ! Avec son design ridiculement curviligne, on eût cru ce véhicule surgi de l'inconscient collectif d'un État autoritaire et s'épuisant en courbettes perpétuelles.

La deuxième énigme, bien sûr, n'avait pas de solution. Qui donc pouvait savoir où allaient toutes ces autos ? Loin, très loin, aurais-je aimé pouvoir dire. Mais le souhaitais-je vraiment ? Non, je me sentais tout à coup dans la peau d'un proscrit qui ne souhaite rien plus ardemment que de retourner dans le giron familier de sa communauté. Et si je ne m'abusais point, la communauté nourrissait le même ardent espoir à mon égard, désireuse qu'elle était de m'accueillir à bras ouverts – mais le crâne brisé. Cela étant, je n'avais aucune influence sur le timonier dans son habitacle, et pouvais seulement prier pour que son voyage ne nous mène pas quelque part dans l'Oural.

Quant à la conduite étrange de ce même timonier, une seule explication semblait pouvoir entrer en ligne de compte. La voiture, en effet, décrivait de petits méandres, si bien que notre trajet était sans cesse accompagné d'un concert de klaxons en provenance des véhicules roulant derrière et à côté de nous.

Quelques poings rageurs ainsi qu'un occasionnel doigt, dressé à l'intention de mon chauffeur et de ses talents artistiques, paraissaient aux fenêtres baissées des bagnoles, ponctués d'imprécations savoureuses chaque fois que son périlleux slalom l'amenait à frôler d'un peu trop près un de ses voisins. Bref, comme si je n'avais pas déjà eu assez de problèmes, il avait fallu que j'atterrisse justement sur la caisse d'un pochard ! Profondément religieux comme je le suis, j'en arrivais presque à croire qu'il s'agissait d'une épreuve infligée par Dieu.

La voiture s'engagea dans une zone urbaine, et – doux Jésus, que m'arrivait-il ! – des sensations de déjà-vu submergèrent ma conscience par millions à la vue des rangées de maisons anciennes romantiquement alignées et des places idylliques s'avançant à notre rencontre. Mon intuition, qui petit à petit tournait à la certitude, fut définitivement confirmée quand la New Beetle bifurqua dans une rue bien connue, ralentit sa course, et s'arrêta enfin devant une maison tout aussi familière. C'était à peine concevable, mais l'ivrogne s'était garé juste devant la crémerie de Gustav ! Le réverbère au style douloureusement ancien, sur la gauche de la porte, jetait une lueur indulgente sur la façade du bâtiment fin de siècle, et, ignorant décrépitude et déchéance, faisait de lui un roi entre tous ses voisins, en tout cas dans l'obscurité.

J'en étais à pousser un soupir de soulagement intérieur en constatant que nul représentant de l'alliance fraîchement conclue ne montait la garde devant la porte, lorsque la portière du conducteur s'ouvrit et que le chauffard aviné en émergea. Affublé d'un pantalon de cuir noir et d'une veste à capuche qui lui descendait jusqu'aux genoux, dans le genre tissu de sac à patates, il vacillait comme une embarcation en haute mer. L'odeur infecte de tord-boyaux qu'il dégageait me frappa avec une telle violence que j'en fis involontairement le gros dos. L'ombre d'une branche dissimulait l'arrière de son crâne, qui ressemblait fort à une boule de bowling.

Un rap insupportable de crétinerie résonna encore un bref instant à l'intérieur de la voiture (quelques glandeurs y faisaient connaître leur inestimable point de vue sur la vie sexuelle), avant que le soûlard mette fin à l'affront sonore d'un claquement de portière. Ce faisant, il se tourna vers moi, sans me remarquer toutefois dans son delirium, et j'entr'aperçus son visage. Comme indiqué plus haut, je soupçonnais déjà quelque épreuve divine derrière le pétrin où je me trouvais. Mais je ne compris vraiment combien cette épreuve était cruelle qu'en reconnaissant dans la tronche que j'avais sous les yeux ce bon vieil Archie en personne !

L'insouciant s'en revenait d'une virée en discothèque, c'était clair comme le taux d'alcool qui lui coulait dans les veines. Quand donc est-ce que ce gaillard se déciderait à grandir ? D'un autre côté, ses excès nocturnes m'avaient bel et bien sauvé la vie, même si, lors de notre brève équipée commune, la mort avait effectivement occupé le siège portant son nom. Méditant ainsi sur la triste existence d'Archie et ses conséquences sur la mienne, j'eus soudain une nouvelle idée qui me permettrait de pousser un peu plus encore ma chance. Je croyais avoir découvert un moyen d'entrer inaperçu dans l'immeuble. Deux précautions valaient mieux qu'une.

Lorsque la boule rasée aux yeux plus troubles que l'eau d'une mare et aux monumentales poches lacrymales se fut retournée et qu'elle eut avec quelque difficulté retiré ses clefs de sa poche, je sautai sans bruit dans sa capuche de sac de pommes de terre. Quelque chose s'était produit, Archie le sentit — mais avec la même acuité qu'un patient anesthésié subissant une greffe du cœur sur la table d'opération. Il leva d'abord un regard consterné vers le ciel nocturne, comme si un pigeon s'était impertinemment soulagé sur sa tête, puis il effectua une drôle de danse en tournant au moins trois fois sur lui-même, mais sans parvenir à identifier le fantôme dont il soupçonnait la présence toute proche. Enfin, il sourit avec toute la sérénité de l'ivrogne à qui les éléphants roses sont aussi familiers que peut l'être pour nous notre reflet dans le miroir, et, secouant la tête, il tituba jusqu'à la porte. Il gravit péniblement les cinq marches et tenta d'insérer la clef dans la serrure. Dans le temps qu'il lui fallut pour y parvenir, on eût pu réciter plusieurs fois de suite la « Cloche » de Schiller, avec en supplément « Le Roi des aulnes » de Goethe.

Une fois dans la cage d'escalier, l'occasion se présenta de me glisser hors de la capuche et de m'éclipser au plus vite dans mes appartements. Mais ce jour-là, la série de mes éclairs de génie ne semblait pas vouloir prendre fin. Ce qui tendrait à confirmer la thèse selon laquelle les esprits brillants de ma trempe n'atteignent

189

leur température idéale de fonctionnement qu'une fois que tout est en flammes autour d'eux. En un mot, j'eus une nouvelle idée pour me rapprocher encore un peu plus de la solution de ce cas désespéré. Il s'agissait en quelque sorte d'une expérience – à l'issue incertaine. La difficulté, en effet, consistait en ceci que sa faisabilité ne dépendait pas que de moi. Il me fallait, pour réussir, un certain partenaire.

Je restai donc dans la capuche et, à mon grand dam, assistai au spectacle d'un adolescent professionnel défraîchi contraint par des excès de juvénilité à se débattre avec un escalier tout ce qu'il y avait de plus ordinaire comme s'il s'était trouvé sur le *Titanic* au moment du naufrage. Cela tanguait et glissait, cela titubait et trébuchait, cela tirait et poussait tant et si bien sur la rampe que, à la vue de ce spectacle indigne, on finissait par en avoir soi-même le vertige. Au bout de ce long et inégal combat avec des marches qui devaient lui paraître sans fin, Archie chut plus qu'il n'entra dans le dantesque capharnaüm de sa piaule. Le tableau offert par l'inconcevable désordre qui y régnait n'avait en rien changé, au contraire : en comparaison avec leur état de l'après-midi, les lieux semblaient plutôt avoir subi entre-temps un bombardement en règle.

Dans l'obscurité, Archie trébucha sur des piles de *Vogue Hommes*, buta du pied contre une immense coupe à fruits posée sur le sol, laquelle se brisa en mille morceaux, puis se cogna contre sa précieuse chaîne hi-fi tout étincelante de chromes, laquelle alla s'écraser avec fracas au pied de sa tablette. Un

190

monstre de film japonais piétinant balourdement les métropoles de la planète n'aurait pas causé plus de dégâts. Il atteignit enfin la chambre, dont le revêtement consistait là aussi en un amoncellement impressionnant d'objets de la vie quotidienne, de papiers envolés, de mégots de cigarette, de livres, de boîtiers de CD et d'innombrables trucmuches qu'on avait peine à identifier. Sans allumer la lumière, il s'avança en chancelant vers le lit et s'y laissa tomber les bras en croix, tel un héros de la gâchette touché en plein cœur. Durant la chute, j'eus encore le temps de sauter de la capuche, et je vis ensuite le vieux garçon sombrer instantanément dans le sommeil du juste et entamer aussitôt un opéra de ronflements homérique.

Je tournai la tête en direction de la table de travail et constatai que l'ordinateur, comme prévu, était en marche. Mais, avant de me mettre au travail, il me restait une petite tâche désagréable à accomplir. Je me glissai à pas feutrés vers la fenêtre, qui offrait une vue idéale sur le carré de l'arrière-cour, en particulier sur notre terrasse et le minuscule jardin. Puis je sautai tout aussi prudemment sur le rebord en faisant très attention, après réception, de n'être pas vu depuis l'extérieur. Et je risquai un œil en contrebas.

En fait, j'aurais pu m'épargner cette vérification. Car le sinistre spectacle auquel j'assistai correspondait au poil près à ce que j'attendais. Une bonne centaine des nôtres et des leurs s'étaient tranquillement postés sur la terrasse et dans le jardin, salivant presque à l'idée de pouvoir saluer un type nommé Francis. Que celui-ci s'essayât à pénétrer dans le bâtiment, ou à le quitter, et ils lui prépareraient un accueil sanglant. Tels les gardiens d'un lieu sacré, ils patientaient avec une immobilité toute fantomatique, et seul l'éclat de leurs prunelles dans l'obscurité trahissait leur crispation. J'étais désormais prisonnier de cette maison, même si mes geôliers n'en soupçonnaient rien.

Mais peu importait, j'avais maintenant, pour ainsi dire, d'autres chats à fouetter. Après tout, il n'était écrit nulle part qu'on ne pouvait pas tranquillement résoudre une affaire complexe de meurtres en série depuis chez soi. Sous peine de voir Francis condamné à un « Home Alone » à perpète, il me fallait bien, de toute façon, commencer à me familiariser avec de nouvelles techniques de vie.

Du rebord de la fenêtre, je bondis sur le bureau et atterris devant l'ordinateur, dont le moniteur scintillant ressemblait à un bloc de glace illuminé. Mes pattes tambourinèrent fiévreusement sur le clavier et la souris. Je me connectai à Internet et, au moyen du programme de recherche, récupérai dans l'amoncellement de données l'article sur la troupe Cave Canem. C'était une idée désespérée, née d'un certain désarroi face au manque déprimant de pistes et d'indices. Je m'accrochais ainsi à la dernière branche, cherchant à entrer en contact avec le rédacteur de l'article. Vu la sobriété de son style et son recours massif à des mots savants, le texte ne me paraissait pas avoir été écrit pour la presse ou pour un autre média populaire, mais plutôt pour un public universitaire. L'auteur avait approché la chose de façon purement scientifique, vraisemblablement à la demande de l'ONU. Je partais donc du principe qu'il en savait davantage sur les dessous de l'affaire que Hektor, qui, ayant souffert dans sa chair, en avait des souvenirs limités ; et davantage aussi qu'une dame caniche hallucinée dont il était difficile de dire si elle était bonne pour l'asile ou devait figurer au musée Grévin, aux côtés de personnalités telles que Nostradamus.

Mais en fait, j'espérais apprendre tout autre chose de ce pauvre diable. Et savoir plus particulièrement si, durant ses recherches ou au cours de ses observations, il avait rencontré quelque chose comme un monstre de la guerre, ou s'il croyait à l'existence d'une telle créature. Certes, après une telle question, il ne manquerait pas de couper court à toute communication avec moi, à condition même qu'il accepte d'engager le dialogue. Mais qui ne risque rien n'a rien, comme disait le candidat au suicide avant d'uriner dans la prise.

Je passai de nouveau l'article à la loupe, mais ne pus trouver nulle part la moindre indication concernant son auteur. Puis je regardai du côté de l'adresse e-mail et tombai sur : « www.neptune.org ». Étrange, j'aurais plutôt pensé que l'affichage d'un texte de l'ONU était du ressort de son siège à New York ou d'une de ses institutions annexes. Et je n'avais jamais entendu parler d'un organisme ou d'une personne répondant au nom de Neptune. C'était là un bien mauvais début. Il paraissait assez absurde, en effet, d'espérer entrer en contact avec l'auteur d'une étude anonyme en passant par une antenne tout aussi anonyme. Pourtant, j'écartai ces hésitations et convoquai le programme de courrier électronique du bout de mon curseur. J'entrai l'adresse e-mail de Neptune dans la case correspondante, tandis que la mienne, c'est-à-dire celle d'Archie, s'affichait automatiquement. J'avais d'ailleurs bien l'intention de dissimuler ma véritable identité jusque dans mon message. Car si mon interlocuteur apprenait que ce courrier venait d'un animal, il ne pourrait qu'éclater d'un rire tonitruant et refuser de répondre, ou sombrer immédiatement dans la folie. Enfin, j'exposai ma requête.

Cher/Chère/Chers Neptune(s),
  Ne sachant malheureusement pas de qui ou de quoi il retourne à votre sujet, je me vois contraint d'avoir recours à cette étrange salutation. J'espère que vous me pardonnerez. Je vous écris pour vous demander de bien vouloir échanger avec moi quelques idées concernant votre article onusien sur la troupe Cave Canem et son intervention dans la guerre des Balkans. Si vous acceptiez de satisfaire à cette requête, j'en concevrais une gratitude infinie. En passant, il s'agit d'une affaire de vie ou de mort! Dans l'attente d'une prompte réponse, et avec mes meilleures salutations, je reste
  Votre dévoué
  Archibald Philip Purpur

Le curseur glissa jusque sur la case « Envoyer », et, d'un clic sur la touche gauche de la souris, l'e-mail fut expédié. Il ne me restait plus qu'à attendre une réponse, les yeux fixés sur l'icône de la boîte aux lettres. Ce qui, en toute rationalité, était absurde. Neptune n'avait-il donc rien d'autre à faire que de réagir sur-le-champ, tel un chien de Pavlov, à chaque courrier qu'il recevait ? Cela était peu vraisemblable, même en supposant qu'il ne se trouvait point dans un tout autre fuseau horaire, occupé à rêver au fond de son lit. Le gars me prendrait-il seulement au sérieux ? Et pourquoi « gars » ? Il pouvait tout aussi bien s'agir d'un article x pondu par quelque rédacteur/rédactrice anonyme et géré par quelque banque de données tout aussi anonyme. Je pouvais donc attendre longtemps une réaction – peut-être même pour le restant de mes pauvres jours.

La situation semblait sans espoir, et, en dépit de la douceur de la température, une fois mon travail terminé, je frissonnai légèrement en songeant à mes perspectives d'avenir. Car, à bien regarder par la fenêtre, je n'en avais guère. Je jetai un œil du côté d'Archie. Sa pose les bras en croix donnait le sentiment que, sautant en parachute, il n'avait pas repéré la cordelette et s'était écrasé droit sur son lit en passant à travers toit et plafond. Pourtant, malgré le spectacle inconvenant qu'il offrait, il se trouvait dans une bien meilleure situation que moi. Il n'avait pas le monde entier aux trousses.

Je me tournai de nouveau vers l'écran et l'icône de la boîte aux lettres. Il ne s'était rien produit. L'absurdité de mes agissements commençait à m'apparaître dans toute son étendue. Peut-être eût-il mieux valu consacrer mon génie à préparer mon exil plutôt qu'à concocter divers subterfuges afin de localiser un être anonyme dans un réseau de données dominé par l'anarchie.

À propos de subterfuges et de combines, il y avait juste à côté du clavier un livre déjà ouvert contenant quantité de tuyaux sur l'utilisation d'Internet et de ses diverses fonctions. D'ennui, je feuilletai un peu l'ouvrage. Et de fait, si on ne menait pas une vie réglée par le travail ou si on était aussi sociable que le docteur Hannibal Lecter *, ce type de communication autistique pouvait représenter un joli passe-temps. On y trouvait les choses les plus singulières. La commande « traceroute », par exemple, qui permettait de visualiser sur un graphique en toile d'araignée le cheminement mondial et les stations successives de l'information envoyée. Ou bien la fonction « talk », grâce à laquelle deux utilisateurs pouvaient converser comme au téléphone, mais par écrit. Jusqu'à la commande « finger », qui était capable de retrouver le domicile d'un internaute à partir de son adresse e-mail, à condition que ce dernier ait au préalable donné son autorisat...

Un son de cloche artificiel retentit. Je regardai l'écran, et vis le petit drapeau rouge d'une boîte aux lettres américaine s'y agiter comme dans un dessin animé. J'avais reçu un e-mail ! Le nom de Neptune s'afficha en haut à gauche, indiquant l'expéditeur. D'un clic sur l'icône correspondante, je fis instantanément apparaître le message à l'écran. Et fus pris tout aussi instantanément de troubles du rythme cardiaque à la lecture des premières phrases.

Salut, cher Francis !
Je commençais à croire que tu ne te manifesterais jamais...

* Monstre et assassin du roman de Thomas Harris *Le Silence des agneaux*. (N.d.T.)

6

Neptune semblait avoir l'amabilité d'un requin et la franchise d'une araignée sur sa toile : un être apparemment incorporel dans un lacis électronique d'une complexité inimaginable. Le message que m'envoyait le fantôme ne trahissait rien, en effet, de son identité, de son lieu de résidence, ou même de son appartenance biologique – mais peut-être cela finirait-il par venir. Que l'on se représente ma frayeur lorsqu'il – restons-en pour le moment, vu le caractère indiscutable du sexe du dieu marin romain, à la forme masculine – avait découvert mon camouflage avec une si surprenante rapidité et m'avait salué comme un vieux compère.

Le reste du texte n'était pas plus palpitant que ça. Il disait brûler d'impatience d'entamer un dialogue avec moi, mais écartait les courriers électroniques comme mode de communication, ces derniers prenant trop de temps. Il expliquait en détail l'utilisation du procédé « talk », afin que nous puissions continuer notre conversation par écrit, mais de façon plus directe et spontanée.

Planté comme deux ronds de flan devant la console, je luttais contre de sérieux signes avant-coureurs de paralysie. Tant de questions me fusaient à l'esprit que j'étais complètement bloqué, incapable tant de répondre à l'invitation présente que de réagir de quelque façon que ce soit. Je n'avais pas souvenir d'avoir jamais enterré mon caca dans un bac à sable en compagnie d'un quelconque Neptune. D'où ce type-là me connaissait-il donc ? Comment pouvait-il savoir que j'allais prendre contact avec lui par le biais de cet article de l'ONU, qui se révélait maintenant n'avoir été qu'un leurre ? Comment pouvait-il savoir que ce sujet me ferait démarrer au quart de tour ? Qui se trouvait à l'autre bout de la ligne ? Peut-être un autre gros malin zoologique qui s'avisait enfin d'utiliser Saint-Internet-des-Humains à des fins raisonnables ? Et surtout, pourquoi est-ce que Neptune se réjouissait tant de faire un brin de causette avec moi à cette heure tardive, comme s'il avait souffert d'insomnie chronique et s'était montré reconnaissant pour toute forme d'*entertainment* nocturne ?

La tête me bourdonnait de questions. Et il ne tenait qu'à moi d'obtenir des réponses. Pourtant, j'hésitais encore à relever le gant et à établir un contact qui ne manquerait pas de m'entraîner irrévocablement dans un tourbillon aux conséquences fatales. D'un autre côté, que pouvais-je faire d'autre ? Neptune semblait être le seul à même de jeter un peu de lumière sur cette sombre affaire. Mais était-ce bien sûr ? Qui me le garantissait ? Seules les apparences militaient en ce sens – ou plus exactement l'image que mes pauvres cellules grises s'en étaient faite, cellules qui, à leur plus grande honte, n'avaient même pas été capables de démêler ne fût-ce qu'un fil de cet imbroglio criminel et qui, pour cette raison, avaient rudement besoin d'une petite perfusion externe de génie criminalistique.

O.K. ! le sac de nœuds ne pouvait pas être plus inextricable ; il importait donc assez peu, au fond, de savoir quelle voie j'allais emprunter maintenant. Je pouvais continuer à mijoter ici, dans le jus de cette prison que je m'étais moi-même construite, et m'amuser dorénavant à chasser des mouches handicapées, ou bien, prisonnier des murs de ma cellule, bavasser sur Internet avec d'autres oiseaux douteux de mon espèce. J'optai pour la seconde forme de thérapie.

« Où nous sommes-nous rencontrés, Neptune ? martelai-je sur les touches du clavier une fois le programme " talk " lancé.

– C'est toi qui me demandes ça ? » Comme par enchantement, la réponse de Neptune venait de s'inscrire à l'écran sous ma propre réplique. « À la guerre !

– Je n'ai pas été à la guerre, à aucune guerre.

– Francis, je veux dire la guerre dans ta tête. Car j'ai bien peur que tu ne t'en sois occupé si intensément qu'elle te soit maintenant aussi familière qu'à moi.

– Drôle de façon de se lier d'amitié. Mais cela ne répond pas à ma question. D'où me connais-tu, et surtout, d'où connais-tu mon nom ?

– Du *Who's Who* ! Ha, ha !

– Sais-tu à quelle espèce j'appartiens ?

– À celle qui ne se vexe pas quand on lui dit qu'elle vit de boîtes de conserve.

– Es-tu toi aussi un animal ?

– Quel pourrait bien être le contraire d'un animal ?

« – Neptune est-il ton vrai nom ?

– C'est selon. En tout cas, on peut imaginer des noms plus laids que celui d'un dieu romain. »

Je marquai une pause. Pour ce qui était des renseignements d'ordre personnel, le bougre vous en disait à peu près autant qu'une tablette écrite en caractères cunéiformes. Je décidai donc de laisser quelque temps les questions privées de côté et de me concentrer sur le domaine dont les trop nombreux pointillés m'avaient poussé à me tourner vers lui. Dans la mesure où Neptune considérait manifestement notre conversation comme une espèce d'amusant concours de devinettes, cette stratégie ne paraissait certes pas beaucoup plus prometteuse. Mais, d'un autre côté, il était visible qu'il avait un intérêt, si énigmatique fût-il, à discuter de ces choses avec moi. Car pour tout dire, c'était *lui* qui avait fait le premier pas en plaçant son article sur Internet et qui avait ainsi cherché à entrer en contact.

« Puisque tu te montres aussi prude sur ta vie privée, Neptune, je suppose que tu préférerais discuter de notre sujet favori, tapai-je sur le clavier.

– Oh oui ! répondit-il aussitôt.

– Es-tu vraiment l'auteur de l'article sur Cave Canem ?

– Évidemment. La guerre en tant que phénomène, ses diverses causes, ses circonstances annexes et ses conséquences sont ma passion. Je m'en suis occupé de façon très approfondie.

– Au nom de l'ONU ?

– ...

200

— Je comprends. En supposant que tu fasses tes recherches sur place et que tu aies également été présent dans les Balkans pendant la guerre, principalement dans la zone d'intervention du général August Horche, j'aimerais te demander si tu as remarqué là-bas quelque chose d'insolite.

— Bien sûr : les gens ont passé leur temps à se zigouiller. Ce n'est pas tout à fait normal.

— Non, je ne pense pas aux atrocités qui se soustraient à l'entendement du monde civilisé, ni non plus à la normalité de la guerre, ni à la barbarie. Je pense, comment dire ? à quelque chose de *vraiment* insolite. Quelque chose d'innommable, qui aurait été ressenti par toutes les personnes impliquées et qui aurait même fini par s'immiscer en elles. Quelque chose qui, à travers les personnes affectées, aurait trouvé un chemin jusqu'à nous, jusque dans un pays en paix.

— Et si tu prononçais le mot, Francis ? »

J'en eus le souffle coupé.

« Comment ça ?

— Dis-le ! »

Ma patte droite, qui s'activait sur le clavier, commença à trembler vivement, et l'écran devant moi, dans sa lueur laiteuse, m'apparut soudain comme un masque de fer impénétrable derrière lequel se cachait tout le mal de la terre. Puis, me dominant enfin, j'écartai la crainte de me ridiculiser aux yeux de mon interlocuteur.

« Le monstre de la guerre, écrivis-je. Le spectre de la guerre, qui, une fois ranimé, s'introduit comme un virus jusque chez les créatures les plus pacifiques et les

201

transforme les unes après les autres en monstres. Leur jolie petite vie sans haine et sans violence, leur famille, leurs enfants, leurs amis, le bonheur d'une coexistence harmonieuse, tout cela disparaît, complètement oublié. Ce fantôme amène même des anges innocents à rêver de bains de sang. Est-ce que tu l'as vu, Neptune ?

– Oui.

– Comment est-il, cet être ?

– Il est comme tu viens de le décrire, et c'est un grand voyageur. Dans sa quête insatiable d'une réalité transformée en cauchemar par la guerre, il ressemble à un impassible globe-trotter de la souffrance, à un voyeur du mal *. Il est constamment à la recherche de ceux qui n'en peuvent plus de leur bonheur. Tôt ou tard, il s'abat sur eux comme un nuage noir sur une contrée ensoleillée pour ne les quitter que lorsque le dernier d'entre eux a été massacré et qu'il flaire un autre champ de bataille. Trop abstrait à ton goût, Francis ? Pourtant, ça ne l'est pas du tout. Le monstre de la guerre existe réellement, comme toi et moi.

– Tu n'existes pas !

– Pardon ?

– Tu radotes, tu radotes, car tu ne dis rien, au fond. Pis encore, tu répètes tout ce que je dis à la façon d'un ingénieux perroquet qui brode sur ce qu'il entend à coups de synonymes et de fioritures grammaticales et fait passer le résultat pour quelque chose de nouveau et de sensationnel. En vérité, tu parles par énigmes, et tu veux rester toi-même une énigme. Qui me garantit que tu n'es pas un de ces cinglés toujours plus nombreux

* En français dans le texte. *(N.d.T.)*

202

qui, au lieu de s'entretenir comme autrefois avec les murs de leur cellule capitonnée, ont découvert récemment Internet comme caisse de résonance de leur schizophrénie personnelle ?

— Bien rugi, petit lion ! Serais-je fondé à croire que tu es dans un joli pétrin et que tes nerfs flottent au vent tels des fanions de couleur un jour de fête ? Que dirais-tu si, pour te prouver ma sincérité, je t'aidais concrètement ? Que dirais-tu si je te révélais le domicile du monstre dans les environs ? Car tu as parfaitement raison de supposer qu'il hante en ce moment ton quartier. Eh oui, tel est ce fléau : un jour ici, le lendemain ailleurs.

— Tu le ferais vraiment ?

— Oui, à condition que tu me rendes un service : tue-le si tu le rencontres, anéantis-le avant qu'il ne cause de plus grands désastres encore. Car il ne cessera jamais de dresser un groupe contre l'autre, de polluer les esprits avec ses ignobles saloperies sur le-sang-et-le-sol, et de déclarer la haine religion d'État.

— Comment puis-je faire ? Je ne suis, après tout, qu'un petit animal.

— Je ne sais pas. Trouve une solution, sois malin. Et sois courageux ! »

Une adresse s'afficha sous le texte de Neptune, et tandis que je la lisais, que j'évaluais mentalement où le lieu indiqué pouvait bien se situer, parvenant enfin à m'en faire une vague idée, je fus pris une fois de plus de frissons en ce jour funeste ; car, sauf erreur de ma part, j'étais déjà passé par là-bas quelques heures auparavant. Mais, plus encore que d'inquiétude, mon esprit avide de logique fut envahi de nouvelles questions. Comment se faisait-il que ledit « monstre de la guerre » eût un domicile ? Est-ce que les démons, une fois leur travail terminé, rentraient chez eux regarder la télé ? Qu'allais-je bien pouvoir faire, si je l'y rencontrais ? Alerter la police, ou, mieux encore, les « Ghostbusters » ? Comment concilier le fait que, d'un côté, notre fantomatique ami transmettait aux habitants du quartier le virus invisible de la haine raciale, et, de l'autre, laissait au cou de ses victimes des morsures tout à fait concrètes, d'une propreté toute clinique de surcroît ? Et comment se faisait-il que Neptune fût omniscient à vous en donner la nausée, et sût qu'ici, chez les « animaux domestiques », régnait la même ambiance qu'à l'aube d'une guerre ? Je voulais lui demander tout cela. Mais, hélas ! je ne parvins plus à lui poser qu'une ultime question.

« Pourquoi ne liquides-tu pas le monstre toi-même, Neptune, puisque tu es si désireux de le voir mourir ? tambourinai-je sur le clavier une fois remis des frayeurs causées par cette adresse trop familière.

– Cela n'est pas en mon pouvoir », répondit lapidairement le fantôme avant de se déconnecter du réseau. Une petite pancarte rouge s'alluma devant mes yeux, signalant que mon interlocuteur à l'autre bout de la ligne n'était plus disponible.

Comme hypnotisé, je fixai la dernière ligne laissée par mon douteux informateur, et sombrai presque dans le désespoir en me demandant comment procéder pour la suite.

Le premier objectif consistait à quitter le bâtiment. Mais comment, quand, d'un côté, des détours infinis risquaient d'entrée de faire capoter la chose, et quand, de l'autre, des centaines de gardiens de saint Francis faisaient de même ?

À moins que... Mais je me prenais un peu trop vite pour le génie que je croyais être à chaque nouveau pet d'inspiration. Car la réalisation de mon plan, spontanément imaginé, ne dépendait pas que de moi. Ni même de celui que je me proposais de recruter. Mais plutôt, et comment pouvait-il en être autrement avec un esbroufeur comme moi ? de Fortuna, la versatile déesse.

Au moment où je me détournais de l'ordinateur pour passer au plus vite à l'action, j'eus droit à une nouvelle surprise. Enfin, à quelque chose de relativement nouveau et de relativement surprenant, puisque je me souvenais d'avoir vécu la même chose tout récemment. Archie, semblait-il, avait été dérangé dans son sommeil par le crépitement du clavier, car le vieux jouvenceau, maintenant redressé sur son lit, me fixait d'un œil vitreux comme si j'avais été une vidéo pour étudiants en médecine illustrant les troubles de la perception induits par l'abus d'alcool. Il avait dû m'observer un moment en pleine cyberconférence, et je me demandais si lui-même ne s'interrogeait pas pour savoir si Internet, par hasard, n'avait pas été inventé spécialement pour ceux de mon espèce, à la restriction près, bien sûr, que toute cette technologie devait encore être mise à leur disposition par les humains. Mais il pensait probablement faire là un rêve complètement cinglé, où se répétait ce qu'il avait déjà vu à midi. Que cela lui serve de leçon ! D'ailleurs, pourquoi picolait-il autant ? Et tant qu'à faire de picoler, pourquoi ne picolait-il donc pas davantage encore afin de s'épargner de telles interruptions du sommeil ?

Je fis mes adieux au traumatisé à la bouche béante en sautant de la table d'un bond acrobatique. Puis, hop, hop, hop ! je pris la poudre d'escampette et, laissant derrière moi le palais de la pagaille, je me retrouvai dans la cage d'escalier. Une fois là, j'enclenchai le silencieux de mon moteur et descendis les marches d'un pas aussi prudent et léger que si je m'étais aventuré sur un terrain bourré de mines. En bas, je fis un petit bond de rien du tout vers la poignée, qui, cédant sous ma poussée, m'ouvrit en grand le royaume de Gustav. Dans l'obscurité, je filai directement jusqu'à la chambre, espérant, ou plutôt priant le ciel que le complice que j'avais élu s'y trouverait bien.

Et, Dieu soit loué, il s'y trouvait ! Allongé sur la montgolfière du ventre de Gustav, il se tenait recroquevillé en un cercle parfait, arborant en travers du visage l'écorchure que je lui avais infligée quelques heures auparavant. Il dormait si profondément que même les épouvantables ronflements de Gustav ne parvenaient pas à le réveiller. Je fus soudain ravi que Junior n'ait pas respecté mon interdiction de se présenter de nouveau devant moi et qu'il ait continué à loger ici. Où aurait-il bien pu aller de toute façon ? Une fois de plus, ma bonne vieille théorie se confirmait, selon laquelle quatre-vingt-sept et demi pour cent de l'insouciance juvénile proviennent du fait que les jeunes n'ont pas à payer de loyer !

J'avais le cœur brisé à l'idée de le réveiller, mais il ne pouvait, hélas ! pas en aller autrement. Je le poussai doucement du bout du nez. Miroitant de reflets cendrés sous la douce lueur des étoiles, la boule de poils tigrés s'étira de tout son long, engourdie de sommeil. Puis Junior remarqua la présence à son côté, et lorsqu'il réalisa qui veillait ainsi sur lui il me surprit d'une déclaration qui me fit presque monter des larmes d'émotion aux yeux.

« Pap's, je n'y crois pas, à ce qu'ils racontent sur toi. Dis-moi que tu t'es foutu de leur gueule. »

Voilà ce dont j'avais besoin ! Quelqu'un qui me soutienne, qui ne voie pas en moi le scélérat que j'avais déclaré être. Sans compter que c'était mon propre fils qui m'accordait cette confiance. Y avait-il plus grande consolation ? Peut-être était-ce un cliché, mais c'était vrai : la voix du sang ne mentait jamais. Évidemment, j'étais maintenant désolé de les avoir rudoyés si vertement cet après-midi, lui et ses comparses, même s'ils l'avaient amplement mérité. Mais s'il est encore une chose que la jeunesse attend des anciens, c'est bien, plutôt que des coups, un ou deux bons conseils. Et de l'amour, lien solide s'il en est entre les générations.

« En effet, Junior, répondis-je, un sourire aux lèvres. Comme tu l'as si bien dit, je me suis un peu foutu de leur gueule. Pour une bonne cause dont l'exposé, cependant, prendrait trop de temps. Temps dont je ne dispose pas. Je t'expliquerai plus tard. Pour l'instant, j'ai absolument besoin de ton aide. Et dans ce contexte, il est fort heureux que nous nous ressemblions comme deux gouttes d'eau... »

Je savais parfaitement que l'aide que je demandais à mon fiston ne serait pas sans danger pour lui. Mais, d'une part, je tenais le niveau de risque encouru pour acceptable, et, d'autre part, j'avais grande confiance dans les facultés olfactives des sales bêtes qui surveillaient le dos du bâtiment. En conséquence, je donnai à Junior des instructions aussi précises que faire se pouvait dans la situation présente. Il se montra tout enthousiasmé par l'idée, impatient même de mettre à exécution le projet ; aussi prîmes-nous le taureau par les cornes et, par la même occasion, notre élan.

Une fois dans les toilettes, sous le rebord de la fenêtre entrouverte, je repassai les détails en chuchotant, mesure de précaution entièrement superflue, puisque Junior, vif comme il l'était, avait « pigé » la manœuvre dès les premières phrases – il avait bien de qui tenir. Avant le début des opérations, il me regarda dans les yeux d'un air contrit. Peut-être se voyait-il là dans une pose peu avantageuse ; pour ma part, même une créature céleste n'aurait pu me paraître plus belle. Cette robe de velours dont les teintes évoquaient une forêt de rêve à l'automne naissant, ce malicieux visage en pointe, ces yeux d'un vert saphir, à l'éclat perçant, ces moustaches frémissantes de concentration – il était comme moi, il était un bout de moi-même, il était moi en plus jeune, lui et moi ne formions qu'un, nous étions *nous*, le père et le fils !

« Tu me pardonnes, pap's ? parvint-il enfin à dire, penaud, le regard baissé à terre. Mes amis et moi avons passé nos frustrations sur Andromède par pur ennui. Mais maintenant nous savons, ou plutôt je sais que nous avons franchi les frontières du mal. Tu me pardonnes ?

– Passons l'éponge, Junior. répondis-je, car ne pas donner de chances à la jeunesse serait ne pas donner de chances à l'avenir. Et cela, j'en suis incapable. Veillez seulement à construire un avenir aussi pacifique et aussi agréable que celui que nous autres avons essayé d'édifier. Ce en quoi je vous souhaite bien du plaisir !

– O.K. ! Salue Andromède de ma part, pap's ! » Et, là-dessus, il sauta par la fenêtre, en un bond sans élan aussi enlevé que si un gymnaste s'était propulsé hors du stade depuis son trampoline.

Je me dressai aussitôt sur mes pattes arrière et scrutai l'extérieur par-dessus le rebord de la fenêtre. Comme prévu, un raffut du tonnerre y avait aussitôt retenti. Ayant monté la garde sur la terrasse, dans le jardin et sur les murs attenants, et ayant guetté avec impatience tout ce qui pouvait ressembler de près ou de loin à un Francis, mes poursuivants se mirent à aboyer et à miauler de façon aussi assourdissante que si l'Union européenne avait interdit non seulement la pub pour les cigarettes, mais également, vu ses effets d'accoutumance, celle pour la pâtée en boîte. De toute évidence, leur concentration avait quelque peu baissé durant la longue attente, car, comme je pus le constater, Junior n'eut aucune peine à filer entre les pattes de ces ouistitis et à s'enfoncer dans les entrailles noires du quartier. Leur projet le plus cher, à savoir pincer Francis à sa sortie de chez lui, avait lamentablement échoué. Leur fureur face à ce désastre déclencha un tohu-bohu plus effroyable encore jusqu'à ce que certains d'entre eux, prenant conscience de l'urgence de la situation, se mettent aussitôt aux trousses de Junior et entraînent le reste de la meute à leur suite.

J'attendis que le dernier eût décampé pour sortir de ma cachette. Posté sur le rebord de la fenêtre, je suivis du regard la horde déguerpissante, espérant vivement que le stratagème marcherait. À un moment donné, ces crétins rattraperaient le petiot (avec son concours, bien entendu), l'encercleraient, montreraient crocs et griffes en se rapprochant toujours plus de lui – pour constater au bout du compte, stupéfaits, qu'ils n'avaient pas attrapé le tueur en série recherché, mais une ombre qui lui ressemblait à s'y méprendre. Ce sur quoi Junior prétendrait avoir fui dans un simple mouvement de panique. Si cela n'était pas une ruse de première !

Lorsque la voie fut enfin libre, je me mis en route. Je frissonnais à l'idée d'avoir déjà visité tout récemment les lieux indiqués par Neptune, sans même soupçonner alors... – oui, sans même soupçonner quoi, au juste ? Le fantôme d'Internet était resté fort discret à cet égard, brodant certes sur le domicile dudit monstre de la guerre, mais ne révélant jamais pourquoi une créature surnaturelle pouvait bien avoir besoin de se loger. À tout prendre, je n'avais pas accordé à ce logis tous les honneurs qu'il méritait, puisque je n'avais fait que rester dans ses environs les plus immédiats. En un mot, il s'agissait du bâtiment aux airs de palais à l'ombre duquel, ou dans le jardin duquel, Andromède achevait de mener sa pitoyable existence.

Alors que, sujet à de violentes attaques de paranoïa et craignant la délation, je me glissais sans encombre le long des corniches et m'approchais lentement de mon but, je vis un banc de nuages noir ébène se lever à l'horizon. Les étoiles rougeoyaient encore au-dessus de moi, lumineuses et claires, et la lune rayonnait si intensément qu'elle ressemblait à un petit frère du soleil ; mais bientôt une obscurité profonde, tel un immense linceul, viendrait envelopper cet exaltant spectacle. Car, aucun doute, un orage de printemps approchait, et je devais me dépêcher si je voulais pouvoir procéder à une petite visite de ces lieux équivoques.

Au risque d'éveiller l'attention, je mis les gaz et, saisi çà et là d'accès de panique, j'atteignis au bout d'un moment le jardin aux proliférations de forêt vierge. Je me glissai par le trou dans le mur latéral et me frayai un chemin à travers les broussailles en direction de la remise d'Andromède. Ce qui, l'après-midi encore, avait respiré le charme mélancolique de l'agonie était maintenant à peu près aussi engageant, dans l'obscurité, qu'un cimetière ensorcelé dont les habitants se seraient rassemblés pour leur danse nocturne. Les ribambelles de putti, de mortaises en terre cuite et de balustrades, les uns et les autres ligotés par les plantes grimpantes, la fontaine décapitée, et jusqu'au bassin couvert de feuilles mortes, tous semblaient me conseiller dans un murmure de m'éclipser au plus vite si je ne voulais pas partager leur triste sort. Derrière chaque arbuste pointait une ombre menaçante dont il était préférable de ne pas imaginer l'origine. Et le bruissement des feuilles, le craquement des branches, le passage furtif d'un rongeur, le grattement discret d'un insecte, oui, le moindre bruit, si anodin fût-il, se métamorphosait dans mon imagination contaminée par l'horreur en signe annonciateur d'une attaque surprise du monstre.

Mais une telle réaction était-elle vraiment exagérée ? Après tout, Neptune – qui n'était quand même pas le compère le plus fiable qui fût – m'avait envoyé tout droit dans la gueule du loup. Si l'on accordait foi à ces sornettes de monstres et d'esprits, j'avais toutes les raisons du monde d'avoir peur. Il n'était nul besoin d'avoir suivi une formation en chamanisme pour se douter qu'il ne faisait pas nécessairement bon conter fleurette à de telles créatures. J'étais tiraillé entre la voix fluette de la raison, qui voyait derrière tous ces hasards, ces messages mystérieux et ces légendes occultes la main glacée et calculatrice de l'assassin, et la croyance en une force véritablement surnaturelle.

Lorsque j'arrivai à la remise, je la trouvai vide. Là où, quelques heures auparavant, pitoyablement recroquevillée sur son séant, Andromède s'était répandue en visions d'horreur, ne demeurait plus qu'un coussin en lambeaux, semé de souillures. L'odeur nauséabonde de la maladie et de la putrescence adhérait encore à la turne au toit percé, et malgré mes états d'âme angoissés je fus de nouveau submergé d'une vague de compassion intense pour cette pauvre créature. La question qui me travaillait à cet égard, toutefois, était moins « Comment peut-on vivre ainsi ? » que « Comment peut-on mourir de manière aussi misérable ? »

L'objet de ma compassion, cependant, semblait s'être volatilisé, et l'exploration des fourrés aux alentours de la remise se révéla elle aussi infructueuse. Bien sûr, j'étais assez perspicace pour m'avouer, en tout cas dans les recoins les plus reculés de mon grenier mental, pourquoi je cherchais si désespérément Andromède alors qu'elle ne pouvait m'être d'aucun secours. Car, si elle avait été en mesure de m'apprendre quoi que ce fût de sensationnel sur cette propriété, elle l'eût sans doute déjà fait cet après-midi. Non, la raison véritable pour laquelle je me préoccupais avec un zèle aussi exagéré de la disparition soudaine de la pauvre dame caniche était évidente : je n'osais pas pénétrer dans cette bâtisse, qui semblait flanquée de son sinistre jardin comme Satan de l'armée de ses suppôts.

À terme, pourtant, il était impossible d'y passer outre ; aussi me fis-je une raison et, le cœur battant sur un beat techno, je m'approchai de la source prétendue de tous les maux.

La façade postérieure du palace, d'un pourpre éclatant à la lumière du jour, était maintenant plongée dans l'obscurité. Avec sa forme rectangulaire, l'alignement rigoureux de ses portes-fenêtres ornées de jalousies, ses vastes balcons et la simplicité méditerranéenne qui imprégnait les moindres détails, ce bâtiment était une curiosité dans la région. Cela rendait d'autant plus étonnant le fait qu'aucun requin de l'immobilier n'ait mis jusqu'à présent la main sur ce joyau.

Évidemment, il s'agissait aussi d'une ruine. Nul besoin d'être expert pour parvenir à cette conclusion. Alors même que je m'avançais vers la bâtisse, je remarquai les énormes fissures qui parcouraient les murs extérieurs et qui, tels des éclairs noirs figés par le froid, menaçaient d'éventrer la façade. Certes, les fenêtres étaient une merveille, mais il n'en était aucune dont les vitres n'eussent été cassées. Sans parler du fait que la plupart des jalousies, à demi sorties de leurs gonds, pendaient lamentablement de travers et que toute une série de leurs lamelles de bois faisaient défaut. Le lierre sauvage, qui avait d'ores et déjà annexé des surfaces considérables, donnait l'impression de vouloir ingurgiter le bâtiment tout entier. « La Chute de la maison Usher » : cette magistrale nouvelle de mon bon vieux maître Edgar Allan Poe me fusa à l'esprit au moment où, l'estomac chancelant, je m'approchais d'une fenêtre aux battants arrachés, œil crevé qui me fixait d'un regard aveugle. Car la bâtisse entière semblait voilée d'un crêpe de deuil, lequel certes ne parvenait pas tout à fait à occulter le bonheur depuis longtemps révolu et la beauté qui se trouvaient en dessous, mais faisait de son mieux pour la plonger maintenant dans une lumière morbide.

Je bondis par le trou béant de la fenêtre et atterris dans une pièce aussi noire qu'un four, haute d'au moins quatre mètres sous plafond. La première chose qui me frappa, et qui devait m'accompagner par la suite au cours de mon exploration, ce fut l'épaisse couche de poussière qui recouvrait tout, et qui semblait être ici une espèce d'agent de conservation enveloppant minutieusement chaque objet et chaque centimètre carré. Conservation, car on eût dit que le dernier occupant des lieux avait quitté sa demeure pour toujours en emportant avec lui une brosse à dents pour seul bagage. L'ensemble du mobilier, très ancien, de très grande valeur, très « dans la famille depuis des lustres », donnait l'impression d'avoir été utilisé jusqu'à tout récemment et de s'être momifié dans la seconde suivante. Pour un tel trésor, un amateur d'antiquités eût gaiement risqué non seulement un cambriolage, mais un meurtre. Quelle que fût la personne qui avait vécu ici, elle semblait s'être littéralement volatilisée, filant à la hâte sans verser la moindre larme sur les richesses ainsi abandonnées.

Je repris mes vadrouilles d'une patte légère et tremblante. De sombres corridors et vestibules émaillèrent mon chemin. Les riches tapis, carpettes et lourds rideaux de brocart, qui conféraient aux lieux un parfum de majesté à l'anglaise, paraissaient rongés par les mites et les rats : ils étaient complètement troués et effilochés. Et, si l'on avait fait usage d'une tapette, on aurait à coup sûr péri étouffé durant ce travail. Tout avait l'odeur du moisi et respirait la présence de la mort, y compris la mort des espoirs et des désirs.

Jusque-là, cependant, aucune trace d'un quelconque spectre, même si j'en suspectais la présence derrière chaque porte et dans chaque recoin, tremblant tellement de peur qu'un parkinsonien aurait eu la plus grande peine à rivaliser avec moi. Que faisais-je donc ici ? Et surtout : qu'allais-je bien pouvoir faire si le monstre s'avisait de surgir tout à coup devant moi ? Lui tenir un sermon ?

Me battre avec lui et, à la fin, planter une griffe dans le défaut de sa cuirasse, comme Siegfried avec le dragon ? Mais avait-il seulement un point faible ? Vue sous l'angle du réalisme, ma manière de procéder était tout simplement ridicule. Mais pas la situation dans laquelle je me trouvais. Si je devais jamais sortir sain et sauf de ce pétrin, me promis-je alors, je me rendrais au plus vite sur le billard pour me faire enlever à jamais cette foutue région du cerveau responsable de mon insatiable curiosité.

Puis un changement s'annonça. D'abord de façon discrète. Des feuilles volantes, les unes écrites à la main, les autres à la machine, parsemaient le sol et, telles les miettes de pain du conte de fées, m'indiquaient la direction du centre de la maison. Elles étaient jaunies, et tant la pâleur de l'écriture que l'irrégularité de la frappe, avec ses caractères tantôt trop hauts tantôt trop bas, révélaient que ces pages avaient quelques années sous la ceinture. Suivant la trace de papier, je remarquai que presque toutes les feuilles avaient été ultérieurement couvertes de griffonnages. Ou plutôt de gribouillis de facture enfantine, qui avaient été le plus souvent jetés en travers du texte proprement dit, à l'évidence pour en railler le contenu. Çà et là apparaissaient des dessins humoristiques ayant pour motifs des petits bonshommes se balançant au bout d'une potence ou saignant avec une abondance grotesque, un couteau planté dans le dos.

La pagaille des feuilles volantes devint plus dense, s'agrégeant d'abord en un fatras de carnets de notes, puis en piles vertigineuses de cahiers, et je me retrouvai enfin dans une salle représentant le comble du chaos. Il s'agissait semble-t-il d'un cabinet de travail très spacieux, mais il fallait une imagination véritablement fertile pour le deviner dans son état actuel. Comme dans un accès de bibliophobie, la quasi-totalité des livres avaient été arrachés des étagères qui s'élevaient jusqu'au plafond, encastrées dans deux murs opposés, puis jetés à même le parquet, au milieu des montagnes de documents et de dossiers. L'échelle de la bibliothèque, une antiquité, gisait, disloquée, comme si Mike Tyson s'en était servi pour une séance d'entraînement. La moindre table, la moindre chaise, le moindre banc étaient jonchés de paperasse ; cela débordait des coffres et des armoires raffinés comme autant de régurgitations d'un scribe fou et formait malgré l'obscurité une pâle couleur de fond dominant tout dans la pièce.

D'autres trouvailles, cependant, n'étaient pas moins intéressantes, pour ne pas dire effroyables. Et n'en faisait pas seulement partie l'antédiluvienne Olivetti avec laquelle un certain nombre des textes avaient dû être tapés, et qui traînait quelque part au milieu du capharnaüm, toute démolie évidemment. Il s'agissait aussi de souvenirs, de souvenirs de guerre pour être précis. Une kalachnikov sérieusement éraflée, passeport, pour ainsi dire, de l'*universal soldier*, un casque de la Wehrmacht encore flambant neuf, une tête réduite aux cheveux étonnamment longs et noirs, un mortier, bagage minimal du même *universal soldier*, divers javelots, arcs et flèches de tribus indigènes, un drapeau irakien raidi par le sang coagulé, une machette émoussée par un usage excessif, une tête de mort d'origine indéterminée mais très vraisemblablement issue des *killing fields* du Cambodge, etc. Tous ces objets d'exposition avaient abandonné leurs emplacements distingués dans les vitrines et sur les piédestaux pour se mêler dans une sauvage confusion aux papiers et aux livres.

Aucun doute, la Guerre, dans ce lieu saint, avait eu droit aux plus grands des égards. Et en ce qui concernait cette formidable paperasse sur le sol, je croyais également en connaître le contenu sans même en avoir lu une ligne : il s'agissait de recherches scientifiques sur la guerre.

Que ce chaos n'ait pas été le résultat d'un ouragan ressortait clairement d'une autre dinguerie. Accrochées à des ficelles, des centaines de photos en noir et blanc pendaient depuis le plafond. Manifestement prises par un appareil d'amateur, la plupart étaient un peu floues. Comme on pouvait s'y attendre, elles montraient les inconcevables souffrances causées par le phénomène célébré en ce sinistre lieu. Un âne au flanc tout entier déchiqueté par une grenade, et qui, bien que ses entrailles se fussent répandues à terre, se tenait encore debout sur ses jambes. Des convois de réfugiés, charriant dans les voitures des effets personnels rassemblés à la hâte et des visages rongés par la peur, y compris ceux des enfants.

Un GI, auquel une mine avait manifestement arraché une jambe. Soutenu par ses camarades, il se vidait de son sang entre leurs bras. Une femme nue, battue à mort, les lèvres cisaillées à coups de dents... Parmi ces images d'horreur se trouvaient également celles qu'Andromède prétendait avoir aperçues au cours de ses visions : les indigènes se massacrant les uns les autres dans la jungle, les petits Vietnamiens en proie aux flammes à proximité du champ de riz et les soldats faisant la queue devant la ferme pour le viol collectif.

La pitoyable dame caniche était-elle donc pour finir un simple imposteur ? Elle avait dû dégourdir une ou deux fois ses pauvres jambes éclopées à proximité de la remise, se fourvoyer dans la maison et observer ces horribles images. Puis, ayant appris par la radio-potins du quartier à quel sujet ses contemporains se cassaient du sucre sur le dos avec le plus d'entrain, elle nous avait servi, à Hektor et à moi, les « visions » correspondantes. Était-ce là le fin mot de l'histoire ? Dans quelle mesure était-elle impliquée dans cet impossible imbroglio criminel ? Et où se trouvait notre filoute à cet instant précis ?

Méditant sur de possibles réponses, j'errais à travers la pièce, perdu dans mes pensées. Par les fenêtres cassées, je vis un éclair illuminer brusquement l'extérieur et plonger le lugubre musée militaire dans une lumière criarde qui eut pour effet de décupler encore son impact. Quelques secondes plus tard, il fut suivi d'un effroyable grondement de tonnerre qui me fit trembler au plus profond de moi-même. Le banc de nuages noirs s'était entre-temps avancé jusque sur ces terres grouillantes de brebis galeuses présumées. Il se mettrait bientôt à pleuvoir.

Erreur, il pleuvait déjà ! On entendit d'abord le crépitement de quelques grosses gouttes de pluie qui se mirent en un rien de temps à tomber de plus en plus dru, jusqu'à ce qu'un déluge formidable s'abatte enfin sur le quartier dans un vacarme retentissant.

Je me trouvais maintenant au centre du chaos et je réfléchissais. Il était clair que quelqu'un, ici, avait sombré dans la folie, et donné ensuite naissance à ce dépotoir. Il n'y avait pas de monstre de la guerre, c'était la guerre elle-même qui était le monstre. Conclusion simple, mais qui ne manquait pas d'impressionner. En ce sens, pour reprendre la formulation de mon fils, Neptune s'était bien foutu de ma gueule. De même, d'une certaine façon, qu'Andromède. Mais alors, pourquoi m'avait-on fait venir ici ? Quand même pas pour que je découvre la vérité ? La vérité n'était pas plus chez elle ici qu'une nonne dans un bordel. Mais, à sa façon quelque peu ésotérique, Neptune avait malgré tout voulu me dire quelque chose, me faire toucher quelque chose du doigt, même s'il ne s'agissait pas directement de la vérité. Selon toute apparence, je devais deviner moi-même la solution après quelques détours. Le faiseur d'énigmes était donc joueur par nature et aimait que d'autres jouent avec lui.

Bien, je savais à présent que quelqu'un, dans ce petit palais, avait fait des recherches sur la guerre. Ce quelqu'un s'appelait selon toute vraisemblance Neptune, ce qui n'était pas un vrai nom mais un pseudonyme et constituait en cela un élément de plus de la mosaïque, élément qui devait être ajouté aux autres pour faire apparaître l'image finale. Probable que ce pseudonyme renvoyait à un détail qui m'avait jusqu'ici échappé. Le dieu des mers était manifestement au courant de ma fâcheuse situation, savait qu'une guerre menaçait d'éclater entre les clébards et mon espèce et que je me trouvais dans le pétrin pour cela. 1. D'où tenait-il tout ça ? 2. Pour quelle raison farfelue me fallait-il être témoin de cette dévastation ? Qu'étais-je supposé apprendre de plus, sinon que les hommes, depuis l'apparition de leur engeance sur cette terre, avaient passé leur temps à faire la guerre et que le germe pernicieux s'était depuis transmis à nous autres les animaux ? Et 3. (Mais la question n'était plus vraiment un scoop.) Qu'est-ce que tout cela avait à voir avec les meurtres frappant notre quartier ?

La tête commençait à me bourdonner. Neptune m'avait surestimé, mes performances dans la résolution d'énigmes étaient assez pitoyables. Pour tout dire, malgré quelques brèves illuminations, je ne parvenais pas à éclaircir la moindre bricole. Ainsi plongé dans la contemplation de ma propre honte, je tressaillis de peur lorsque de nouveaux et dramatiques coups de tonnerre et de foudre retentirent à l'extérieur, et que leur lueur perçante vint étaler crûment et douloureusement sous mes yeux l'étendue de ma défaite. Une bouffée de vent, accompagnée de flots de pluie, pénétra violemment dans la pièce par les fenêtres cassées, faisant tournoyer les photos suspendues en une danse aérienne effrénée.

Je levai les yeux au plafond pour contempler plus en détail ce fascinant spectacle. Et fis une découverte inopinée : au-dessus de moi, juste sous la rosace de stuc où aurait dû se trouver le lustre réglementaire, fixé à un puissant crochet, pendait ou se cramponnait tout autre chose. Ce quelque chose tournoyait également autour de son axe, comme les photos au cocasse ballet, mais, en raison de la trouble luminosité ambiante, il était impossible de l'identifier plus avant. Cela tournait de façon folle, gigotait, se balançait en avant et en arrière comme Tarzan au bout d'une liane – et s'abattit d'un seul coup sur moi !

L'ombre volante arriva beaucoup trop vite pour que je puisse encore lui échapper par quelque manœuvre d'évitement. Mes yeux, toutefois, réagirent bien plus promptement que le reste de mon corps paralysé par la peur, et je sus fort bien qui me fondait ainsi dessus, d'autant qu'un nouvel éclair figeait la scène comme sous la lumière d'un projecteur. De longues oreilles, rongées par les mites et s'effilochant sur les bords, battaient dans les airs comme en plein vol. Un poil blafard, ébouriffé, exhibant plus de plaies ouvertes que de parties intactes, reflétait les fulgurations de l'orage, si bien que je dus y regarder à deux fois. Des yeux aveugles, blanchâtres, me fixaient d'un air hagard, et une gueule ouverte où pointaient des chicots jaunis, certes peu nombreux mais fort dangereux encore, semblait plus qu'impatiente de se refermer sur ma futée petite tête. Une telle attraction eût assurément fait le bonheur de bien des trains fantômes.

Andromède fondit sur moi telle la fameuse météorite longtemps redoutée, et le « ouf ! » qui m'échappa n'exprima que de très loin ce que je ressentis après le choc. Je croyais avoir enfin identifié la bête, même si une indisposition passagère m'empêchait de réfléchir plus avant à ses motifs exacts. Notre corps à corps commença aussitôt, combat naturellement inégal, puisque mon adversaire était bien plus grand et plus lourd que moi. Tandis que, dans notre ferme étreinte, nous roulions par-dessus les monceaux de papier et que je plantais mes griffes dans son pelage et mes dents dans sa gorge, je perçus tout à coup en elle l'épouvantable puanteur de la maladie. Mais c'était pire encore. Cette odeur vous soulevait instantanément l'estomac, vous rappelait le côté obscur de la nature qui sans cesse engendre la vie, vous faisait penser à des processus de décomposition immondes, à d'ignobles petites créatures visibles au seul microscope et qui ne s'éveillent à l'existence qu'une fois que leur « hôte » en a terminé avec la sienne, vous faisait songer au recommencement de la vie après la mort...

Soudain je remarquai que je ne me battais pas avec Andromède, mais plus exactement avec moi-même. Car mon adversaire, me semblait-il tout à coup, n'opposait pas la moindre résistance. Je maniais bien plutôt cette dame caniche comme un de ces factices et amusants partenaires de danse dont le clown attache les pieds rembourrés aux siens pour se moquer des danseurs de compétition. Je ne savais pas si mes suppositions étaient exactes, mais il était clair que je n'avais encore subi aucune blessure durant ce « combat ». Tout à ma première frayeur, je m'étais machinalement défendu contre l'agresseur supposé, mais était-il possible que je me sois seulement imaginé cette attaque ? Lorsque mes doutes eurent grandi, et en dépit du risque encouru, je suspendis mon action.

La dépouille d'Andromède s'affaissa sur moi comme une poupée désarticulée. Ce tas puant à fendre l'âme m'étouffait presque, et il me fallut un bon moment avant de parvenir à dégager une partie de mon corps. M'étant plus ou moins redressé, j'aperçus le trou béant qui s'était formé dans sa nuque lorsqu'on l'avait suspendue au crochet du lustre. L'assassin ne s'était pas donné beaucoup de peine et avait donc pris son parti d'une chute rapide du cadavre. Ce qui en retour signifiait qu'il n'avait rien contre le fait de me surprendre de façon aussi épouvantable. Neptune ! Il m'avait attiré jusqu'ici pour me prouver sa perfide maîtrise du jeu des devinettes. Le cauchemar ne voulant pas cesser, les habitants du quartier continueraient à me soupçonner des meurtres.

Bien que les jours d'Andromède eussent été comptés même sans ce crime bestial, un profond sentiment de deuil s'empara de moi à la vue du poignant spectacle qu'elle offrait. Je m'imaginai ce à quoi elle avait pu ressembler en ses jeunes années, à l'époque heureuse où elle vivait encore chez sa maîtresse férue d'astrologie. Elle avait certainement été un caniche d'une grande beauté, car même si en cet instant elle avait l'air d'un cataclysme à poils, quelques indices permettaient encore de se faire une idée de son charme passé. Son adorable petit museau pointu, son corps nerveux, sa robe hésitant entre le rose et l'abricot, dont hélas ! il ne restait plus grand-chose, et ces traits à l'expression aimable jusque dans la mort. Et, comme lors de la découverte du cadavre de Roxy, je ne m'aperçus qu'au bout d'un moment que j'avais fondu en larmes, et que ces dernières se répandaient sur la pauvre créature comme une extrême-onction. Cette fois-ci, pourtant, je ne pleurais pas uniquement par compassion, j'étais de plus tenaillé par un sentiment de honte déchirant, parce que, quelques minutes à peine auparavant, j'avais soupçonné Andromède des choses les plus condamnables. Il y avait malgré tout un autre parallèle avec la mort de Roxy : une fureur violente au ventre, je jurai de nouveau vengeance et me promis de faire tout ce qui était en mon pouvoir pour que le criminel rejoigne l'autre monde dans des conditions mille fois pires que les deux gentes dames.

Si Andromède ne s'était pas exactement endormie en paix dans son fauteuil à bascule, elle n'avait pas non plus rendu l'âme pendue au crochet. C'était déjà une consolation. En examinant de plus près la région de la nuque, je constatai en effet que, à l'instar des autres victimes, elle avait été tuée au moyen de plusieurs des mêmes mystérieuses morsures – incisions d'une propreté clinique et d'une perfection tellement déconcertante que le médecin légiste le plus avisé n'eût pas pu dire si elles provenaient des crocs de félidés ou de canidés. Soudain, l'idée me traversa l'esprit que ces blessures n'étaient peut-être pas du tout le résultat de morsures, qu'elles pouvaient avoir été infligées par quelque ustensile ou instrument. C'était une idée intéressante, à condition toutefois que l'objet puisse imiter parfaitement les canines de ceux de mon espèce et de l'autre.

Afin de pouvoir inspecter la dépouille de plus près, je m'en dégageai complètement et la fis rouler à grand-peine sur le dos. Et faillis ne pas en croire mes yeux. Car sur le ventre d'Andromède se trouvait également une photographie en noir et blanc. Le cliché, jauni, tout froissé, avait été attaché à son abdomen par deux bandes de ruban adhésif, comme s'il s'était agi d'une affiche publicitaire. Cependant, bien que l'image célébrât effectivement l'ambiance exotico-ensoleillée que la plupart des publicitaires affectionnent, il n'était nullement question ici de réclame. Tout cela ressemblait plutôt à un foutu message à l'intention du gros malin recherché par toutes les polices du pays. Et quel message !

Ayant plus ou moins lissé la photo de mes pattes, j'étudiai de plus près son sujet, dans l'espoir de découvrir quelque indice. En fait, il n'y avait pas grand-chose qui justifiât de se casser la tête. Ce que je vis était aussi clair que toute l'eau qui s'y trouvait exposée. Cette eau faisait partie d'un océan anonyme quelconque, mais j'aurais pu deviner le nom du un-mât qui y avait jeté l'ancre même s'il ne s'était pas étalé en lettres d'or sur la proue : *Gloria.*

C'était dans la luxueuse bicoque du général Horche que j'avais perdu l'équilibre en trébuchant sur sa cloche, déclenchant cette méchante réaction en chaîne qui m'avait finalement permis de faire connaissance avec le curieux petit peuple des piranhas. Ce bateau d'un blanc de neige était idéal pour les amateurs d'aventures marines. Ni trop petit ni trop grand, doté d'une superbe voile d'artimon au milieu et de trois voiles de beaupré plus petites à l'avant. La modeste cabine, où l'on pouvait dormir et faire la cuisine à plusieurs, était recouverte à l'extérieur de boiseries précieuses reconnaissables sur la photo à des lignes grises brillantes de laque.

226

On pouvait aussi y voir les matelots, occupés à célébrer un amusant rituel marin. De toute évidence, ces hommes observaient la coutume dite du baptême du tropique, lors de laquelle les passagers ou les membres de l'équipage qui franchissent l'équateur pour la première fois se voient « purifiés » de façon mi-cocasse, mi-triviale avant leur passage dans l'hémisphère Sud, c'est-à-dire plongés la tête sous l'eau. Je connaissais déjà le candidat au baptême, qui, nu, barbouillé de boue, de restes de repas et de mousse à raser, était de surcroît partiellement enveloppé de papier toilette. C'était le bon vieux camarade de plongée aperçu dans la galerie de photos de Horche, qui apparaissait comme à l'accoutumée sous un look de hippie aux cheveux longs et adressait un sourire énigmatique à l'objectif. Ce jeune homme, qui, s'il vivait encore, devait être aujourd'hui assez âgé, m'avait déjà semblé familier à cette occasion, sans que j'aie pu toutefois le rattacher à aucun des visages archivés dans mon trombinoscope mental. Là encore, je ne parvenais pas davantage à le vieillir en pensée d'environ trente-cinq ans pour le confronter aux autres ouvre-boîtes de ma connaissance.

Deux hommes, postés parmi d'autres près de l'échelle de corde de l'embarcation, tenaient le bizut par les jambes, et semblaient sur le point de le jeter à l'eau. Ce faisant, ils brandissaient de leur main libre des bouteilles de vodka à moitié vides et se portaient des toasts. Pourtant, ce que l'auteur de ce message pervers avait escompté, à savoir provoquer en moi un choc d'une amplitude et d'une intensité comparables à l'explosion d'une bombe, ne survint qu'à la vue du quatrième homme, qui suivait le déroulement de la blague d'un air amusé depuis le pont. Un rôle particulier lui était dévolu, le baptême du tropique exigeant, comme tous les rituels, la présence d'un maître de cérémonie. Il portait une couronne perforée faite de papier d'aluminium, manifestement un produit de récupération des nombreux paquets de cigarettes partis en fumée, ainsi qu'une cape confectionnée elle aussi à la main à partir de filets de pêche, d'arêtes de poissons, d'algues et de coquillages. Son sceptre consistait en un manche à balai, le pommeau de ce dernier en une coquille d'oursin. Même un idiot certifié conforme n'aurait eu aucun mal à deviner qui ce personnage représentait : Neptune, le dieu des mers ! Mais le plus choquant dans cette histoire, c'est que j'avais déjà rencontré ce Neptune-là : c'était le général August Horche, tout à l'insouciance de ses jeunes années et doté d'un regard juvénile tout aussi insouciant, qui certes avait déjà vu bien des flots bleus mais certainement pas encore les massacres et les horreurs indicibles dont il allait être témoin dans les décennies suivantes, sur tous les champs de bataille du monde.

Paradoxalement, le choc provoqua en moi un calme presque méditatif, et je mis les choses bout à bout. Mon pote cybernétique, si touchant de sollicitude, n'était autre que Horche, ce même Horche dans l'ancienne demeure de qui je me trouvais justement. Il s'était adonné ici à une passion macabre, à un onanisme oculaire sur fond d'états d'exception guerriers, à un commerce obsessionnel avec le monstre de la guerre.

Et il s'y était livré aussi longtemps que possible et si excessivement qu'il en avait perdu la raison et s'était enfui dans son paradis horticole pour y adopter un mode de vie fort étrange, mais apte à préserver la paix de son âme. Jusque-là, pas de problème. Mais quant à établir le lien avec les zoocides commis dans le quartier, ou plus précisément avec leur mobile exact, cela était beaucoup plus délicat, pour ne pas dire impossible. Cependant, si l'on faisait abstraction de cet élément négligeable, les nœuds de cette affaire enchevêtrée se défaisaient joyeusement les uns après les autres. C'était en souvenir de ces jours bénis de navigation et de plongée, où il était encore capitaine Neptune, que Horche avait adopté ce pseudonyme et posé l'appât à mon intention. Puis, après que j'y avais mordu, il m'avait envoyé dans cette maison de fous pour que j'y découvre la vérité tout entière. Qu'avait-il à craindre, de toute façon, d'un ridicule tortionnaire de souris comme moi ? Et, pour preuve de cette cynique disposition d'esprit, il avait auparavant refroidi Andromède, sachant bien, après avoir été secrètement témoin de mes auto-accusations au bord de la vieille fosse, que tout meurtre supplémentaire me serait attribué et conduirait en outre, d'une façon ou d'une autre, à la guerre entre nos deux espèces. Il était maître du jeu, et nul autre que lui ne l'était, voilà ce que disait son cruel message.

Tout cela paraissait fort logique. Ou bien pas tant que ça ? Si, quand même. Mais quel était le véritable mobile de ce jeu sanglant ? Et pourquoi donc Horche/ Neptune m'avait-il demandé de tuer le monstre de la guerre alors qu'il l'incarnait lui-même ? Sans compter qu'il devait bien savoir que je n'étais pas en mesure de tuer un homme.

Mais peut-être le jeu des devinettes était-il devenu superflu, car, si mes sens ultradéveloppés ne me trompaient pas, je n'étais plus maintenant, et depuis un bon moment déjà, le seul être doté de respiration dans ce musée des horreurs. Bien que le rustre météorologique qui s'ébattait à l'extérieur eût enfanté un boucan monumental qui se traduisait ici, à l'intérieur, par de sinistres claquements et froissements en tous genres, je crus soudain entendre un bruit nouveau et me rapprochai ainsi un peu plus encore de la crise de nerfs. Le détenteur de l'ombre qui se promenait sur les battants de portes et les murs des corridors était aussi à l'origine, durant son périple à travers la maison, de bruits de pas furtifs, à peine audibles, comme s'il s'était avancé sur la pointe des pieds. Dans quel but ? Mon cœur, qui, à la suite des émois de ces derniers jours, allait bientôt devoir être remplacé par une pompe artificielle, fit derechef l'économie de quelques battements. Se pouvait-il que celui dont je croyais avoir éventé le secret n'ait eu qu'un intérêt limité à ce qu'on lui fasse de la publicité ?

Je me retirai lentement dans un recoin obscur, le regard toujours posé sur la dépouille d'Andromède, exemple vivant, pour ainsi dire, de ce qui pouvait vous arriver si vous vous avisiez de dire « Bonjour » – ou « Bonne nuit » – à la mauvaise personne ! L'intrus, à l'évidence, fouillait systématiquement toutes les pièces, et il était tout aussi évident qu'il ne craignait

230

guère d'être confronté à l'objet de ses recherches, puisqu'il en prenait le risque avec tant d'obstination. Le bruit de pas sournois s'approchait continûment de ma cachette, qui à la vérité n'en était pas une, mais plutôt un espace un peu sombre entre deux étagères de livres. À terme, mon repli stratégique ici ne me servirait plus à rien. Car l'effrayant oiseau marcheur finirait bien par entrer dans cette pièce, et par y fureter tant et si bien qu'à la longue son regard ébahi comme deux ronds de flan se poserait sur mes yeux dix fois dilatés par la panique.

Le scénario redouté se réalisa plus vite que prévu. Sur le mur, derrière les portes par où j'étais entré, l'ombre de mon pourchasseur prenait à chaque pas des dimensions plus gigantesques, puis, atteignant les dimensions d'un *Tyrannosaurus rex*, se volatilisa d'un seul coup – à l'instant précis, pour être exact, où le marcheur fit son apparition dans le chambranle de la porte. Fâcheusement, il n'y eut aucun éclair à l'extérieur, si bien qu'il ne me fut pas donné de voir l'intrus en détail. Sa silhouette, cependant, me permit de constater qu'il ne s'agissait pas précisément d'un nain. Au contraire : le gaillard avait la carrure d'un bœuf !

Que faire, dans ces conditions ? Il semblait n'y avoir qu'une issue : le surprendre en passant d'emblée à l'offensive, l'assaillir, lui sauter dessus, le décontenancer d'une façon ou d'une autre afin de le placer brièvement dans une position d'infériorité malgré toute sa supériorité physique. Fraction de seconde que je mettrais alors à profit pour lui filer littéralement entre les pattes.

Avant de m'empêtrer dans de confuses supputations sur le pour et le contre, je pris l'initiative. Jaillissant d'entre les étagères de livres, je fonçai sur mon adversaire comme si l'on m'avait administré un suppositoire de cocaïne et me jetai de toute ma force sur la partie de son anatomie où je pensais trouver la tête. Partie que, hélas ! il choisit justement de tourner à ce moment précis dans ma direction en ouvrant la gueule en grand.

Tel un bouchon de champagne qui vient de sauter, je m'y enfonçai la tronche la première. Mais, au lieu de faire claquer ses mâchoires l'une contre l'autre et d'accorder ainsi une fin de martyr à l'héroïque détective dans l'exercice de sa mission, le scélérat se mit à s'étrangler à grand bruit. Et tandis qu'il s'étranglait ainsi par-devers soi, je perçus tout à coup cette puanteur bien connue qui, d'un côté, me répugnait, mais de l'autre me réchauffait le cœur et m'était devenue aussi familière que le doux fumet des panards gustaviens.

Pour finir, il me dégobilla d'entre ses mâchoires, m'expectorant tant et si bien que, complètement abasourdi, j'allai voler jusque sur un tas de papier. Puis il se pencha sur moi en toussant.

« Francis, ton fils m'a dit que ton numéro de serial killer n'était qu'une imitation à l'intention de ces crétins. Qu'est-ce que c'est que ces histoires ? »

Le regard réprobateur de Hektor eut sur moi le même effet que la baguette dont le sévère professeur menace l'élève polisson. Il s'étranglait et toussait toujours un peu. Le vieux bougre, entouré maintenant d'une immense flaque d'eau, devait penser que je m'entraînais pour entrer dans quelque rubrique psychiatrique du *Livre Guinness des records*. Son pelage gris était complètement détrempé par la pluie, et ses poils lui collaient à la peau comme le varech à un rocher.

« Comment m'as-tu trouvé ? lui demandai-je, une fois que j'eus un tant soit peu recouvré mes esprits et maîtrisé mes tremblements d'angoisse.

– Devine ! » Il s'ébroua violemment, son corps tout entier se transformant, l'espace d'un instant, en brosse rotative de laverie automatique de voitures. Il entendait certainement m'épargner la peine de sortir pour me mouiller jusqu'aux os.

« Lorsque tu t'es accusé toi-même des meurtres et que tu m'as poussé au bas du talus, je me suis sincèrement demandé si je ne rêvais pas. Et je me suis mis surtout à douter de tes ardentes protestations au sujet de notre collaboration. Mais quand je suis arrivé en bas, dans un état passablement amoché, j'ai vu clair dans ta stratégie et deviné que, par ce coup de bluff, tu voulais juste gagner du temps. Qui sait, peut-être ne dois-je cette idée qu'à un sévère coup sur la nuque reçu pendant ma chute ? En tout cas, je n'ai plus eu ensuite ni l'envie ni la force de te courir après avec la horde en folie. D'ailleurs, à quoi est-ce que ça aurait servi ? À la place, quelque chose m'a instinctivement poussé vers l'endroit que tu appelles ton chez-toi. D'autres, hélas ! avaient eu la même idée. Il ne me restait donc plus rien à faire qu'attendre ta venue, ou celle d'un miracle.

– Est-ce que vous avez cuisiné Junior, quand vous l'avez attrapé ?

233

– Penses-tu ! Une fois cerné par ses poursuivants bavants et salivants, il a joué les innocents. Et c'est là que nous avons compris que nous avions couru après une ombre. Mais je n'aurais pas permis, tu penses bien, qu'on touche à un seul de tes cheveux s'il en était allé autrement. Lorsque les autres sont repartis, frustrés, j'ai réussi à gagner sa confiance et à le convaincre que j'étais de ton côté. C'est ainsi qu'il m'a dit où tu... »

Son regard se posa sur le corps d'Andromède. Comme mû par le claquement de doigts d'un hypnotiseur, il se détourna silencieusement de moi et, le visage pétrifié, s'avança vers elle d'un pas traînant. Je le suivis, tout aussi peiné, secoué de nouveau par le spectacle horrible qu'offrait la morte.

Hektor considéra longtemps le cadavre d'un air inexpressif, puis je vis de grosses larmes toutes rondes lui monter aux yeux et couler ensuite en torrents sur son museau déjà suffisamment mouillé.

« Quel salopard a fait ça ? s'écria-t-il en sanglotant. Quelle espèce de salopard a pu l'arranger ainsi, la pauvre vieille ? »

Il envoya une série de hurlements désespérés vers les cieux, et, pour la première fois de ma vie, ces sons clébardesques ne me firent pas l'effet d'un égosillement de muezzin en plein délire, mais celui d'un chant funèbre déchirant auquel j'aurais aimé pouvoir me joindre.

« Hektor, mon ami, dis-je avec précaution lorsque ses hurlements cédèrent la place à de pitoyables gémissements, m'efforçant de prendre un air aussi objectif que possible. J'espère que tu es prêt à encaisser un second choc émotionnel cette nuit. Car je crains que ce que j'ai à confier maintenant à mon partenaire n'ait de lourdes conséquences sur sa vie privée. Et surtout sur sa confiance dans les hommes. En un mot, j'ai résolu l'affaire. »

Le museau noir et couvert de larmes qui, plus haut, au niveau des yeux, virait au brun pâle se tourna subitement de mon côté.

« Tu sais qui est l'assassin, Francis ?

– Certes oui. Et ce savoir repose sur la photo que tu vois là, sur le ventre d'Andromède... »

Et je me mis à parler. Des mystères d'Internet et de ses trésors d'information, qui n'étaient en réalité que de simples attrape-nigauds. De philosophes de la guerre fort douteux qui utilisaient cette dernière comme carburant nourrissant leur délire. De croisières maritimes insouciantes et depuis longtemps révolues sur un bateau à un mât baptisé *Gloria*, et d'amis oubliés eux aussi depuis longtemps. De Neptune qui, tel un démiurge, jouait à des jeux meurtriers, habile dans l'art du travestissement. Et enfin d'un général que son affinité avec la guerre avait éloigné d'elle et, pour finir, de lui-même.

Lorsque j'eus fini, Hektor secoua violemment la tête, comme si un puissant obstacle intérieur l'avait empêché de reconnaître la justesse de mes propos. Son regard fuyait le mien, glissant nerveusement sur les photos qui flottaient alentour.

« Non, non, non, Francis ! gémit-il d'une voix étranglée. Je ne peux pas y croire, c'est impossible. Le général Horche est l'homme le plus aimable et le zoophile le plus fervent qu'il m'ait été donné de rencontrer. Son comportement plein de prévenances à l'égard de notre troupe psychiquement affectée en dit long à lui seul sur la pureté de ses intentions. Pourquoi sauverait-il tant d'animaux pour aller ensuite en massacrer d'autres ailleurs ?

– C'est en effet le maillon faible de ma théorie. Mais regarde un peu autour de toi. À quoi peut bien ressembler la profession du maître des lieux ? Et repasse en pensée, point par point, ce que je viens de te raconter. Vois-tu quelque part une erreur de raisonnement dans l'enchaînement des indices ?

– Pas vraiment. Mais Horche n'a jamais eu d'ordinateur, et on ne peut pas dire qu'il se soit jamais préoccupé d'Internet et de ce genre de billevesées à la mode.

– Mais il a le téléphone, et ainsi accès au réseau à tout moment. Souviens-toi de ce que je t'ai dit des combines et des tactiques de dissimulation de Neptune. C'est un virtuose du mensonge.

– N'empêche. Quand et comment Horche aurait-il pu commettre les meurtres ? J'étais avec lui jour et nuit. »

Hektor ne voulait pas se laisser convaincre, je m'en rendis vite compte. Il lui fallait une *vraie* preuve, une preuve qu'il puisse vérifier lui-même et qui ne laisse pas le moindre doute sur mes explications. Je me mis à réfléchir, tandis qu'il avançait des arguments nouveaux et, me semblait-il, de plus en plus spécieux contre l'évidence. Je ne l'écoutais même plus. Et avec raison, comme il devait s'avérer quelques minutes plus tard. Car au moment exact où, dehors, la zébrure d'un éclair illuminait le ciel, je fus pris moi-même d'une espèce d'illumination, et j'eus une inspiration géniale. Je m'étonnai d'ailleurs de ne pas l'avoir eue plus tôt.

« Bien, tu auras droit à ta preuve définitive, Hektor ! » triomphai-je. Pour ajouter ensuite, un ton en dessous : « Avec un peu de chance, en tout cas. »

Une fois que j'eus décrit mon plan, nous quittâmes le palais et nous élançâmes sous la pluie de mousson. L'objectif était une fois de plus mon chez-moi, ou plus exactement le capharnaüm d'Archie. Ni Hektor ni moi ne nous attendions à ce que la maison soit encore bouclée par ceux qui tenaient à me caresser le poil du bout de leurs canines. Si nous les connaissions bien, et vu ce cataclysme diluvien, les frangins avaient certainement jeté l'éponge et, la queue basse, avaient aussi sec trouvé refuge bien au chaud chez papa et maman. Même les désirs de vengeance avaient leurs limites, surtout quand le sort s'acharnait à vous réduire au rang de serpillière.

Éclairs et roulements de tonnerre nous accompagnaient tandis que, franchissant à la hâte murs et jardins, maintenant transformés en petits lacs, nous filions entre les meubles d'extérieur et les barbecues renversés par la tempête. Nos pelages détrempés perdirent vite leur fonction thermoéquilibrante et nous commençâmes à trembler. Souvent nous voyions notre quartier s'éclairer vivement à la lumière des éclairs, apparaissant dans toute sa splendeur désuète et son ancienne quiétude tout aussi désuète, et je me disais qu'à la vue de ce spectacle Hektor, lui aussi, ne souhaitait rien plus ardemment que de voir revenir au plus vite ces temps bénis.

Lorsque nous atteignîmes la maison, rien ne nous distinguait plus de deux noyés rejetés par les eaux, excepté peut-être le vrombissement de notre pouls. Nous entrâmes par la porte de derrière et avalâmes l'escalier menant à l'appartement d'Archie. Combien eussé-je aimé pouvoir me séparer de Hektor au rez-de-chaussée et filer rejoindre Gustav, mon fiston et ce lit aux merveilleuses odeurs de moisi ! Mais j'étais plus conscient de mon devoir – et peut-être simplement plus borné – que je ne voulais bien me l'avouer.

Quand nous fîmes irruption dans la pièce, laissant partout des flaques derrière nous, je constatai qu'Archie, depuis mon départ, n'avait en rien modifié sa pose de crucifié sur le lit. Manifestement, la sensationnelle révélation scientifique selon laquelle un tortionnaire de souris savait manier l'informatique ne l'avait pas empêché de cuver son vin. Je sautai d'un bond sur la tablette de l'ordinateur, mon partenaire se contentant de s'asseoir sur son train et de s'appuyer de ses pattes de devant au bord du bureau.

« Regarde bien, partenaire, fanfaronnai-je après m'être mis au parfum en consultant rapidement le manuel à côté du clavier. J'établis la connexion au réseau et je lance le programme " finger "... »

De quelques coups de patte fulgurants sur les touches, je tins promesse et fis magiquement apparaître à l'écran (à ma propre surprise également, je dois l'avouer) une page contenant diverses cases à remplir.

« Il est paraît-il possible, avec cette commande, de déterminer le lieu de connexion d'un internaute à partir de son adresse e-mail, à condition qu'il en ait donné l'accord lors de son abonnement. Il est fort vraisemblable que Neptune l'ait fait, car un drôle de picotement au bout de la queue me dit qu'il tient à se faire démasquer. Vois-tu plus ou moins où je veux en venir ? »

Hektor fut de nouveau tenté de s'ébrouer, mais, remarquant mon regard désapprobateur, remit la chose à plus tard.

« Euh... non ! J'y pige que dalle.

– C'est pourtant tout simple, Hektor. Nous ne connaissons que ce site : " www.neptune.org ". Mais nous ne savons pas *d'où* Neptune m'a envoyé ses mystérieux messages. Je suis pourtant convaincu que l'accès à Internet de Neptune ne se trouve nulle part ailleurs que dans la bicoque de Horche. Et ce programme va nous révéler sa véritable adresse.

– Euh... je crois que je préférerais ne pas le savoir du tout. »

Il détourna la tête de la console et la laissa pendre tristement. Je n'étais pas sans comprendre la détresse psychique où il tomberait s'il s'avérait que j'avais raison. Où est-ce qu'un clébard en bout de course et aussi peu attrayant pour l'œil humain pouvait-il bien aller si son maître se révélait être un assassin en série ? À la fourrière, comme ses zombies de camarades ? Et pourtant, quelle était l'alternative ? Fermer les yeux sur le mal et le laisser perpétuer ses massacres tout à son aise ?

Le cœur lourd, je tapai finalement l'objet de la recherche « www.neptune.org » et les autres informations requises dans les cases *ad hoc*, et lançai le programme « finger ». La page disparut, remplacée par une carte géographique de la ville et des environs immédiats. Là où l'ordre de recherche avait été donné, à savoir au numéro de notre domicile, un petit point rouge se mit à clignoter, et l'adresse d'Archie apparut. De là, une flèche noire s'élança à une vitesse vertigineuse jusqu'au serveur Internet quelque part dans la ville, puis jusqu'à une station relais en dehors de la ville, puis à une autre station dans le pays, puis elle fit demi-tour pour revenir en ville, de toute évidence dans un centre de dispatching, et enfin dans notre quartier. La flèche s'immobilisa brusquement, le succès de la recherche fut signalé par un petit point vert clignotant au lieu d'arrivée, et sous « www.neptune.org » parut l'adresse postale du mystérieux internaute.

Mais cette adresse – j'en fus glacé d'horreur – n'était pas celle du général August Horche, ni de son jardin d'Éden, ni de sa bicoque. C'était la nôtre !

« Ennemi bien-aimé... Ennemi bien-aimé... Ennemi bien-aimé... » Ainsi marmonnais-je par-devers moi tel un moulin à prières lorsque, à la fin de cette nuit épouvantable, les premières lueurs de l'aube, tout engourdies de sommeil encore, effleurèrent le firmament, annonçant la disparition provisoire du Mal qu'avait connu mon petit monde. Bien qu'ayant remporté une victoire, je n'étais aucunement d'humeur à triompher. Au contraire, j'étais blessé, hagard, pris d'une mélancolie telle que j'eusse préféré mourir.

Quelques heures, cependant, me séparaient encore de la délivrance au moment où, dans le dépotoir privé d'Archie, Hektor et moi essayions de récupérer de la surprise explosive que notre virée sur Internet nous avait réservée à tous les deux. Une erreur nous paraissant peu vraisemblable, notre consternation n'en était que plus grande. Figés comme des statues, nous fixions le petit point vert qui clignotait victorieusement à l'écran. Au beau milieu, de surcroît, de la ligne blanche censée représenter la rue où j'habitais. Comme pour souligner vicieusement l'absence de tout élément d'incertitude, le nom de ma rue et le numéro de ma maison figuraient sous l'adresse « www.nep-tune.org ».

L'élucidation finale de l'affaire Cave Canem évoquait la liquéfaction d'un peu de margarine au fond d'une poêle brûlante. Hésitant presque, la matière grasse commence à se résigner à son irrémédiable sort, puis, nageant çà et là, elle se transforme peu à peu en liquide, perd sa forme et sa fermeté, devient claire et se met à grésiller sous l'effet de la chaleur. Or Hektor et moi traversâmes à peu près les mêmes étapes métamorphiques pour percer le tissu compliqué des mensonges et reconstituer à partir des éléments du puzzle une image fidèle de la vérité.

« J'espère que maintenant c'est *toi* qui es prêt à un choc émotionnel, Francis », dit Hektor, non sans satisfaction. Je ne lui en voulus pas car, comme moi, il parlait avec le sarcasme d'un désespéré incapable de se défendre autrement contre la douche écossaise de ses sentiments.

« Ce tralala informatique ne me parle guère, mais il me faudrait être affligé d'un strabisme kilométrique pour identifier l'emplacement indiqué ici comme étant la bicoque de mon général.

– Tu m'en diras tant, petit génie ! »

Mon analyse combinatoire en était parvenue au fameux état de la margarine lorsque, condamnée à la liquéfaction, elle commence à flotter dans son propre jus.

« Et si tu me parlais un peu des connaissances en informatique de *ton* maître ? me proposa Hektor.

– Il n'y a rien à en dire. Pour ce qui est des ordinateurs, Gustav est un véritable Gaspard Hauser. Il considère vraisemblablement Internet comme une formule d'abonnement familial du chemin de fer. Et on peut douter que, placé face à une console, il puisse jamais trouver le bouton d'allumage.

– Mais il a le téléphone, et ainsi accès au réseau à tout moment – n'as-tu pas déjà entendu cette formule ? »

Bien qu'occupé, sans grande conviction, à défendre Gustav, je devinai peu à peu la véritable identité de Neptune. La margarine, sous l'effet de la chaleur, était en train de passer à l'état liquide.

« Laisse tomber, Hektor. Le bonhomme ne serait même pas capable de tuer un moustique.

– Et pourquoi pas ?

– Il est aussi gras qu'un silo à céréales !

– Et celui-là, là ? »

Hektor pointait du museau en direction du lit, où Archie gisait à demi mort sur le ventre, les membres écartés comme s'il était tombé follement amoureux de la couverture. À cet instant précis, sa symphonie de ronflements s'interrompit, juste sur la note la plus haute de sa gamme de ron-ron-ron. Un pet pointu, comme destiné à durer une éternité, retentit tout à coup, et les ronflements reprirent. Hektor et moi hochâmes de concert la tête sur cet intermède répugnant et nous tournâmes de nouveau vers l'écran, où le point vert continuait à clignoter gaiement tel un petit bonhomme taquin.

« La technologie permettant à quelqu'un de communiquer sur Internet tout en dormant, en ronflant et en pétant reste à inventer, *a fortiori* quand son interlocuteur est assis face au même ordinateur et utilise le même accès, commentai-je.

– Tu as raison, Francis. » L'ombre d'un nuage passa sur les traits de Hektor, nuage qui ne pouvait s'interpréter que comme de la peur. « Et donc...

– Et donc ?

– Et donc, tu subodores la même chose que moi ! »

Avec autant de précautions que si ses vertèbres cervicales avaient été faites de cristal, il leva la tête et fixa le plafond dans l'expectative. Je levai la tête à mon tour, et, comme s'il s'était agi d'un rituel magique ouvrant en grand les portes de la connaissance, indices, spéculations et détails négligés jusque-là s'assemblèrent miraculeusement pour former un tout et me dévoiler l'atroce vérité. Le brouillard tenace qui s'était posé sur mes circonvolutions cérébrales depuis la découverte du cadavre de Roxy se dissipa sous les coups d'une clarté d'esprit retrouvée, et je vis la logique du mal se déployer devant moi dans ses moindres détails.

« ... Il cherche à attiser l'antipathie qui couve entre nous depuis des siècles, jusqu'au point où nous nous exterminerons mutuellement... Il s'agit d'un cinglé, d'un psychopathe enragé tuant au hasard, qui se contrefout de nos subtiles considérations... Il ne fait partie ni des vôtres ni des nôtres, c'est tout bonnement un autre animal n'ayant pas la moindre idée de ce qu'il déclenche avec ses carnages... »

Ces trois interprétations alternatives du mobile, claironnées au petit bonheur la chance lors de notre conférence des babines retroussées, tout au début, tapaient

244

chacune à leur façon dans le mille. Seulement, je n'aurais pas dû commettre l'erreur d'admettre que chacune de ces suppositions remettait automatiquement les autres en question. 1. L'assassin n'était en effet issu ni de nos rangs ni de ceux des clébards, il *était* bien un autre animal – à savoir un homme ! 2. L'assassin *était* bien un psychopathe qui se contrefoutait de nos subtiles considérations. 3. Il *cherchait* bien, en effet, à attiser l'antipathie qui couvait depuis des siècles entre aboyeurs à la lune et tortionnaires de souris, jusqu'au point où ces derniers s'extermineraient mutuellement dans une guerre ethnique. Ces trois considérations ne s'excluaient en rien, elles se complétaient au contraire à merveille.

En revanche, elles ne répondaient pas précisément à la question du pourquoi. Mais maintenant que les éclairs de génie se succédaient en cascade, comme lors d'une réaction en chaîne, et que les éléments du puzzle s'assemblaient naturellement, la solution de l'énigme s'imposait avec la clarté d'une eau pure. Et, tandis que je me remettais en mémoire mes propres paroles, le mobile s'ouvrit à moi.

« ... Ce n'était qu'une expérience... Je voulais découvrir comment naissent les guerres. Bien sûr, j'ai donné un petit coup de pouce à mes recherches. J'ai créé les circonstances qui, de l'avis des experts, peuvent conduire à la guerre... Cependant, sans votre méfiance mutuelle, votre bêtise et votre propension à céder aux incitations à la haine raciale, ces expérimentations animales à ciel ouvert n'auraient jamais réussi. J'ai fourni l'étincelle initiale, et vous avez fait fonction de marionnettes dociles illustrant les travaux de doctorat d'un prétendu chercheur en sciences de la paix... »

Ces bobards, je les avais inventés au bord de la vieille fosse, les servant en pâture, au nom de la paix, aux coqs de combat alors sur le point de s'entre-déchiqueter, et me transformant du même coup en paria et en fugitif. Loin d'être des bobards, pourtant, ils se révélaient être réellement le ressort qui avait déclenché les meurtres en série, même si leur mise en œuvre n'avait pas été de mon fait. Il s'était bien agi, en effet, d'une « expérimentation animale à ciel ouvert », non moins barbare que les atrocités commises partout sur terre à notre encontre dans d'innombrables laboratoires protégés de murs d'enceinte. Nous et les clébards n'avions été rien d'autre que les cobayes d'un chercheur en sciences du comportement s'efforçant de simuler dans une expérience (je cite les propos de Neptune) « les diverses causes, circonstances annexes et conséquences du phénomène guerre », sans se soucier le moins de monde des pertes en vies ainsi occasionnées. L'objectif était d'étudier avec une exactitude toute scientifique comment les guerres apparaissent à partir de deux espèces se jalousant depuis toujours.

Le blocage de mes facultés combinatoires était venu du fait que j'avais peu à peu intériorisé inconsciemment les pensées du coupable au point de parler pour ainsi dire en son nom, et tenté en même temps de toutes mes forces de refouler ces abominations de ma conscience. Si incroyable que cela puisse paraître, sans m'en douter, j'avais résolu l'affaire depuis un moment déjà dans une strate dissimulée de mon cerveau.

Il s'agissait donc de recherches, d'une recherche scientifique sur la guerre, qui était la profession et le dada de Neptune. Quant à l'endroit où ce sinistre projet avait été mené à bien, je l'avais déjà presque examiné à la loupe. Ce palace de papiers et de photos jaunis avait été autrefois un institut. D'où, d'ailleurs, l'abréviation « org » dans l'adresse Internet de Neptune. Les trois lettres servaient à opérer quelques classifications sur la Toile, et renvoyaient simplement à *organization*.

« Non, je ne le vois pas. Je vois à travers lui, je vois ce qu'il voit », m'avait corrigé Andromède lorsque, dans mon excitation, j'avais voulu l'entendre confirmer un peu vite qu'elle voyait bien l'« esprit de la guerre ». Ses visions, par conséquent, n'avaient nullement été des tours de prestidigitateur, mais plutôt de véritables perceptions suprasensorielles, des bouts d'apparitions tirés du quotidien professionnel de ce scientifique. Elle avait vu à travers lui une fraction des atrocités auxquelles il avait assisté de décennie en décennie durant sa carrière de chercheur sur la guerre. L'esprit de la guerre, le monstre de la guerre, la créature à qui aucune horreur n'était étrangère, était en vérité un fonds d'archives dans la tête d'un subtil universitaire.

Comment appelait-on déjà les scientifiques qui s'occupaient ainsi de comportements humains universels ? On les appelait des ethnologues ! Certes, les ethnologues étudiaient les particularités culturelles des peuples, et ils les comparaient entre elles. Mais, comme partout, ils se spécialisaient en règle générale dans des domaines bien précis de leur discipline. Et, ce faisant, il arrivait parfois que l'observateur tombe sur un détail particulièrement intéressant et qu'il en fasse sa passion jusqu'à s'y perdre corps et âme.

Pourtant, dans mon rêve, c'était un jardinier qui m'indiquait d'un signe horrifiant les innombrables fosses communes de la guerre – un jardinier au visage tapi dans l'ombre.

« Tu vois, cher Francis, au contraire de la vie, seule la quantité confère de la grandeur à la mort. Et quelle mort pourrait être plus grande que celle que la guerre nous accorde ? Ne perds donc pas ton temps à enquêter sur une poignée de cadavres, mais concentre-toi plutôt sur l'essentiel – la mégamort ! »

Le général August Horche était un jardinier, et pas de n'importe quelle espèce ! Il faisait très exactement partie de ce type d'hommes qui cherchent à faire disparaître les fatigues d'une vie professionnelle révolue par un commerce avec la nature apaisant pour leurs nerfs. De surcroît, il en allait de l'intimité d'un général avec la guerre comme de celle d'un pompier avec le feu. Il semblait correspondre parfaitement au profil de l'assassin recherché. L'assassin, c'est toujours le jardinier – je n'aurais pu espérer meilleur coupable, meilleure incarnation du bon vieux cliché. Et pourtant...

Et pourtant, il y avait un autre jardinier. Un jardinier sans jardins à la Louis XVI, certes, qui ne possédait qu'une version miniature de la chose derrière notre maison, mais qui relevait avec non moins de zèle les défis de la botanique. Je le voyais très clairement devant moi, armé de sa sarclette à deux pointes, en train de tourmenter sans relâche ses quelques petits mètres carrés de rien du tout comme s'il s'était agi de travailler les terres d'un domaine. Mais, holà, pas si vite ! Une sarclette à deux dents ? Est-ce qu'une telle chose existait seulement ? J'aurais tout à coup parié la dernière de mes moustaches sur le fait que toutes les sarclettes de la terre avaient au moins trois dents, crochues et pointues comme les canines de...

Le voile se souleva, la brume se dissipa, la pénombre reflua, et l'homme qui avait tant de clébards et tant des nôtres sur la conscience se tint soudain devant moi aussi nettement que s'il avait été illuminé par un *spotlight*. C'était l'ancien camarade de plongée du général Horche, le novice recevant le baptême du tropique, le hippie aux yeux froids qui grimaçait sans cesse gauchement vers l'objectif, le vieil ami de soldat qui avait lui aussi consacré sa vie tout entière aux champs de bataille, mais en ambassadeur de la science. Et puis un jour, pour un motif inconnu, il avait trébuché sur son sujet d'étude et perdu la raison. Il avait déliré et fulminé quelque temps à l'institut, probablement abandonné assez vite à son triste sort par ses collaborateurs, et l'avait enfin quitté précipitamment, ne mettant pas le feu à la boîte par miracle. Après s'être planqué quelque part dans les environs, il retrouva pour ainsi dire une certaine normalité, mais le phénomène satanique qui avait fait de lui son esclave lui serra de nouveau la bride, et le jeu recommença. Il voulut alors reprendre une activité scientifique, mais pas en tant qu'observateur cette fois, pas en tant que castrat de la guerre, pas en tant que nigaud de la donnée commentant le métier de tueur bien à l'abri derrière les remparts grisâtres de la théorie.

Non, il avait maintenant l'intention de réaliser ce que tous les scientifiques ont coutume de réaliser quand ils souhaitent apporter une preuve à l'appui de leurs thèses mais ne peuvent pas, hélas! trois fois hélas! se livrer à des expérimentations humaines : une expérience animale! Pour ce faire, il eut recours à un artifice génial : il scia une des trois dents en crochet de sa sarclette. Il possédait ainsi un instrument de mort qui remplissait merveilleusement son office tout en imitant à la perfection les canines des deux espèces objets de l'expérience, dissimulant ainsi l'identité de l'assassin.

Ayant désormais compris la vérité tout entière, je n'eus aucun mal à vieillir mentalement l'ancien hippie navigateur d'environ trente-cinq ans. Les longs cheveux noirs disparurent, ne laissant autour de la calvitie qu'une couronne clairsemée de poils blanc neige. Des lunettes aux bordures dorées et rectangulaires vinrent orner les yeux aujourd'hui cernés de rides. La silhouette autrefois athlétique céda la place à un corps légèrement bouffi par la bonne cuisine et les bons vins et qui, au lieu de jeans délavés et d'un T-shirt de batik, s'enveloppait à présent dans un costume d'été en lin clair. Oui, ainsi vieilli, il me plaisait beaucoup, ce Neptune qui si souvent avait réussi à me mener en bateau !

En tant que poseur de devinettes, néanmoins, il avait toujours fait preuve d'un certain fair-play et veillé à cacher un indice jusque dans les moindres détails de ses énigmes. Bien que, avec son pseudonyme et la photo du baptême du tropique, il eût tenté de diriger les soupçons sur le général Horche – un petit jeu espiègle destiné à faire durer un peu plus la macabre plaisanterie –, il n'avait menti qu'à moitié lorsque je lui avais demandé : « Neptune est-il ton vrai nom ? – C'est selon. En tout cas, on peut imaginer des noms plus laids que celui d'un dieu romain », m'avait-il répondu, et quelque part c'était vrai. Car s'il ne portait pas le nom du dieu romain de la mer, il portait bien celui du dieu romain de la guerre : Mars !

Seul le plafond nous séparait, Hektor et moi, de l'aimable professeur Amoebius Mars, sur l'origine duquel j'aurais peut-être dû réfléchir davantage lorsqu'il avait emménagé à l'étage supérieur durant l'hiver – c'est-à-dire au moment même où les meurtres avaient commencé ! Il était sans conteste l'homme le plus vil que j'aie pu imaginer, mais en même temps je ne pouvais m'empêcher d'éprouver un certain respect pour son intelligence diabolique. D'une façon perverse, on pouvait admirer son habileté à travestir ses bestialités en épineux exercice intellectuel et à nous mener tous par le bout du nez. Il était à craindre, cependant, que de l'avoir démasqué ne suffise pas, et de loin, à tirer un trait sur cette affaire.

« Qu'est-ce qu'on fait, maintenant ? » demanda Hektor avec impatience lorsque je lui eus fait part de mes conclusions.

Le regard posé sur l'écran, l'esprit tout à mes ruminations, je sentais qu'une décision était en suspens.

« Ma foi, il m'a tout l'air de vouloir une confrontation en tête à tête. Quelle qu'en soit la raison.

– À sa guise. On va se le faire, ce salopard ! Ne t'at-il pas d'ailleurs demandé personnellement de liquider le prétendu monstre de la guerre au cas où tu le rencontrerais ? Rendons-lui ce service. »

Hektor se détourna, filant déjà vers la porte.

« Tout doux ! » m'écriai-je, ce sur quoi il s'arrêta, sa tête pivotant de mon côté. Sa langue en forme de tuyau d'incendie lui pendait de nouveau de la gueule, au point qu'il eût presque pu essuyer le sol. Bien qu'il eût l'air d'une antédiluvienne locomotive à vapeur couverte de rouille marron et noir, on voyait à présent brûler dans ses yeux le feu d'une juste colère, feu qui lui redonnait l'aspect d'un jeune homme.

« Peut-être devrions-nous d'abord avertir les autres. Surtout des enragés comme Hinz et Kunz, afin d'éviter que notre petit professeur ne fasse quelque bêtise.

– Et lui fournir ainsi un prétexte pour appeler la police, les pompiers et tous les agents de la fourrière des environs parce qu'il se sentira menacé par une horde de fous furieux ?

– Mais...

– Il n'y a pas de mais qui tienne ! Suis-moi – et fais-moi confiance ! »

Nous quittâmes le trou d'obus d'Archie, qui, à y bien regarder, avait constitué le QG d'une enquête maintenant réussie, et gravîmes sans bruit les marches de l'escalier menant à la demeure d'Amoebius Mars.

Nous ne fûmes pas surpris de trouver la porte grande ouverte, détail qui augurait un accueil pour le moins ambivalent. La lumière, dans l'appartement, était éteinte, tout gisait dans cette espèce d'obscurité qui évoque des rugissements pétrifiés. Ouvrant la marche, Hektor s'avança sur le parquet toujours aussi impeccablement ciré avec la même témérité que s'il avait été en possession d'un mandat d'arrêt, et secondé de surcroît par un commando paramilitaire spécialisé.

Ce qui avait paru si saugrenu et reposant à la lumière du jour, et surtout avant de connaître la vérité, ne faisait plus maintenant qu'un effet inquiétant et froid. L'aménagement réduit au fonctionnalisme le plus pur, avec sa cuisine en granit comme surgie d'un cimetière postmoderne, avec ses meubles design dignes d'être exposés à Dokumenta, avec ses statues et ses objets d'art exotiques, avec, enfin, toute cette solitude au milieu de tant d'espace et de tant d'ordre, était bien plus effrayant que l'inventaire de bazar des vieux films sur Dracula. Tandis que nous errions le long de corridors apparemment infinis, traversant parfois des pièces entièrement vides, le pressentiment me gagnait que nous ne tomberions pas sur l'assassin ici. Cela aurait été trop simple. Car, vu la façon dont il avait mis en scène l'histoire jusque-là, c'eût été pour lui une fin bien décevante que d'être surpris soudain en train d'étudier les cours de la Bourse ou de bourrer sa pipe. Non, j'avais la méchante intuition qu'il préférait un dénouement plus dramatique.

Et je ne me trompais pas. Lorsque Hektor et moi parvînmes dans la dernière pièce, qui donnait sur la terrasse, nous aperçûmes de loin comme une lueur pâle en son centre. La luminosité provenait d'un objet posé sur le sol, et se reflétait sur les murs en un miroitement bleuâtre et blafard. Nous nous approchâmes prudemment de la chose, dont la face brillante nous tournait le dos, et ne comprîmes de quoi il s'agissait qu'une fois tout près de la toucher. C'était un *laptop* noir en fonctionnement, un de ces petits ordinateurs portables que l'on peut refermer comme un livre, et dérober très vite aux regards trop curieux en le coinçant par exemple entre deux livres sur une étagère. Tu parles si l'appartement du professeur brillait par « l'absence totale de quelque outil de communication que ce soit » ! Il avait le téléphone, et ainsi accès à tout moment au réseau.

Hektor et moi contournâmes le coffret et constatâmes que la faible luminosité provenait de l'écran. Sur ce dernier, cependant, ne s'affichaient ni programme compliqué ni message écrit. On y apercevait juste une photo vieille de deux jours, qui en occupait toute la largeur et devait avoir été prise en secret par notre ami : il s'agissait d'un bâtiment colossal, calciné presque jusqu'aux murs de fondation, avec en dedans un immense escalier de pierre en colimaçon qui atteignait le squelette carbonisé de la charpente, et par là-dessus un ciel de printemps d'un bleu Technicolor. L'escalier était assiégé par des centaines de mes congénères, tandis que face à eux, sur la gauche, un nombre équivalent de clébards s'étaient attroupés le long d'un pan de mur résiduel. Francis, le fameux gros démerdard, se tenait au centre de cette arène, où il se répandait en conjectures criminologiques. Moïse, Petit Max, Titus, Hinz, Kunz, Sissi, Barbe-Bleue et Hektor, placés au premier rang, l'écoutaient d'un air aussi sceptique que le reste de l'assemblée. Bref, Amoebius Mars, en bon chercheur à casque colonial caché dans les buissons, s'était offert une belle photo de notre conférence au sommet pour sa collection.

Ce que cette image avait à faire sur l'écran de ce portable, Hektor et moi pouvions l'imaginer. C'était un clin d'œil, le dernier indice fourni par le monstre, et le début du dernier acte d'une pièce regorgeant d'hémoglobine.

« Hektor, je t'en supplie, dis-je, ne prenons plus de risques, maintenant que nous sommes arrivés si loin. Nous pourrions convoquer une nouvelle conférence et élaborer tous ensemble un plan de représailles. Souviens-toi que nous n'avons pas affaire ici au premier zoophobe venu, auquel il suffirait de botter l'arrière-train pour qu'il reprenne ses esprits.

— Et toi, Francis, souviens-toi que nous n'avons pas non plus affaire à l'invincible monstre pour lequel ce salopard a toujours tenté de se faire passer », rétorqua Hektor. Il piaffait d'impatience, trépignant sur ses pattes avant et grattant le sol de ses pattes arrière. On voyait bien qu'il bouillait d'infliger à Mars le châtiment qu'il méritait, et surtout qu'il se représentait là-dessous quelque chose de particulièrement cruel. Mais on voyait aussi que je ne pourrais le convaincre sous aucun prétexte d'y surseoir – ses instincts de chasseur et de traqueur étaient maintenant en éveil.

« Ce n'est qu'un être humain, Francis, un misérable être humain, reprit-il. Et puis, je t'ai caché un petit détail de ma biographie. Nous n'avons pas été formés qu'à flairer les mines et les cadavres. Comme tu l'avais deviné, l'homme sur la piste de dressage, au bras capitonné duquel je devais sauter, m'a beaucoup appris !

– Tu veux absolument que la confrontation ait lieu cette nuit ?

– Avant le lever du jour.

– Hektor...

– Désolé, Francis, dans la vie, certaines choses ne peuvent attendre et doivent être réglées sur-le-champ. »

La chose que ses yeux fatigués avaient aperçue durant sa mission devait avoir laissé en son âme une empreinte tellement dévastatrice qu'il lui fallait la supprimer aussi vite que possible dès qu'elle redressait quelque part sa tête immonde. Car tout, dans son caractère, contredisait cette velléité de prendre des décisions aussi importantes sans en référer d'abord à une autorité supérieure. En fait, il agissait ici selon *ma* nature – et moi selon *la sienne*. Se pouvait-il donc, pour finir, que nous ayons chacun appris quelque chose de l'autre ?

La pluie, les éclairs et les roulements de tonnerre avaient conclu une alliance terroriste plus étroite encore quand Hektor et moi nous mîmes en quête, à travers les jardins, d'un chemin menant à la ruine. Les éclairs qui dévastaient le ciel noir évoquaient des sondes illuminant des entrailles malades, et les coups de tonnerre qui leur succédaient l'implosion de ces mêmes entrailles. La pluie tombait si dru que nous n'y voyions pas à plus de deux mètres. Tels de minuscules projectiles, les gouttes en s'abattant brutalisaient nos pelages, bientôt transformés de nouveau en manteaux de fourrure détrempés. L'idylle printanière avait tourné au champ de gadoue et la flore méticuleusement entretenue s'était métamorphosée en hydre monstrueuse qui s'efforçait de nous étrangler de ses mille tentacules végétaux le long des corniches et des sentiers boueux.

Lorsque nous parvînmes enfin à destination, le fragment de bâtiment nous fixait de loin, telle une gigantesque tête de mort. La zébrure formidable d'un éclair déchira le firmament, transformant la nuit en jour. Le jeu des ombres et des lumières dans les ruines insuffla un bref instant quelque vie à la tête de mort et, pour notre plus grand effroi, elle sembla bien un instant nous accueillir d'un sourire grimaçant. Sans nous laisser impressionner, cependant, nous quittâmes le mur menant à la colline et à sa ruine, et gravîmes la pente. Nous atteignîmes enfin l'intérieur de la bâtisse et nous postâmes entre les vestiges de murailles, à l'endroit qui tout récemment encore avait fait fonction de tribune. Et constatâmes, premièrement, qu'en l'absence de toit la pluie ne nous épargnait pas ici non plus, et, deuxièmement, qu'à l'exception des fortes impressions causées par l'orage et l'enfer des éclairs rien ici ne paraissait bien inquiétant.

Nous relevâmes la tête de concert, le museau tendu sous la pluie. Le lieu du sinistre ressemblait à une épave centenaire échouée au plus profond des mers, et les incessantes gouttes de pluie à des nuées de poissons s'y ébattant. De la coque ne restaient que quelques bouts de charpente, symbolisés par les murs noirs de suie, ainsi que, çà et là, quelques hublots représentés par les encadrements de fenêtres calcinés. Grimpant quasiment jusqu'au ciel, l'escalier en spirale, dénué de rambarde, dessinait le grand mât. Il était juste dommage qu'aucun pavillon de couleur n'ait orné sa pointe pour célébrer une fois de plus les jours glorieux de la navigation maritime. D'autant plus grand fut notre effroi lorsqu'un pavillon de couleur, justement, sortit de l'ombre et s'écria à notre intention : « Voyez-moi ça, Starsky et Hutch ont enfin intercepté le docteur No ! »

Amoebius Mars, tout de sable vêtu dans son costume d'été à gilet et pantalon à pinces, se tenait sur une des plus hautes marches et nous narguait. De vertige, pas la moindre trace. Il était, comme nous, complètement trempé par la pluie, et, sous les gouttes qui perlaient avec ténacité sur les verres, ses lunettes d'or rectangulaires dissimulaient son regard. Il avait l'air d'un aveugle plus ou moins rondelet et complètement déjanté qui, tout à l'illusion d'avoir recouvré la vue, se serait définitivement débarrassé de sa canne. Bien qu'un tel souci fût incongru, j'eus réellement peur que le brave homme ne fasse un faux pas et ne vienne s'écraser au sol comme un canard sauvage abattu d'un coup de fusil.

Mais non. Lentement, presque avec l'aisance légère d'un danseur de ballet, Amoebius Mars se mit à descendre dans notre direction.

« Alors, que dites-vous de cet étonnant dénouement ? N'est-ce pas à en *crever* – pour rester dans le registre? Ah! j'oubliais : vous ne pouvez pas me répondre. Votre langue est tout autre. Dommage, dommage, nous aurions pu discuter du sujet pendant des jours, je veux dire, entre spécialistes. Oui, oui, la guerre... Ça va en empirant, vous ne trouvez pas? Je ne sais pas si vous regardez la télé ou si vous comprenez le sens de ces images télévisuelles, mais avez-vous déjà remarqué que, sur chaque chaîne, c'est la couleur verte qui domine? On dit que c'est la couleur de l'espoir. Mais la prédominance du vert à la télé ne vient ni du fait que ce média aimerait répandre au maximum l'espoir ni de ce qu'on nous aurait identifiés, nous jardiniers, comme nouvelle cible. Non, la raison de toute cette verdure à la téloche, c'est que tant d'hommes en uniforme s'y ébattent. Ils accomplissent des actes héroïques dans les films, gomment des planètes entières dans les jeux vidéo. Pourtant, ces images d'uniformes sont massivement authentiques. Elles reflètent la pure réalité. Ces soldats vaquent *effectivement* à leurs méritoires occupations dans tous les recoins de la planète. C'est tout simplement à gerber, on ne peut plus trouver le moindre programme où ces petits hommes verts ne brandissent pas devant les caméras le signe éculé de la victoire ou les canons phalliques de leurs saloperies de chars verts. Je ne peux plus les voir, tous autant qu'ils sont! Le vert, particulièrement le vert olive, est en plein boom, à ce qu'il semble. En a-t-il toujours été ainsi, chers enfants et chers animaux domestiques? Je n'en ai pas la moindre idée! »

De marche en marche, tel un ver rampant inexorablement à sa perte, le sage professeur avait déjà descendu un bon tiers de l'escalier. Ce faisant, il donnait davantage l'impression de philosopher avec lui-même que d'être en train de faire de véritables aveux. Hektor, gagné lui aussi par le torticolis à force de regarder en l'air, se remit à s'agiter sur ses pattes arrière tout en poussant des grognements rageurs.

« Mais la guerre a aussi un côté positif, chers auditeurs, reprit Amoebius Mars sans interrompre sa descente au ralenti. Elle fait ressortir la plus grande qualité de l'homme : la passion, et à des taux de concentration tellement élevés que même des forces aussi élémentaires que la sexualité ou l'amour parental ne peuvent suivre. La guerre met les hommes hors de soi, elle tourne ce qu'il y a de plus noir en eux vers l'extérieur, elle leur fait perdre toute conscience, consacre la haine en eux. J'ai vu de ces choses – mon Dieu ! Mon Dieu ! Mon Dieu !... Des fils contraints par un pistolet sur la nuque de battre leur père à mort. Des mères forcées de récupérer les corps déchirés de leurs enfants pour pouvoir les inhumer. Des villes, des pays entiers peuplés d'infirmes rendus tels par une lutte sans fin pour rien de plus qu'un bout de terre désertique. De jeunes hommes marchant au combat en chantant pour s'en retourner privés de mâchoire inférieure. J'ai vu le mal, mes amis ! Comme doté d'un œil aux rayons X, j'ai regardé à l'intérieur d'hommes innocents, ils étaient transparents, et j'y ai vu le mal. Il sommeillait en eux comme un parasite, comme un nuisible discret qui dort et rit dans son sommeil. Ces hommes innocents ne savaient rien de leur bonheur. Ils pensaient être bons... »

Il lança un rire perçant en direction du ciel nocturne détrempé.

« Mais le salut approche, chers amis. Il y a enfin des armes intelligentes, des bombes bardées de diplômes, pour ainsi dire. Les justes peuvent rester chez eux et vaquer à leurs occupations quotidiennes pendant que les ordinateurs expédient la guerre à leur place. Qui sait, peut-être que la technique sera même un jour en mesure de nous présenter ces souffrances indicibles comme de pures idées et de nous faire ainsi crever à petit feu ? Pour ma part, en tout cas, j'en suis déjà là... »

Pour la première fois il hésita, tourna d'un coup la tête de côté, et, malgré les torrents de pluie qui lui avaient coulé sur le visage et les lunettes, je sus que des larmes se mêlaient maintenant à toute cette eau.

« Mes efforts pour échapper à cet abominable sujet ont lamentablement échoué, comme vous le savez. Le changement de décor n'a rien donné. Le parasite, vous comprenez ? Il ne m'a accordé aucun répit. Ma tête, ma pauvre, pauvre tête, est pleine de corps en feu et de membres amputés. Que dire ? je ne peux plus vivre sans cette saloperie de guerre ! Je suis le monstre de la guerre par excellence ! Et quand je n'ai pas de guerre, eh bien, je m'en crée simplement une ! Et vous devez avouer que je ne m'en suis plutôt pas trop mal tiré, non ? Vous autres aussi, les animaux, vous êtes humains et vous n'êtes nullement immunisés contre les parasites... Holà ! je sais ce que tu veux dire, Francis, je ne le sais que trop. Tu penses que l'expérience consistant à vous pousser à la guerre ethnique doit être considérée comme un échec et que la devise CAVE CANEM devrait être remplacée par CAVE HOMINEM. Je sais combien tu es malin, Francis. C'est pour cela que j'ai tant exigé de toi depuis le début. Mais, en ce qui concerne cette guerre qui n'a pas eu lieu, je n'ai qu'une chose à dire : ce qui n'est pas encore arrivé peut très bien se produire !...

– Ça suffit, assez de ce verbiage imbécile ! renâcla Hektor en bondissant vers l'escalier.

– Hektor, n'y va pas ! » m'écriai-je. Mais il s'était déjà lancé à l'assaut de l'escalier circulaire, tel un taureau harcelé par les piques voulant montrer au matador qui est maître dans l'arène. Tandis qu'il avalait les marches dans un vacarme d'aboiements, Mars, qui avait franchi plus de la moitié de l'escalier, baissa la tête et observa l'assaillant d'un œil parfaitement impassible. La peur des clébards, même de ce calibre, paraissait lui être totalement étrangère.

Seules trois marches le séparaient encore du démon lorsque Hektor bondit, du bond le plus puissant que son corps usé lui permettait. On eût cru voir un grizzly se jeter sur un touriste. Mais soudain Mars fit un geste apparemment minuscule de la main droite, avec autant d'adresse que s'il avait effectué un tour de magie. Je vis la sarclette produire un éclair et décrire dans l'air un demi-cercle impétueux. Et je vis la gueule grande ouverte de Hektor se jeter au visage de Mars comme un sécateur lancé en avant. Mais ensuite (et je désirai aussitôt n'en avoir jamais été témoin), je vis les deux dents en crochet de la sarclette s'enfoncer dans la gorge de Hektor, et j'entendis l'effroyable glapissement qui s'échappa de cette gorge blessée.

Le professeur allongea le bras et, tandis que Hektor pendouillait au bout de l'instrument en émettant d'atroces sons, il l'agita en tous sens comme pour en estimer le poids.

« Voyons voir, qu'avons-nous là ? Un déserteur ! Ne devrais-tu pas te trouver sur le théâtre d'une guerre, occupé à flairer quelques têtes tranchées sous la terre ? Bah, à quoi bon, c'est un boulot de chien, comme on dit si bien chez nous au sujet de ton espèce. Au bout du compte, il y a aujourd'hui autant de génocides que de séries télé. »

Il lâcha prise, et Hektor tomba d'environ huit mètres pour atterrir juste devant mes pattes, où il resta étendu sans bouger. L'instrument de mort, qui s'était détaché pendant la chute, rebondit en tintant sur le sol. Je constatai que les deux perforations s'étaient élargies pendant qu'il pendait à la sarclette et formaient des déchirures considérables d'où le sang s'écoulait comme si un barrage avait sauté à l'intérieur de l'animal gigantesque.

« Hektor ! me mis-je à pleurer et à crier, penché sur son visage grisonnant de teddy-bear. Tiens bon, partenaire, au nom du ciel, tiens bon ! Je vais chercher le général Horche. D'une façon ou d'une autre, j'arriverai bien à me faire comprendre. Peut-être même qu'il te cherche déjà. Tu ne peux pas laisser tomber maintenant. Comment pourrais-je, à mon âge et sans ton aide, résoudre tous les crimes à venir ? Tu vois, partenaire, j'ai des raisons parfaitement égoïstes de te voir rester en... »

Il murmura quelque chose dans un râle. Je penchai mon oreille tout contre son museau.

« File, Francis, parvint-il à prononcer au prix de grandes souffrances. Il est invincible. Il n'a aucun point faible. Il est la guerre... »

Un flot de sang jaillit de son museau et forma très vite autour de sa tête une grande flaque, qui paraissait toute noire dans l'obscurité. Puis il poussa son dernier soupir. Un soupir évocateur d'un souffle d'air au printemps, ou du dernier battement d'ailes d'un ange sur le point de s'envoler au ciel.

Je fus pris de sanglots. Mon corps tremblait au-dessus de celui de mon partenaire ; de mes yeux transformés en fontaines, des torrents de larmes coulaient jusqu'au sol sans relâche. Et pour la première fois je remarquai que j'aimais son odeur, que j'aimais plus que tout au monde la foutue odeur de ce pauvre vieux diable déglingué. Chaque fois que je l'avais sentie autour de moi, j'avais été en sécurité, j'avais eu la certitude de pouvoir faire une fois de plus la nique à la mort. Hektor avait été mon protecteur et mon ami – et un clébard. Quelle folie que mon aversion pour sa race avant notre rencontre, quelle abjection que mes préjugés envers lui ! Maintenant je le savais : l'*autre* était comme moi, et ce qui l'avait rendu si différent à mes yeux, si menaçant, si repoussant et si haïssable ne reposait que sur les pernicieuses suggestions en moi du parasite dont parlait l'assassin. Avec effroi et tristesse à la fois, je m'apercevais que, au cours de ma vie, je ne m'étais pas comporté autrement que tous les philistins de la terre avec leur intolérance sous-jacente. Mais tout en flairant Hektor entre mes pattes, tout en le lavant de mes chaudes larmes, en le léchant et en l'embrassant, je sus que, à la différence des autres va-t-en-guerre potentiels, j'avais une consolation : j'étais guéri !

Cependant, alors que j'étais ainsi plongé dans le deuil de mon partenaire, un sentiment nouveau m'envahit. J'éprouvai une fureur sans bornes contre l'homme à l'origine de cette situation, l'homme qui n'avait pas seulement tué quelques-uns d'entre nous, mais nous avait tous, au bout du compte, tués dans notre cœur. Un film lubrifiant d'un rouge vif descendit soudain devant mes yeux et, avant que la raison ou la peur aient pu intervenir dans mes actes, je bondis sur mes pattes et m'élançai en direction de l'escalier. Je gravis les marches en toute hâte, bien qu'il fût clair que je n'avais absolument aucune chance. Mais j'étais déterminé, ou plutôt, pour rester dans le vrai, tout m'était absolument indifférent.

« Oh ! là ! là ! On dirait que la seconde vague de l'offensive approche ! » s'esclaffa le professeur lorsque je fus monté suffisamment haut sur les marches pour distinguer les semelles de ses chaussures entre les interstices. « Cette guerre ne finira-t-elle donc jamais ? »

Lorsque je parvins sur le pourtour de la spirale où se tenait Amoebius Mars, j'aperçus par en dessous ses yeux au rire fou derrière les verres mouillés de ses lunettes, puis, juste après, un pied qui s'abattait sur moi. Il m'atteignit de plein fouet et me fracassa le flanc gauche avec la violence d'une boule de démolition ! Je ressentis une douleur infernale et eus au même instant la mortelle certitude qu'il m'avait brisé au moins trois côtes. Puis je fis le grand plongeon [7].

Pendant ma chute, je parvins à diriger ma tête vers le sol, à faire pivoter mon corps et à tendre mes membres antérieurs vers le bas, si bien qu'au dernier moment je fus encore en mesure d'effectuer le bon vieux numéro du je-retombe-toujours-sur-mes-pattes. L'atterrissage fut moins heureux, quoique le hasard voulût que je retombe sur le cadavre de Hektor, qui émit un gémissement mécanique comme s'il s'était réjoui de me revoir. Mes côtes cassées furent soumises à un tel choc que des douleurs insoutenables explosèrent en moi, brouillant ma conscience et me plongeant dans un bref état de paralysie. Tel un paquet d'ordures jetées à terre, je restai tout d'abord étendu sur mon partenaire défunt, incapable de remuer la moindre griffe.

Du coin de l'œil, je pus constater qu'Amoebius Mars descendait l'escalier comme en état d'apesanteur, s'approchait à pas lents et, enfin, se campait de toute sa hauteur au-dessus de moi. Il cligna froidement des yeux en se penchant, et je remarquai que même dans l'obscurité son crâne chauve avait l'air astiqué.

« Tu vois, Francis, nul ne peut arrêter la guerre, dit-il sur le ton écœurant de l'évidence. Ni toi, ni moi, ni personne. Elle fait partie de nous comme nous faisons partie d'elle. N'aie pas peur, petit ami, je ne te ferai rien. Il te faudra vivre bien pire que cela. Comme des millions et des millions de créatures sur cette planète malade, il te faudra observer comment ton chez-toi, comment ton cher pays natal se transforment en lieux de damnation sous l'influence de la haine et de la violence, et comment ceux que tu aimes deviennent tous, sans exception, des diables. L'expérience a réussi. Mon Dieu, suis-je bon ! »

Dans son transport il leva la tête au ciel, et, suivant son regard, je vis que le front orageux était passé et que la voûte étoilée s'était reconstituée dans toute son éclatante splendeur. Le professeur Amoebius Mars inspira si profondément par le nez qu'on eût dit qu'il inhalait le parfum d'un immense bosquet de roses.

« La pluie a cessé. Nous allons avoir une superbe journée de soleil. Je crois que je devrais m'occuper un peu de mon jardin – et aussi, bien sûr, de tous ces diablotins qui dans le quartier jouent encore les probes. Mais il conviendrait peut-être d'abord de faire un petit somme. Le jeu de la guerre m'a quand même fatigué davantage que je ne l'aurais cru. Adieu, Francis ! »

Il partit, aussi décontracté que s'il s'en était allé en vacances, en sifflotant une mélodie rêveuse où résonnait l'écho de voluptueuses nuits d'amour. Je le suivis des yeux, le vis descendre la colline sans perdre sa contenance et, du même pas nonchalant, disparaître dans l'ombre des arbres et des plantes saturés de pluie.

Le bonhomme se prenait pour un dieu, maléfique certes, mais un dieu. « Il est invincible. Il n'a aucun point faible... », avait dit Hektor avant de s'en aller vers un monde meilleur. Ma foi, maintenant que, toujours tremblant de douleur, je commençais à remettre un peu d'ordre dans mes pensées, j'aurais bien aimé pouvoir contredire mon fidèle partenaire. Mais il était trop tard. Hektor aurait dû s'exercer un peu plus à la patience, comme je le lui avais conseillé. Car un monstre aussi dangereux et aussi roué ne pouvait être expédié dans l'au-delà par la simple violence. Cela requérait une certaine finesse. Malgré mon état passablement amoché, le familier petit clic-clac-clic-clac-clic-clac de mes cellules grises se remit à fonctionner de manière acceptable, et, telle une bonne nouvelle un peu honteuse, la certitude s'installa peu à peu en moi que le dieu Mars ne profiterait aucunement d'une superbe journée de soleil, et au contraire casserait sa pipe dans la nuit.

Les événements de l'heure à venir défilèrent dans mon esprit comme sur un écran géant. Dans les souffrances les plus cruelles qu'il me serait jamais donné d'endurer, je commencerais par me relever et me mettre à la recherche de Moïse. Je lui raconterais la vérité tout entière et l'aviserais de la suite de la procédure. Sur quoi Moïse sonnerait le rappel de tous les tortionnaires de souris du quartier, cent, peut-être deux cents d'entre eux, et se placerait à leur tête. Laissant les hommes à leur doux sommeil entre les quatre murs de leurs maisons, une caravane prodigieuse, et prodigieusement imposante, s'étirerait le long des jardins et des corniches. À un moment donné, le convoi atteindrait mon domicile, se faufilerait dans l'escalier par la porte de derrière, gravirait les marches jusqu'au deuxième étage, pénétrerait dans l'appartement du professeur et envahirait sa chambre.

La meute trouverait Amoebius Mars dans son lit, plongé dans un sommeil profond. Peut-être ses poumons commenceraient-ils déjà à faire entendre un léger râle, sa trachée-artère à se resserrer quelque peu et son nez à couler en réaction aux substances s'élevant de centaines de pelages félins. L'allergique aigu continuerait provisoirement à dormir, certes haletant et toussotant, mais cherchant encore à compenser les fatigues de la nuit précédente par un sommeil de plomb. Moïse et les siens se répartiraient sans bruit à travers la chambre, occupant chaque centimètre carré en rangs serrés jusqu'à ce que la pièce entière ressemble à un étrange matelas de matous. La seconde équipe grimperait sur les têtes des précédents et s'attaquerait au lit. Rapidement, tout cela aurait l'air d'une mêlée de poils inextricable, d'une montagne velue dont émergerait seule une tête d'homme.

C'est au plus tard à ce moment-là qu'Amoebius Mars émergerait de son sommeil. Ce réveil, pourtant, n'aurait rien à voir avec un réveil normal, paisible, plein d'énergie et d'assurance. Non, ce serait un réveil dans les angoisses de la mort ! Les yeux dilatés par l'épouvante, veinés d'un rouge grenadine par la réaction allergique, le nez dégoulinant, la bouche incapable de crier, prise de râles, d'où une langue gonflée pointerait comme une grosse saucisse obscène, la peau boursouflée de renflements inquiétants et de taches fauves et bleuâtres, le crâne chauve décoré de bosselures : c'est *ainsi* que M. le professeur se réveillerait !

Bien qu'accaparé par sa propre asphyxie, il noterait avec horreur le nombre monstrueux de ses bourreaux. Il penserait un instant que l'on avait fait le vide dans la chambre pour la transformer en fourrière d'une exiguïté cruelle, bourrée des créatures qui, justement, étaient son seul *point faible* – lui au milieu. Il contemplerait des centaines d'yeux magnifiques, aux couleurs époustouflantes, qui cependant ne lui apparaissent nullement comme tels, mais plutôt comme le regard démultiplié de la mort plongeant au fond de son âme vile. Puis il se mettrait à frapper des bras autour de lui, essaierait de redresser le buste. Il constaterait vite que la force lui en manquerait, les réserves d'oxygène dans ses poumons s'amenuisant de seconde en seconde. À la fin, il ne ferait plus que trembler de tous ses membres ; son corps se soulevant et s'abaissant, se soulevant et s'abaissant, se soulevant et s'abaissant demanderait qu'on lui accorde la grâce de pousser au moins un cri, s'étranglerait, suffoquerait, pâlirait sans relâche, secouerait la tête et comprendrait enfin, peut-être, que la plupart des hommes ne meurent pas à la guerre, mais, déprimante normalité, au fond de leur lit.

Et moi ? Eh bien, moi, je traînerais péniblement ma pauvre carcasse déglinguée jusque chez moi et jusque chez Gustav, mon cher Gustav trop négligé, tandis qu'un soleil orange risquerait une timide apparition à travers les ténèbres et se mettrait à saupoudrer notre territoire d'une poussière d'or. Ce faisant, je me jurerais, à moi, et à Hektor là-haut dans les cieux, de continuer à l'avenir de combattre le mal partout où je le rencontrerais, bien que – ou justement parce que – je ne pouvais plus voir le sang. Et cela *d'épisode en épisode* ! Et je me souviendrais de mon partenaire, de ses yeux fatigués, de son museau grisonnant, de sa langue en tuyau d'incendie, de son allure d'ogre noir-brun-beige, et de son cœur charitable et bon. Je me remettrais à pleurer, mais aussi, me rappelant les situations absurdes dans lesquelles nous nous étions fourrés tous les deux, à rire. Et je me mettrais soudain à murmurer : « Ennemi bien-aimé... Ennemi bien-aimé... Ennemi bien-aimé... »

Notes

1. Il est en soi assez tragique qu'un propriétaire de chat sur dix environ doive expier l'amour qu'il éprouve pour son minet par d'horribles réactions d'hypersensibilité. Yeux qui pleurent, nez qui coule, essoufflements et démangeaisons sont les meilleurs signes que son système immunitaire se rebelle contre la patte de velours par le biais d'une allergie aux poils de chat.

On a longtemps cru à tort que lesdits poils, ainsi que les pellicules et la salive, étaient responsables de ce désastre. Aujourd'hui on sait que le corps humain s'insurge contre le sébum, une matière grasse sécrétée par les glandes sébacées du chat. Le sébum est en effet la source principale du plus virulent des allergènes félins, « fel d 1 » (abréviation de *Felis domesticus* ou chat domestique), qui martyrise les voies respiratoires sensibles jusqu'à des dosages incroyablement faibles. En séchant, le sébum se transforme en particules minuscules qui ne tombent même pas au sol quand elles se détachent de l'animal. Dix fois plus petites que le pollen, ces calamités flottantes refusent de disparaître pendant des années après l'éloignement du quadrupède.

Là même où ne vit aucun chat, l'allergène félin fait sentir sa présence fantomatique. Des études ont montré que la moitié des patients souffrant d'allergies de ce type vivent sans tortionnaire de souris à leurs côtés. Dans les écoles publiques, la concentration en fel d 1 est plus grande que dans les foyers n'ayant aucun animal domestique. Le coupable, manifestement, est apporté par les élèves et les enseignants. Tout récemment encore, des scientifiques ont découvert que certains chats sécrètent cette révoltante poussière en quantité moindre que leurs congénères. Malheureusement, il n'existe pour l'heure aucune méthode sûre permettant d'identifier à l'avance ces animaux « hypoallergéniques ». Tout cela finira par donner lieu à la sélection d'une nouvelle race !

À en croire des résultats récents, laver l'animal une fois par semaine réduit la production de fel d 1 de 91 p. 100. Une cure de désensibilisation permet parfois d'éviter la séparation – sinon inéluctable – avec le petit chéri ronronnant. Mais, dans les cas les plus aigus, l'instinct de conservation prescrit une existence sans matou, car avec le temps les allergies aux poils de chat peuvent dégénérer en asthme et provoquer chez les sujets prédisposés des crises qui mettent leur vie en danger. Aussi est-il réaliste d'envisager que, dans des circonstances défavorables, un homme puisse perdre la vie du fait d'une telle allergie et d'une exposition massive au fel d 1.

D'ailleurs, l'animateur d'émissions scientifiques Jean Pütz * a annoncé récemment à la télévision qu'un de ses amis avait connu ce sort tragique.

2. Il n'est pas sans ironie de constater que les chiens et les chats se trouvent généralement « à gerber » dès le premier abord. Car, en dépit de leur aversion animale mutuelle, les deux parties sont liées par un secret de famille inavouable : au moulin phylogénétique des espèces, ils sont faits de la même farine, félidés et canidés descendant les uns et les autres d'un ancêtre commun, apparu sur la scène de l'évolution voilà soixante millions d'années, à l'ère du paléocène. Les dinosaures, dans des circonstances encore mystérieuses aujourd'hui, venaient à peine de faire leurs adieux que le premier mammifère carnivore faisait ses débuts sur les planches en la personne du petit *miacis* à l'apparence de belette.

Miacis, lui-même issu de la famille des insectivores, frappait entre autres par la taille relativement importante de son cerveau. Il avait en outre les pieds en éventail, indication d'un mode de vie arboricole. Peut-être est-ce même pour cette raison qu'il parvint à survivre à Dincland tandis que, du côté de ses cousins vivant au sol, les créodontes, tout partait à vau-l'eau. Mais surtout, l'aïeul des chiens et des chats fut le premier à se doter des quatre fameuses canines qui distinguent un véritable

---

* Animateur connu en particulier pour son émission grand public *Hobbythek*, spécialisée dans les conseils en jardinage, bricolage, cuisine et tous autres domaines de la vie courante. *(N.d.T.)*

mammifère prédateur des autres carnivores. Grâce à cette conquête phénoménale, *miacis* coupa l'herbe sous le pied à tous ses concurrents carnassiers dans la lutte pour l'existence.

Mais, si le « modèle à succès » *miacis* parvint à éliminer la concurrence, son triomphe fut de courte durée. Le prototype dut céder la place coup sur coup à diverses variantes dont sont issus les carnivores actuels, avec parmi eux les chiens, les chats et les ours. Manifestement, la pression poussant à se spécialiser dans des créneaux d'acquisition de nourriture spécifiques était alors très forte. Les félins trouvèrent leur truc en chassant la nuit, francs-tireurs postés en embuscade pour mieux bondir sur leur proie. Les canins, qui chassent à courre et en bande, s'octroyèrent quant à eux une tout autre niche écologique.

Cependant, l'évolution ne réussit pas la création des carnivores modernes en un tournemain. Les ours et les canins n'existèrent pendant un temps que sous la forme intermédiaire des « chiens-ours ». Une infime modification dans la ronde des mutations et des sélections aurait peut-être suffi pour que de la corne d'abondance de l'évolution surgisse à son tour un « chat-ours ».

3. À en croire le préjugé commun, le chat est un solitaire avéré qui ne descend du trône de l'auto-contemplation qu'à l'occasion (et encore !) d'un rendez-vous galant. Évidemment, durant la période où elles élèvent leurs petits, les femelles sont aussi

contraintes à quelque commerce avec leurs semblables. Mais, en principe, l'autre est toujours un
importun, bon seulement à troubler la méditation qui
accompagne la digestion du repas. Voilà quelques
dizaines d'années, pourtant, Paul Leyhausen, le
« pape des chats », fut le premier à découvrir que ce
prétendu snob a lui aussi la fibre sociale. Ces mes-
sieurs de la race féline s'associent fréquemment en
« fraternités de matous ». Il s'agit de fédérations
assez lâches de mâles qui se rassemblent sans raison
apparente en certains endroits *ad hoc* pour y effectuer un « sit-in ». Les jeunes mâles n'y sont admis
qu'après de nombreux combats de préséance. Au
cours des quinze dernières années, des sociétés de
chats plus ou moins retournés à l'état sauvage ont
été observées à peu près partout dans le monde. Là
où les ouvre-boîtes délaissent de grandes quantités
de nourriture – par exemple à proximité d'usines,
d'hôpitaux, de décharges, etc. –, les tigres en
chambre se réconcilient en effet pour y former
souvent une « mafia ». La plupart du temps, ces
bandes n'ont qu'une poignée de membres, mais on a
pu rencontrer des associations comptant jusqu'à cin-
quante têtes. Les différents animaux nouent dès lors
des liens d'amitié durables. La domestication du chat
a vraisemblablement doté ce dernier d'une plasticité
lui permettant de faire ainsi peau neuve.

4. Inventé à l'origine par l'armée américaine,
Internet s'est rapidement transformé, comme chacun
sait, en un média capable de transmettre sur toute la

planète avec une efficacité remarquable des images de femmes nues à des millions d'adolescents boutonneux. *Make Love, not War*, en quelque sorte. Entre-temps, cependant, les amoureux des chats ont eux aussi découvert dans le monde entier les charmes de la galaxie du on-line. C'est un peu comme si l'exhibition de *Felis domesticus* satisfaisait les mêmes instincts voyeurs que l'affichage d'une pin-up. L'éventail des données disponibles va de petites histoires relatives au type du chat que l'on possède jusqu'à des collections d'images ou des informations pour éleveurs en passant par des sites commerciaux offrant à peu près tout ce dont on peut avoir besoin ou non, pour soi-même (l'ouvre-boîtes) ou pour son chat. S'y ajoutent d'innombrables *news groups*, où des amis passionnés des chats se perdent en palabres sur les névroses, les manières à table et l'hygiène anale de leurs quadrupèdes préférés. Sous le mot clef « *Katzen* », Fireball, le plus puissant des moteurs de recherche allemands, ne recense pas moins de 18 093 références au moment où nous mettons ce livre sous presse ; avec ses 1 835 040 renvois au mot « *cats* », son pendant américain Altavista, loin de donner sa langue à l'animal, vomit quant à lui l'équivalent du centuple. Même le principe de la « Web-CAM » – des caméras qui filment un événement en direct et transmettent les images sur Internet – a été transposé du sexe aux chats : à l'adresse « http://www.catcam.com/ », il est en effet possible d'assister en temps réel à l'action trépidante qui entoure une gamelle. Et le site « http://www.members.acessus.net/~dejay/ » n'hésite pas à retransmettre des images en direct depuis des vécés pour chats.

5. Dans sa quête de vassaux qui puissent le décharger du sale boulot en temps de guerre, l'homme a mobilisé la quasi-totalité des occupants de l'arche de Noé. Le chat, qui séduit par son intelligence, sa capacité à apprendre et l'acuité de ses sens, est pourtant resté largement épargné jusqu'à présent par le service militaire. Les tentatives pour faire entrer *Felis domesticus* au régiment prirent assez vite le caractère d'un flop retentissant. C'est en tout cas l'expérience que fit l'armée américaine lorsqu'elle essaya, pendant la guerre du Vietnam, de faire guider ses soldats à travers la jungle nocturne par des chats tenus en laisse. Au bout du compte, ce projet extravagant dut être abandonné, parce que ces animaux, dont les yeux s'apparentent à des appareils de vision nocturne, refusaient de tenir le rôle de « chats d'aveugles ». Au signal du départ, ils s'éparpillaient dans toutes les directions, et leur instinct ludique les poussait sans cesse à s'arrêter pour folâtrer avec les fils pendus à leurs voisins de devant.

Dès la Seconde Guerre mondiale, l'armée de l'air britannique concoctait le stratagème consistant à adjoindre un souricide à chacun de ses pilotes de combat. Dans l'obscurité, les pilotes avaient de grandes difficultés à repérer les avions ennemis. Avec sa vue extraordinaire, pensait-on, le chat verrait l'adversaire approcher de loin. Il suffirait donc de pointer le canon dans la direction où regardait

279

l'animal. Sauf erreur de ma part, il semblerait que la Royal Air Force, par mesure de précaution, ait renoncé à tester cette idée saugrenue.

Au total, il paraît peu vraisemblable que l'armée parvienne un jour à utiliser profitablement à des fins militaires cet original récalcitrant qu'est le chat domestique ; il faudrait pour cela que son corps souple héberge un cœur de chien. Ce dernier, espèce animale sociable, a en effet la soumission au chef dans le sang – alors qu'à l'état de nature le chat, qui vit en solo, suit ses seuls instincts et vaque seul à ses propres affaires. Parmi les félidés, seuls les lions vivant en bandes paraissent aptes à former des recrues – poussés qu'ils sont par leurs instincts grégaires de « chiens » serviles. À en croire certains récits bibliques, des lions auraient monté la garde sur l'arche au moment où les hommes désespérés tentaient de prendre d'assaut l'embarcation salvatrice. Tant des empereurs romains que des dignitaires nazis eurent des lions apprivoisés, destinés non seulement à symboliser leur rang, mais aussi à assurer leur protection rapprochée.

Les félidés n'ont de valeur martiale que dans la mort. Ainsi, en Afrique, on tuait des léopards afin que leur fourrure confère aux chefs puissance, majesté et prestige.

6. Il est étonnant de constater à quelle allure supersonique les pattes de velours peuvent se carapater quand leur peau si décorative est en danger : on a mesuré sur des chats fuyant de peur des

vitesses de pointe de presque 50 km/h, atteintes sans élan en l'espace de quelques secondes. À cette cadence, un chat échappe presque à tout canidé. Ainsi, un chien esquimau fait tout juste la moitié du chrono d'un chat. Un loup parvient encore à peu près à coller à la roue d'un matou en plein sprint, et seuls les clébards élevés spécifiquement pour la course, comme les lévriers, sont capables, du haut de leurs 70 km/h, de dépasser un chat lancé à fond de train. Du reste, les moustachus font partie des petits mammifères les plus rapides du monde. Sur de courtes distances, les rats et les écureuils ne font respectivement que du 3 et du 20 à l'heure. Même le lièvre, célèbre sprinteur, ne surclasse le chat que de 10 km/h maximum. Bien sûr, un cheval de course monte jusqu'à 70 km/h. Mais cela signifie en fait que le canasson, x fois plus grand en taille, atteint tout juste une fois et demie sa vitesse de pointe. Avec un tel rapport taille/performance, le chat enfonce naturellement aussi n'importe quelle voiture de course.

7. Les chats possèdent une robustesse et une invulnérabilité telles que la sagesse populaire leur attribue neuf vies. Et de fait, ces acrobatiques chahuteurs surmontent fréquemment les pires blessures. Les plaies chez un chat guérissent souvent à une vitesse inhabituelle, et l'animal en fait peu de cas, comme s'il possédait la légendaire insensibilité à la douleur des Indiens. Une telle résistance vient en partie du fait que son corps représente une « merveille de la nature »,

comme Alfred E. Brehm en faisait l'élogieuse constatation dans son fameux ouvrage du même titre. Un chat, par exemple, possède cinq cents muscles exceptionnellement mobiles qui, de l'avis du vétérinaire américain Howard Schulberg, lui confèrent une liberté de mouvements fabuleuse jusque dans les situations les plus extrêmes. « D'innombrables exemples montrent que les chats, sautant d'immeubles en feu, traversant des fleuves à la nage ou accomplissant divers morceaux de bravoure similaires, réussissent à survivre dans des situations où nulle autre créature n'y serait parvenue. » Tout aussi précieuse pour le chat est sa colonne vertébrale, si flexible qu'il peut la contracter complètement puis la détendre droite comme une flèche au moment du saut. En outre, ses pattes de devant ne sont pas fermement attachées au squelette. C'est pourquoi il peut amortir sa chute en tombant de hauteurs considérables sans encourir de risques majeurs de contusions, d'entorses ou de fractures.

Achevé d'imprimer par N.I.I.A.G.
en Avril 2002
pour le compte de France Loisirs, Paris

N° éditeur : 36668
Dépôt légal : Avril 2002
Imprimé en Italie